우남 이승만
漢詩集

우남 이승만
漢詩集

초판 인쇄 _ 2019년 7월 15일
초판 발행 _ 2019년 7월 19일

저 자 _ 이승만
편 역 _ 박기봉
펴낸곳 _ 비봉출판사
주 소 _ 서울 금천구 가산디지털2로 98.
         2동 808호(롯데IT캐슬)
전 화 _ (02) 2082-7444
팩 스 _ (02) 2082-7449
E-mail _ bbongbooks@hanmail.net
등록번호 _ 2007-43(1980년 5월 23일)
ISBN _ 978-89-376-0479-9

값 16,000원

우남 이승만
漢詩集

박 기 봉 편역

비봉출판사

"나는 감방에서 혼자 있는 시간이면 성경을 읽었다. 그런데 선교학교(배재학당)에 다닐 때에는 그 책이 나에게 아무 의미가 없었는데 이제 그것이 나에게 깊은 관심거리가 되었다.

어느 날 나는 선교학교(배재학당)에서 어느 선교사가 하나님께 기도하면 하나님께서 그 기도에 응답해 주신다고 한 말이 기억났다. 그래서 나는 평생 처음으로 감방에서 "오 하나님, 나의 영혼을 구해 주시옵소서. 오 하나님, 우리나라를 구해 주시옵소서!" 라고 기도했다. (그랬더니) 금방 감방이 빛으로 가득 채워지는 것 같았고, 나의 마음에 기쁨이 넘치는 평안이 깃들면서 나는 (완전히) 변한 사람이 되었다.

(동시에 그때까지) 내가 선교사들과 그들의 종교에 대해서 가지고 있던 증오감, 그리고 그들에 대한 불신감이 사라졌다. 나는 그들이 우리에게 자기들 스스로 대단히 값지게 여기는 것을 주기 위해서 왔다는 것을 깨달았다."

— 우남 이승만: 〈투옥경위서〉(Mr. Rhee's Story of His Imprisenment).

(유영익: 〈젊은날의 이승만〉에서 전재)

"이제 저의 천명이 다하여 감에 아버지께서 저에게 주셨던 사명을 감당치 못하겠나이다. 몸과 마음이 너무 늙어버렸습니다.

바라옵건대, 우리 민족의 앞날에 주님의 은총과 축복이 함께 하시옵소서. 우리 민족을 오직 주님께 맡기고 가겠습니다.

우리 민족이 굳게 서서 다시는 종의 멍에를 메지 않게 하여 주시옵소서."

— 우남 이승만 대통령이 하와이에서 임종 때 올린 마지막 기도

경천애인 위국진충(敬天愛人 爲國盡忠)

하늘을 공경하고 사람을 사랑하며
나라를 위해 충성을 다하자.

머 리 말

　역자는 1910년에 초판이 발행된 우남 이승만의 저서 〈독립정신〉의 원문을 현대인들이 읽기 쉽도록 교정과 주석(校注)을 단 후 역자 서문에서, 우남 이승만이 쓴 〈독립정신〉은 조선왕조 5백 년간에 쓰여진 모든 책들 가운데 최고의 경세서이자 정치사상서, 국민계몽서라고 하였다. 그리고 그 이유를 다음과 같이 설명하였다.

　"조선왕조 5백 년간 쓰여진 모든 경세서들은, 한 나라의 주인은 군왕 한 사람이고 나머지 백성 전부는 왕의 지배를 받는 왕정체제를 당연한 것으로 생각하는 관점에서 쓰여졌다.

　그러나 우남 이승만은, 백성은 더 이상 지배의 대상이 아니라 나라의 주인이며, 그들 하나하나가 자유롭고 독립적인, 스스로 시비(是非)를 판단할 줄 아는 각성된 개인이며, 그런 개인들이 모여서 '나라 집(國家)'을 만들고 법을 제정하여 운영해 가는 자유 민주주의 정치체제를 설명함으로써 현재 우리가 살고 있는 대한민국이 건국될 수 있는 사상적 기초를 놓아준 책이기 때문이다."고 하였다.

　사실 한 나라의 주인은 군왕(君王) 한 사람이고 전국의 국토와 그 땅 위에서 살아가는 모든 백성은 그 왕의 사유물인 것처럼 간주하는 정치사상은 그 역사가 매우 오래되었는데, 특히 동양에서는 수천 년 동안 그것을 당연한 것으로 여겨 왔다.

시경(詩經. 小雅)에서는 말하기를, "넓은 하늘 아래 왕의 땅 아닌 게 없고, 온 세상 사람들로 왕의 신하 아닌 자가 없다(普天之下, 莫非王土; 率土之濱, 莫非王臣)."고 하였는데, 이 구절이 바로 수천 년 동안 동양인들의 정치적 사고를 규정한 것으로, 수천 년간 지속되어 온 노예제 및 전제군주제 국가의 특성을 한 마디로 설명하고 있다.

토지가 유일한 생산수단이던 시대에 국가의 모든 토지는 군왕 한 사람의 소유이고, 그 땅에 사는 모든 백성은 군왕의 신민이라는 것이 중국 및 조선이 멸망하기까지 보편화된 정치사상이었다.

인간은 생존을 위해 물질의 소비를 필요로 하고, 물질의 소비는 물질의 생산이 전제되어야 하는데, 옛날에는 토지가 유일한 생산수단이었다. 그런 토지가 한 사람의 군왕 또는 국가에 의해 소유되고 백성에게는 소유권이 허용되지 않는다면, 생산수단의 소유가 허용되지 않는 개개의 백성에게 〈자유〉는 원칙적으로 존재할 수가 없다. 〈자유로운 개인〉의 존재는 〈생산수단의 사적 소유〉와 분리될 수 없는 것이기 때문이다.

토지의 사적 소유권과 자유가 허용되지 않는 정치체제하에서 개인들은 논리적으로 노예일 수밖에 없다. 개인에게 생산수단의 사적 소유가 허용되지 않고 자유가 허용되지 않는 사회나 국가를 우리가 어떤 이름으로 부르든 간에, 사회주의 또는 공산주의나 전체주의 국가라고 부르든 간에, 그 국가나 사회는 노예제 사회일 수밖에 없고, 그런 국가에서의 개인은, 비록 각자가 누릴 수 있는 자유의 정도에는 약간의 차이가 있을지라도, 노예임을 면할 수 없다.

북한은 건국 후 토지 등 생산수단의 사적 소유가 금지되고 전 국토가 처음에는 국유로, 김일성 전체주의 사교체제의 유사 왕조국가가 확립된 이후에는 김씨 일가의 사유재산이 됨으로서, 2천 5백만 북한 동포들은 불가피하게 노예의 신분으로 전락하였다.

그런데 우남 이승만의 〈독립정신〉에 기초하여 세워진 〈자유 민주〉 대한에서 자유를 만끽하며 살고 있는 자유인들 중에는 북한 동포들이 노예로서 억압받고 고통당하고 있는 현실을 외면하고, 동포들을 노예로 만든 김씨 왕조를 추종하거나 칭송까지 하면서 〈자유 대한〉을 부정하는 자들이 있다. 저들의 행태는 바로 노예제도를 찬성하고 노예해방을 반대하는 것과 같다. 〈자유인〉과 〈노예〉는 양립이 불가능한데도 마치 둘 사이에 조화, 양립, 연합, 연방이 가능한 것처럼 주장하는 것은 위험천만한 거짓이고 사기이다. 양자 사이에는 오직 택일만이 있을 뿐이다. 이 점을 분명히 이해하고 나면 우남의 〈자유인〉과 〈자유 민주 대한〉을 위한 그의 고집과 정치도 수긍할 수 있게 될 것이다.

우남 이승만은 〈독립정신〉이란 책에서 당시로서는 너무도 당연시되던 전제군주제를 반대하고, '나라 집' 곧 '국가(國家)'는 독립적이고 자유로운 개인들로 구성된 조직체로서 그 개인들이 국가의 주인이라는 〈자유 민주주의〉 정치사상을 설명하고 있는데, 우남의 이러한 사상은 노예제 사회였던 조선에서 최초로 〈독립적인 자유인들의 공화국〉 대한민국이 건국될 수 있는 사상적 기초가 되었던 것이다. 20대의 청년 우남이 1904년에 한성감옥에서 쓴 이 책 속에는 놀랍

게도 해방 후 1948년에 건국되는 대한민국의 정치체제, 국가경영의 규범과 나아갈 방향 및 그 후 60년대의 경제발전 방식까지 자세히 설계되어 있다.

우남이 〈독립정신〉에서 얘기하고 있는 개인의 자유, 자주, 독립, 선린외교와 동맹 중시, 세계와 통상하는 자유시장경제의 정치경제 사상은 대한민국이 건국될 때 〈대한민국의 건국이념 및 정신〉으로 헌법에 명문화되어 현재에도 그리고 미래에도 여전히 대한민국이 나아가야 할 방향을 제시해 주는 나침반 역할을 하고 있다.

역자는 우남의 〈독립정신〉을 현대어로 옮기는 작업을 하면서 큰 감동을 느낌과 동시에 한 가지 의문을 갖게 되었다. 즉, 20대의 젊은 청년이 6년 째 감옥생활을 하는 중에(*우남은 24세인 1899년 1월에 투옥되어 수감생활을 하다가 1904년 2월부터 이 책을 쓰기 시작했다.) 어떤 계기가 있었기에 이처럼 위대한 책을 쓸 수 있었을까 하는 의문이었다. 그래서 이 의문에 대한 답을 찾아가는 과정에서 그가 감옥에서 지은 한시들을 모아놓은 〈체역집(替役集)〉도 만나게 되었다.

우남은 어릴 때부터 한시를 즐겨 읽고 공부했는데, 특히 1899년 1월 고종 폐위음모 사건에 연루되어 한성감옥에 수감된 후 많은 한시를 지었다. 그때 쓴 한시들을 모아서 〈체역집(替役集)〉이라는 특이한 이름을 붙였는데, 여기에 실려 있는 한시들이 그가 일생 동안 지은 전체 한시의 대부분을 이룬다.

그의 한시집 이름인 〈체역집(替役集)〉에서 '체(替)'는 '대신하다', '대체(代替)하다'는 뜻이고, '역(役)'은 '강제노역', '징역(懲役)', '감옥에 수

감되어 있는 죄인(罪囚)' 등을 뜻한다.

이렇게 보면, 우남이 자신의 한시집 이름을 〈체역집(替役集)〉이라고 지은 것은 곧 "징역살이의 고통을 잊기 위해 지은 한시 모음"이라는 뜻도 되지만, "감옥살이 하는 많은 죄수들을 대신하여 지은 한시 모음"이라는 뜻도 된다.

이스라엘 민족의 속죄 의식(儀式) 중에는 양 두 마리를 택하여 하나는 신에게 제물로 바치고 다른 하나에게는 온 민족이 지은 모든 죄를 다 지워서 산채로 광야로 쫓아 보내 정처 없이 헤매다가 죽게 하는 것이 있다. 이스라엘 민족의 죄를 대신 짊어지고 죽으러 가는 이 양을 우리 말로 '속죄양'이라고 하는데, 영어에서는 '아사셀(Azazel)', 한문에서는 '체죄양(替罪羊)'이라고 부른다. 이승만의 한시집 제목 '체역(替役)'은 무의식중에 스스로 '체죄양(替罪羊)', 즉 우리 민족 전체의 '속죄양(贖罪羊)'이 될 것을 예감하고 지은 것은 아니었을까, 하고 역자는 생각해 보기도 했다.

역자는 우남의 한시를 앞의 사람들은 어떻게 해석하고 이해하였는지 알아보고 싶어서 번역서를 찾아보았는데, 옥중에서 지은 한시(*즉, 〈체역집〉)에 실려 있는 것들은 두 차례 번역되었고(辛鎬烈 譯, 1961. 동서출판사 : 李秀雄 譯, 2007. 배재대 출판부), 대한민국 건국 후에 지은 것들 중 일부는 한 차례(李秀雄 譯, 2007. 배재대 출판부) 번역되었으나, 두 책 모두 절판되어 서점에서는 구입할 수 없었다.

그래서 이주영 교수님과 국회도서관에서 두 책을 빌려서 1998년 〈우남이승만 연구원〉에서 발간한 〈우남이승만문서 동문편(雩南 李

承晩文書 東文篇)〉의 〈체역집(替役集)〉에 실려 있는 한시 원문들과 대조해보았다. 그 결과 거기에 실려 있는 한시들이 전부 번역되지도 않았을 뿐 아니라 그 번역된 한시들이 우남의 생각을 충분히 전달하기에는 부족하다는 생각이 들어서, 비록 주제넘은 일에 속하긴 하지만, 본인이 직접 번역하기로 하였다.

우남의 한시들은 오언절구(五言絶句), 칠언절구(七言絶句), 오언율시(五言律詩), 칠언율시, 오언배율(五言排律), 칠언배율 등 여러 가지 형식으로 되어 있는데, 그 중에서 가장 많은 것이 칠언율시이다. 한시는 한 구(句)가 5자, 혹은 7자 등으로 한정되어 있는데다가 각 구절은 엄격한 사성(四聲)의 성조(聲調) 배열의 규칙에 따라야 하므로 단어(字) 사용이 극도로 함축적이다. 따라서 의미 없는 단어(字)가 사용될 여지가 거의 없다. 그러므로 한 구절에 들어 있는 이 다섯 또는 일곱 자(字)의 단어들을 우리말 운율에 맞추기 위해서 그 일부의 번역을 생략한다면 시인의 본래 뜻을 전달하기가 어려워진다.

우리나라에서 한시 번역은 많은 경우 우리말 운율에 맞추기 위해 본래의 한시에 들어있는 단어들을 쉽게 생략하는 경향이 있다. 이는 한시 번역에 있어서 시인의 본래 뜻(意)과 시의 형식(韻) 중 어느 것에 중점을 둘 것인가, 어떤 비율로 뜻과 형식을 조정할 것인가 하는 문제와 관련된다. 우리말 특성상 운율(韻律)을 중시하면 한시 본래의 뜻 전달은 불가피하게 일부 희생시킬 수밖에 없게 된다.

이런 폐단을 피하기 위하여 역자는 한시를 번역할 때에는 〈두시언해(杜詩諺解)〉의 방식을 따르고 있다. 〈두시언해〉는 조선조 중기에 간행되어 당시 선비들의 한시 공부의 필수 참고서처럼 되었던 책이다.

유윤겸(柳允謙), 조위(曹偉), 의침(義砧) 등 세 사람이 당(唐)나라 시인 두보(杜甫)의 시 전부를 우리말로 번역(諺解)한 것으로, 시구(詩句)에 나오는 글자는 한 글자도 누락시키지 않고 번역함으로써 시인이 말하려는 뜻을 충실히 전달하고 있다. 그런데 이렇게 하기 위해서는 번역된 우리말의 시적 형식이나 운율은 어느 정도 희생시켜야 한다.

다음으로, 한시의 내용에 역사적인 사실이나 인물들이 한두 글자로 압축되어 인용되고 있는 경우, 그 시를 제대로 이해하기 위해서는 먼저 그 사실과 인물에 대한 이해가 필요하다. 그래서 역자는 우남이 한두 글자로 압축해서 표현한 역사적 사건이나 인물에 대해 자세하게 주(注)를 달려고 노력하였다. 이 주를 통하여 우리는 우남 이승만의 사서삼경(四書三經) 등 유학(儒學) 경서에 대한 높은 이해와 〈사기(史記)〉, 〈통감절요〉 등 중국의 역사에 대한 해박한 지식, 그리고 이백(李白), 두보(杜甫), 소식(蘇軾: 소동파) 등 당송팔대가(唐宋八大家)들의 시에 대한 많은 공부가 있었음을 알 수 있다. 이에 더하여 그가 옥중에서 쓴 한문 논설들을 통하여 그는 20대 초반에 이미 대 한학자(漢學者)의 반열에 올라 있었음을 알 수 있다.

그리고 우남은 옥중의 동료죄수 백허(白虛) 이유형(李裕馨)과 더불어 명나라 때의 재자가인 소설 〈평산냉연(平山冷燕)〉을 읽고 거기에 나오는 시들을 차운(次韻)하여 화답하는 시를 여러 수 지었는데, 그 시들이 〈체역집〉에 모두 실려 있다. 그리고 그런 시작(詩作)을 통해 옥중생활의 무료함과 고통을 잊고 또 당시의 상념들을 많이 이야기하고 있는데, 그런데도 앞에서 말한 두 가지 번역본에서는 이를 생략하고 있다. 역자는 본문에 있는 이 시들을 전부 번역할 뿐만 아니라, 이 시들을 이해하는 데 참고가 되도록 〈평산냉연〉에 나오는 시들 중의 일부도 번역하여 소개하였다.

또한 우남은 해방 이후의 시들에 대해서는 그 지은 때를 기록해 놓았으나 옥중에서 쓴 〈체역집〉의 시들과 다른 시들의 일부는 지은 시기를 기록해 놓지 않았다. 그래서 역자는 시를 지은 시기를 대략 여섯 시기로 크게 분류하여 첫째 〈체역집〉 이전 시기에 지은 시. 둘째 감옥 안에 있던 시기, 즉 〈체역집〉에 수록된 시들. 셋째 독립운동 시기. 넷째 해방 후 건국전후. 다섯째 6·25전쟁 이후(1950-1960), 그리고 마지막으로 기타 지인들에게 증정하기 위해 서예작품을 쓸 때 지은 시들로 나누어 시기별로 실었는데, 이 책의 절대 다수는 〈체역집〉에 수록된 시들이다. 이렇게 하여 지금까지 역자가 입수할 수 있었던 모든 시들을 이 시집에 실었으나, 아마 아직도 발견되거나 번역된 적도 없는 우남의 시들도 있을 것이다. 앞으로 찾아지는 대로 보완해 갈 생각이다.

예상되는 많은 번역 오류에도 불구하고 본 역서를 출판하기로 한 것은, 우남의 이 시들을 통해 예민한 감수성과 탁월한 지적 두뇌를 지닌 한 젊은 천재가 무기수의 신분으로 수형생활을 하는 동안 어떤 감정상태에서 무슨 생각을 하였는지, 무슨 주제를 붙들고 천착하였는지 알아보고, 또 그것이 나중에 쓴 〈독립정신〉과 어떤 연관을 갖는지를 알아보는 데 있어 그의 한시들이 좋은 참고자료가 될 것으로 생각했기 때문이다.

특히 그가 죄도 없이 〈자유가 박탈된 상태〉에서 극단적 고통을 체험하고, 개인과 국가에 대해 〈자유〉가 갖는 중요성을 통감하고 성찰하여, 후에 〈자유〉를 그의 정치사상 및 정치활동의 큰 원칙으로 확립, 고집하게 되는 계기를 그의 시에서 찾아볼 수 있다.

끝으로 본 역서가 망각되고 있던 우남의 한시를 많은 사람들이 읽고 연구하는 데 있어 하나의 출발점이 되기를 바란다. 그리고 혹 잘못된 번역이나 오류를 발견하는 대로 지적해 준다면 앞으로 충실히 반영해 나갈 것을 약속드리면서, 미리 감사를 드리는 바이다.

2019년 4월 16일
편역자 박기봉

차 례

1. 〈체역집〉 이전의 시

2. 체역집(替役集)에 수록된 시

3. 독립운동 시기

4. 해방 후 건국전후 시기

5. 6·25전쟁 이후 (1950-1960)

6. 기타

1. 〈체역집〉 이전의 시

1-1. 유년 시기

바람은 손이 없어도 나무를 흔들고
달은 발이 없어도 하늘을 간다.

風無手而撼樹,
月無足而行空.

* 撼(감): 흔들다. 蚍蜉撼大樹(비부감대수): 왕개미가 큰 나무를 흔들
  려고 하듯이, 자기 역량도 생각하지 않고 함부로 큰 일을 계획하
  거나 큰 소리 치는 것을 말한다.

* 이 시는 아마 천자문을 배우고 난 직후에 지은 것 같다.
  눈에 보이는 것만 인식할 어린 나이에 벌써 이승만은 눈에 보이는
  것 뒤편에 있는 눈에 보이지 않는, 본질적이고 추상적인 것을 이해
  할 수 있는 탁월한 능력이 있었음을 이 시로써 알 수 있다.

1-2. 영구를 모시지 못했다(未奉靈柩)

겹겹 문 굳게 잠겨 하루가 한 해 같이 긴데
나그네의 생각과 가을 회포 다 같이 아득하다.
고향이 지척인데 부질없이 꿈 생각만
달빛은 두 곳 하늘에서 두루 비춘다.

스물두 해를 정성껏 길러주신 덕에
이제 와선 이 몸과 머리 정말로 훤칠하다.
그런데도 영구 받들고 가서 장사 못 뫼시니
머리 위 저 하늘에 어찌 부끄럽지 않으리요.
　　　－병신년(1896년) 오동잎 떨어지는 가을에 우남이 곡을 하다

　　未奉靈柩(미봉영구)
　　重門深鎖日如年,　　客思秋懷仍渺然.
　　咫尺家山徒夢想,　　月光遍照兩邊天.

　　鞠育情恩廿二年,　　而今身髮正軒然.
　　未奉靈柩安土宅,　　戴頭寧不愧蒼天.
　　　　　　－丙申梧楸霣南吟哭

* 1895년 10월의 을미사변(乙未事變: 명성황후 피살사건)에 대한 복수로 김홍집 친일내각을 타도하고 국왕을 궐 밖으로 모신 후에 정부를 개조하고 시국을 수습하려는 계획으로 이충구(李忠求) 등이 친러, 친미파 관리 및 군인들과 쿠데타를 일으켰는데, 이를 춘생문(春生門) 사건이라고 한다. 춘생(春生)이란 원래 경복궁의 동쪽을 가리키는데, 경복궁 동북쪽 문이기에 춘생문이라고 하였다.

당시 일본 낭인들에 의한 국모 피살 사건으로 신변에 위협을 느낀 고종이 믿을 수 있는 인사들의 도움으로 경복궁 동쪽 문을 통해 왕궁을 탈출하여 정동에 있는 미국 대사관으로 옮겨 가려 했으나 거사 계획에 참여했던 친위대 대대장 이진호(李軫鎬)의 배신으로 실패하였다.

이승만도 이충구를 통해 이 사건 계획에 대하여 들은 바가 있어서 계획이 실패한 후 수배자 명단에 그의 이름도 같이 올랐는데, 주모자 이충구가 체포될 때 집안일을 돌보던 사람이 순검들이 집에 체포하러 온 사실을 알려주어 이승만은 미국 선교사 파이팅의 도움으로 머리에 붕대를 감은 여자 환자로 가장하고 가마를 타고 남대문을 빠져나와 황해도 평산(平山)의 누이 집으로 피신하였다. 후에 1896년 2월 11일 밤, 궁녀로 변장한 국왕과 왕세자가 베베르(Karl I. Weber, 韋貝) 러시아 공사와 알렌 박사의 도움으로 가마에 실려 궁궐을 빠져나와 러시아 공사관으로 피신하여(*이를 아관파천俄館播遷이라 함) 새로운 내각을 공포하고 국정을 맡도록 하였다.

정권이 바뀌자 이승만도 서울로 돌아와(1896. 2.) 학업과 정치활동을 재개할 수 있었으나, 그 해(1896) 7월 25일(음)에 이승만의 모친이 세상을 떠났는데, 이때 이승만이 무슨 사정으로 황해도 평산의 장지까지 직접 갈 수 없었는지에 대해 설명해 놓은 기록이 없다.

1-3. 고목가(古木歌)

일. 슬프다 저 나무 다 늙었네
　　병들고 썩어서 반만 섰네.
　　심악(甚惡)한 비바람 이리저리 급히 쳐
　　몇 백 년 큰 남기(나무가) 오늘 위태.

이. 원수의 땃작새(딱다구리) 밑을 쪼네.
　　미욱한 저 새야 쪼지 마라.
　　쪼고 또 쪼다가 고목이 부러지면
　　네 처자 네 몸은 어디 의지.

삼. 버티세, 버티세, 저 고목을,
　　뿌리만 굳 박혀 반근(盤根)되면,
　　새 가지 새 잎이 다시 영화(榮華) 봄 되면,
　　강근(强根)이 자란 후 풍우 불외(不畏).

사. 쏘아라, 저 포수 땃작새를
　　원수의 저 미물 남글(나무를) 쪼아
　　비바람을 도와 넘어지게 하니
　　위망(危亡)을 재촉하여 어찌할꼬.

* 1898년 3월 5일 자 〈협성회보〉에 실린 것으로, 〈한국개화기 시가집〉(김근수; 1985) 서문에서 현대 맞춤법으로 고쳐 실었다. 한시가 아닌 순 우리말 古詩지만 참고로 소개한다.

2. 체역집(替役集)에
수록된 시

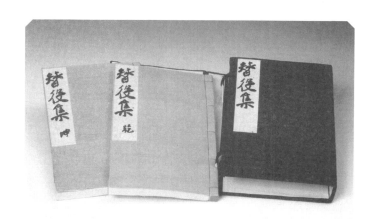

2-1. 옥중 회포(牢中述懷)

평생 동안 가슴 속 평온한 적 없었지만
비바람에 풍랑 이니 쉽사리 놀랄 수밖에.
조롱 속에 갇힌 학은 구름 만 리 날아갈 생각을 하고
숲속에 깃든 새는 늦은 달밤에 홀로 꿈을 꾼다.

책을 동반 삼으니 행장이 무겁고
칼집 속에 칼 있으니 목숨 가벼이 여기는 줄 안다.
세상일 하는 데 필요한 돈이야 어딜 가나 있는 법
가난하다고 어찌 해야 할 일 안 하랴.

牢中述懷(뇌중술회)
一生胸海不平鳴,　　雨打風飜浪易驚.
籠鶴遙懷雲萬里,　　林禽孤夢月三更.

筴書爲伴行裝重,　　匣劒知心性命輕.
世事黃金隨處有,　　貧寒那得誤經營.

* 筴書(책서): 죽간(竹簡). 책.

2-2. 늦가을의 국화(秋後晩菊)

(*감옥에서 시종장 백허 이유향과 함께 짓다.)

늦가을의 고향동산 그리워한 지 오래인데
그곳의 노란 국화 금년에도 이미 시들었겠지.
용산(龍山)의 연회자리엔 지각해서 아쉬워 했지만
고향마을 오솔길의 향기 누구를 위한 것인가.

풍상을 겪어야 높은 절개 드러나고
비와 이슬 맞아야 늦은 영화 따라온다.
고고한 국화꽃은 한 송이로도 스스로 도도할 수 있지만
번화한 복사꽃들이야 어딜 가나 흔해 빠졌지.

秋後晩菊(추후만국)
(*牢中作與李侍從裕馨號白虛共賦)

秋盡鄕園旅恨長,　　今年黃菊已參商.
酒續龍山嗟我晩,　　徑荒栗里爲誰香.

纔經風霜高節見,　　偏承雨露晩榮將.
一朶孤高能自傲,　　繁華桃李只尋常.

* 參商(삼상): 參과 商은 별의 이름. 서쪽의 별인 參과 동쪽의 별인 商은 서로 뜨는 시간이 반대여서 만나는 일이 없는데, 흔히 혈육이나 친구를 오래 만나지 못하는 것을 비유한다. 두보(杜甫)의 시 〈증위팔처사(贈衛八處士)〉에서 "人生不相見, 動如參與商." (사람이 평생 동안 서로 만나볼 수 없는 까닭은 삼성과 상성처럼 움직이기 때문.) 이라고 하였다.

酒續龍山(주속용산): 용산은 중국 호북성 강릉에 있는 산 이름. 晉나라 시인 맹가(孟嘉)가 항온(桓溫)의 참군이 되어 9월에 용산에서 연회를 열었는데 바람이 불어와 맹가가 머리에 쓰고 있던 모자가 날려 떨어졌으나 본인은 깨닫지 못하고 오랫동안 측간에 앉아 있는 듯이 앉아 있으므로 모인 사람들이 이를 희롱하는 시를 지었는데, 맹가가 즉석에서 답한 시가 참으로 아름다워 모두들 감탄했다고 한다.

栗里(율리): 중국 강서성 구강현(九江縣)에 있는 지명으로 진(晉)나라의 시인 도연명(陶淵明)의 고향. 그의 〈귀거래사(歸去來辭)〉에서 "三逕就荒, 松菊猶存." (집안의 오솔길은 황폐해졌으나 소나무와 국화는 여전히 남아 있다.)라고 하면서 국화를 노래했다.

榮將(영장): 영화가 따르다. 將: 동반하다. 따르다.

2-3. 〈평산냉연〉의 백연(白鷰) 시의
운을 빌려 지은 시(次平山冷燕白鷰詩韻)

전생에 두던 바둑 아직도 꿈에 아련한데
날개 돋은 인간이라고 누가 감히 비난하겠는가.
진(晉)나라 때엔 턱이 붉어야만 요염하다 자랑했고
한(漢)나라의 조비연은 눈처럼 희고 살찐 피부가 예뻤었다.

펄럭이며 떨어지는 배꽃은 서로 흰 자태 다투고
점점이 휘날리는 버들개지는 옷에 가득 묻은 서리 같다.
옛 집의 봄 제사 때엔 해마다 찾아가는 나그네지만
백제성 안으로는 여태 못 돌아갔다.

　　次平山冷白鷰詩韻(차평산냉연백연시운)
　　前身玉局夢依稀,　　羽翼人間孰敢非.
　　晉代只誇丹頜艷,　　趙姬還妬雪膚肥.

　　飛拂梨花爭素影,　　點飄柳絮滿霜衣.
　　舊巢春社年年客,　　白帝城中尙未歸.

　　* 次韻(차운): 화답하는 시에서 남이 지은 시의 운자를 따서 시를 짓
　　　다. 또는 그렇게 짓는 것.

白鷰(백연): 白燕. 흰 제비

玉局(옥국): 바둑(棋局)의 미칭(美稱).

依稀(의희): 아련하다. 어슴푸레하다.

丹頷(단함): 붉은 턱. 제비의 턱.

趙姬(조희): 趙飛燕. 기원전 ?-前 1년. 한 성제(成帝)의 궁인. 성양
후(成陽侯) 조림(趙臨)의 딸. 처음 가무를 배울 때 몸이 가벼워서
나는 제비란 뜻으로 비연(飛燕)이라 불렀다. 반첩여(班婕妤) 허
후(許后)가 폐위되자 后가 되었다. 애제(哀帝)가 즉위한 후 황태
후가 되었고, 평제(平帝)가 즉위한 후 廢庶人 되어 자살했다.(〈漢
書. 孝成趙皇后傳〉). 이백(李白)의 시 청평조(淸平調)(三首) 제2
首에: "借問漢宮誰得似, 可憐飛燕倚新妝."(묻노니 한나라 궁전
의 어느 미인을 닮았는가? 새로이 단장한 조비연이 아름답구나.)
에서의 비연(飛燕)이 바로 이곳에서 말하는 조희(趙姬)이다.

姤(구): 예쁘다. 추하다.

飛拂(비불): 펄럭이면서 날다.

素影(소영): 흰 자태. 흰 모습.

春社(춘사): 제사 이름. 토지신에게 풍년을 비는 제사.

白帝城(백제성): 지금의 사천성 봉절현(奉節縣) 동쪽의 구당협(瞿塘
峽) 입구에 있는 고성 이름. 이백(李白)의 시 〈하강릉(下江陵)〉이
란 시에서: "朝辭白帝彩雲間, 千里江陵一日還."(아름다운 색상
의 구름이 감싸고 있는 백제성을 이른 아침에 출발했는데, 천리
물길 강릉을 하루 만에 닿았다.)라고 하였다.

* 참고로 명나라 때의 재자가인 소설 〈평산냉연(平山冷燕)〉의 제1회
에 나오는 〈백연(白鷰)〉 시를 소개하면 다음과 같다.

석양에 조문하는 자 순결한 마음 적고

배꽃 속에 숨어든다고 시비하는 자 없다.

흰 것은 까마귀한테 검정색 빌리기를 부끄러워하고
여위면 다만 눈을 배경으로 더 살찐 것처럼 보이게 한다.

　夕陽憑弔素心稀,　　遁入梨花無是非.
　淡去羞從鴉借色,　　瘦來止許雪添肥.

밤이 깜깜할 때 날아 돌아와도 여전히 그림자 생기고
봄의 붉은 색 다 머금어도 옷을 안 빤다.
몇몇 솟을대문의 권세가들 부귀를 자랑하지만
끝내 내가 깨끗한 몸으로 돌아가게 해준다.

　飛回夜黑還留影,　　衒盡春紅不浣衣.
　多少朱門誇富貴,　　終能容我潔身歸.

　　* 素心(소심): 본심. 순결한 마음 바탕.

2-4. 까치(喜鵲)

깊숙한 곳에서 하늘 보며 우물안 개구리 신세 한탄하고,
비스듬히 창밖 내다보며 까치와 얘기하기 좋아한다.
까치는 나무 끝에 앉아 기러기 온 걸 알려 주고,
은하수를 통해 갑자기 헤어진 아내에게 소식 전한다.

밤에 적벽으로 돌아가며 조조는 보름달을 노래했는데,
봄에 강남으로 통하는 길 끊으면 꽃은 누가 전해주나.
까치가 날아간 것은 임 찾아가 소식 전하기 위해서지만
어젯밤에 나그네는 자면서 집에 돌아가는 꿈을 꾸었다.

喜鵲(희작)

深處看天歎井蛙,　　偏憐語鵲眺窓斜.
喜占上林傳雁到,　　緣通銀漢伴急遮.

夜歸赤壁人吟月,　　春斷江南孰寄花.
飛去爲尋閨裡報,　　前宵客枕夢還家.

* 銀漢(은한): 은하수.
夜歸赤壁(야귀적벽): 까치가 밤에 적벽으로 돌아가다. 〈삼국연의〉에 의하
　　면, 적벽대전 전날 달밤에 조조가 배 위에서 연회를 베풀 때 달이 밝
　　았는데, 까치가 남쪽으로 날아가는 것을 보고 조조가 시를 읊는다.

2-5. 머리 기른 중(有髮僧)

속세 떠난 중 같으나 도리어 머리 길렀고
바삐 돌아다니니 혼자 몸이어도 외로워할 틈이 없다.
전생의 꿈은 도회지의 화류계 아가씨들과 노는 것
모여서 시 읊는 풍류야 몇몇 사람들의 호사일 뿐.

사물 밖에서 마음을 살펴보면 적멸로 귀의하고
고요한 중에 도를 찾으면 허무를 깨닫는다.
참선 하겠다고 산속 절로 들어가지 마라
속세에서도 백발 도사 볼 수 있으니.

有髮僧(유발승)
非俗疑僧反有毫,　　百忙不到一身孤.
錦城花柳前生夢,　　洛社風流幾個豪.

物外觀心歸寂滅,　　靜中覓道覺虛無.
尋禪莫向山門去,　　塵界還看太白胡.

*錦城(금성): 금성은 곧 금관성(錦官城), 즉 촉한(蜀漢)의 도성으로 지
금의 사천성 성도현(成都縣)에 있다. 시(詩)에서는 흔히 번화한 도
시나 수도의 대명사로 인용된다.
花柳(화류): 화류항(花柳巷: 노는계집들이 모여 사는 거리).

洛社(낙사): 宋의 구양수(歐陽脩), 매요신(梅堯臣) 등이 낙양에 있을 때 조직한 시 모임(詩社).

寂滅(적멸): 불교의 도(道)를 이른 말.

虛無(허무): 노자의 道.

太白胡(태백호): 백발의 노인. 도인이나 신선의 모습. 태백은 산 이름으로 섬서성 미현(眉縣) 동남에 있는데, 王琦(왕기)는 말했다: "태백산은 상봉부 미현 동남 40리에 있는데, 관내의 모든 산들 중에서 가장 높으며, 그 산정은 높고 추워서 초목이 자라지 못하고, 항상 눈이 쌓여 있고 녹지 않는데, 한여름에 그 산을 보면 오히려 더욱 번쩍번쩍 빛이 나므로 태백(太白)이라고 부른다."

2-6. 항아리 속의 촛불(缸中燭)

작은 항아리 속에 촛불 하나 밤낮으로 켜져 있어
칠흑 같이 깜깜한 밤에도 빛을 발한다.
가슴속 깊숙이에서 달빛을 잉태하여
아가리가 뜨거워지면 우레 같은 소리를 낸다.

항아리를 덮으면 불이 꺼져 화장거울도 잠기고
항아리를 열면 눈앞에 불똥이 아른거린다.
세상에 처세함도 마땅히 이와 같이 하여
때에 따라 이름을 감출 수 있어야 한다.

　　缸中燭(항중촉)
　　小缸欺晦明,　　漆夜一光生.
　　胸深胎月色,　　口熱吐雷聲.

　　掩時粧鏡鎖,　　開處眼花成.
　　在世當如此,　　隨時可隱名.

　* 缸中燭: 감옥에서는 촛불(燭)을 금하므로 항아리 안에 불 켜진 등잔
　　을 넣어두는데, 이를 촛불이라고 한 것이다.

2-7. 형무소의 이불(官衾)

간혀 있는 몸이지만 임금님의 은혜 고마워
우리 같은 죄수에게까지 옷과 이불 주시네.
세모에 감방 안에 갇혀 있어도
포근히 잠자는 소리 밤새도록 들린다.

몸을 덮으면 추위로 으슬으슬 떨지 않아도 되고
얼굴을 덮으면 이마에 땀방울 맺힌다.
죄수들을 위해 바람서리 걱정 막아주니
임금님의 은혜 이루 말할 수 없네.

官衾(관금)
圄圈感聖明,　　衣被及吾生.
迫歲窮囚處,　　終宵穩睡聲.

着身寒栗滅,　　掩面汗珠成.
爲防風霜怯,　　君恩不可名.

* 五言律詩(오언율시): 이 시는 오언율시로서, 한시에서 한 구(句)가
　　다섯 자로 된 것이 오언시(五言詩)이고, 이 다섯 자로 된 구가 넷
　　이면 오언절구(五言絶句), 여덟이면 오언율시다.
　　圄圈(영어): 감옥.　寒栗(한율): 추워서 으슬으슬 떠는 것.

2-8. 눈(雪)

지난 밤 추워지더니 눈이 와서 나무 가지에 가득하기에
창문 열어 기이한 조화를 보고 깜짝 놀란다.
수척해진 매화의 색이 옅어지자 처(妻)는 말이 없고
잠자던 학이 자취 감추어도 나그네는 눈치 채지 못한다.

동산 숲에 바람 불자 눈꽃들 찬란하게 흩어지고
달이 뜨니 백옥들이 누각에 울퉁불퉁 깔려 있다.
이런 때 시제(詩題) 내어 청아한 흥취 읊고 싶어
(왕자유는) 홀로 노를 저어 산음(山陰)으로 친구 찾아갔다네.

　雪(설)

　一夜寒生雪滿枝,　　開窓驚覺化工奇.
　瘦梅減色妻無語,　　眠鶴藏痕客不知.

　風度園林花爛熳,　　月明樓閣玉參差.
　題詩欲記淸狂興,　　孤棹山陰訪友時.

* 梅妻(매처): 宋의 시인 임포(林逋)가 서호(西湖)의 고산(孤山)에
　은거하며 취처(娶妻)를 하지 않아 자식이 없었는데, 일찍이 매
　화를 심고 학을 길러 벗을 삼으니 사람들이 매처(梅妻) 학자(鶴
　子)라고 불렀다.

山陰(산음): 晉의 왕자유(王子猷)가 눈 오는 밤에 배를 저어 산음 사는
　　친구 대안도(戴安道)를 찾아갔다가 돌아온 일이 있었다.

　　우남 이승만은 이 시에서뿐만 아니라 아래(2-47)의 〈시인을 만나
니 반가워(喜逢詩人)〉와 (5-5)의 벽에 걸린 그림(題壁上圖)에서도
대안도의 고사를 회상하며 여러 차례 인용하고 있다. 젊은 시절
꿈을 갖고 활동하다가 무기수가 되어 감옥 안에 갇혀 있는 신세가
되었으니 세상을 피해 숨어사는 대안도의 삶이 그립기도 했을 것
이다.

2-9. 국경일(國慶)

문무 관원들이 자식들처럼 앞 다투어 모여드는데
이런 좋은 때에 불우하여 재주 없음이 부끄럽다.
상서로운 노을은 매화의 마른 가지를 새로 살려내고
상서로운 구름은 달을 품었다가 달을 새로 토해낸다.

임금님의 은덕이 감옥까지 미치어 백성들 칭송하고
종묘사직에 영화가 더해지니 임금님 기뻐하시네.
불충한 이 몸은 만세 대열에 참여하지 못하고
북창에 기대어 슬피 대궐을 멍하니 바라본다.

　　國慶(국경)
　　文武爭趨庶子來,　　明時落拓愧無才.
　　瑞靄醫梅蘇瘦骨,　　祥雲孕月吐新胎.

　　澤及監牢民頌矣,　　榮添宗社帝休哉.
　　微誠不與呼崇列,　　依北悵望意欲灰.

　　* 落拓(낙척): 불우, 불행에 빠짐. 영락함.
　　吐新胎(토신태): 새로 태어나는 태(즉, 초승달)를 토해내다.
　　呼崇(호숭): 漢武帝가 숭산(崇山)에 올라 봉선(封禪)할 때 신인(神人)
　　　　이 만세를 세 번 불렀다(呼)는 고사에서 유래한 말.

2-10. 저녁햇빛(落照)

만고 이래 인생은 이 저녁노을 바라보며 늙어 가는데
고개 돌려 바라보니 하늘가 멀리에 새들이 돌아온다.
여위신 노모께선 백발을 걱정하시는데
애석하구나, 세월 빨라 거울 속에 홍안 보이지 않는 것이.

마을의 저녁연기 물가의 갈대꽃과 어우러지고
붉은 단풍잎으로 물든 산은 가을의 또 다른 모습.
나그네는 아직 돌아가지 못했는데 이제 또 날 저무니
흘러가는 구름아, 네 고향은 어듸메냐?

落照(낙조)

萬古人生老此間,　　天涯回首鳥空還.
影薄萱堂憂白髮,　　光催粧鏡惜紅顏.

一村烟合蘆花水,　　半面秋明赤葉山.
客子未歸今又暮,　　征雲何處是鄕關.

* 萱堂(훤당): 훤실(萱室). 훤초는 걱정을 없애주는 풀로, 고대엔 이 풀
　　을 모친의 거처인 북당(北堂) 앞에 심어 자식들이 근심걱정하지
　　않도록 하였으므로 모친(母親)의 대칭(代稱)이 되었다.
　征雲(정운): 행운(行雲). (*征: 行也. 遠行. 遠去.)

2-11. 열국교행(列國交行)

나라와 나라가 서로 통하는 길 수없이 많아
오가는 사신들의 깃발이 날마다 하늘 높이 나부낀다.
바다에 접해 있는 해관의 창문들은 달과 촛불 같이 훤하고
전기로 달리는 차바퀴들은 구름다리를 함께 건넌다.

새로운 병기들은 태공망의 병법을 무용지물로 만들고
각국의 쟁쟁한 인물들은 서시(西施)의 미모를 과시한다.
진(秦)나라가 호시탐탐 노려본들 걱정할 게 무엇인가.
여섯 나라가 연합하여 세력을 과시한다면.

列國交行(열국교행)
疆域交通路萬條,　　連天冠盖日飄飄.
海接戶牖同月燭,　　電馳車轂共虹橋.

兵機盡奪太公妙,　　人物爭誇西子嬌.
虎視眈秦何足患,　　六鷄聯翮幷翹翹.

* 冠盖(관개): 관원의 복식과 타는 차. 사자(使者). 사신.
虹橋(홍교): 무지개 모양의 다리.
海接戶牖(해접호유): 항구에 설립된 해관(세관)의 건물.
太公妙(태공묘): 周나라 초기의 여상(呂尙) 강태공(姜太公)의 신묘한

병법. 강태공은 周의 文王을 도와서 殷나라를 멸하고 周나라를
건국하는 데 큰 공을 세웠다. 그가 쓴 병서로는 〈육도(六韜)〉가 있
는데, 秦의 황석공(黃石公)이 쓴 〈삼략(三略)〉과 함께 〈육도삼략〉
이라고 부르는데, 〈손자병법〉과 더불어 대표적인 병법서이다.

西子嬌(서자교): 서시(西施)의 아름다움. 서시는 吳나라의 임금 부차
(夫差)의 총희였던 越나라의 미인.

虎視眈秦(호시탐진): 주변 국가들을 호시탐탐 노리는 秦나라. 여기서
秦은 淸나라를 가리키지만, 일반적으로 주변국을 침략하려는 야
욕을 품은 나라를 가리킴.

六鷄(육계): 여섯 마리의 닭. 한 마리의 범(虎)에 대항하는 여섯 마리의
닭. 이로써 외교를 통하여 여러 나라가 연합하는 것의 중요성을
시로 읊은 것으로 전국시대 소진(蘇秦)의 여섯 나라의 합종(合縱)
을 가리킨다.

翮(핵): 깃촉. 날개.

翹翹(교교): 꼬리를 높이 든 모양. 높은 모양.

2-12. 소나기(驟雨)

대낮에 많은 산들이 갑자기 어두워지더니
곧바로 청개구리 개골개골 두세 번 울어댄다.
한 바탕 빗줄기가 재빨리 성안으로 몰려갔다가
순식간에 수천 개의 화살들을 바다로 쏘아댄다.

동쪽 마을에선 이미 선비의 보릿단 떠내려 보내고
서쪽 논밭에선 농사꾼의 술통들을 다투듯 깨트린다.
온 산골에서 바람소리 천둥소리가 천지를 뒤흔들고
놀란 새들은 어지러이 짧은 담장을 넘어간다.

驟雨(취우)

白晝群山晦薄言,　　綠蛙俄報兩三番.
倏焉一陣歸城市,　　頃刻千箭射海門.

東里已漂儒子麥,　　西疇爭破野人樽.
風雷萬壑掀天地,　　驚鳥紛紛過短垣.

> * 薄言(박언): 갑자기. 言 = 然.　海門(해문): 해협. 바다.
> 漂儒子麥(표유자맥): 어떤 선비가 글 읽기에 도취하여 소낙비가 마당
> 　의 보리멍석을 씻어가는 데도 몰랐다는 고사가 있다.
> 西疇(서주): 서쪽 밭두렁. 서쪽 농원. 도연명(陶淵明)의 〈귀거래사(歸
> 　去來辭)〉에 "將有事於西疇…"라 한 구절이 있다.

2-13. 그림 속의 학(畵鶴)

벽화 속에 봄이 깊어 학 한 마리 졸고 있을 때
그 밑에서 장기 두고 가야금 타는 소리 잘도 어울린다.
마음은 갈매기와 백로 찾아 긴 물가로 돌아가는데
따뜻한 못에서 짝을 지어 목욕하는 원앙 보고 부끄러워한다.

소동파(蘇東坡)는 뱃놀이 하며 너를 꿈꾸었을 터
용면거사(龍眠居士)의 화필에는 더 많은 얘기가 녹아 있다.
선생들 떠나간 후에는 매화나무도 같이 늙고
그림 속 학의 얼굴도 눈썹에 눈이 가득 하다.

> 畵鶴(화학)
> 畵壁春深倦睡時,　　某聲琴韻摠相宜.
> 魂尋鷗鷺歸長渚,　　羞伴鴛鴦浴暖池.
>
> 蘇子舟中應有夢,　　龍眠筆下更多私.
> 先生別後梅俱老,　　幅裏形容雪滿眉.

* 蘇子(소자): 소식(蘇軾). 소동파. 당송팔대가(唐宋八大家)의 한 사람.
　　그의 후적벽부(後赤壁賦)에 나오는 몽중학(夢中鶴)을 말한 것.
　龍眠(용면): 용면거사(龍眠居士). 宋의 화가 이공린(李公麟)이 만년에
　　용면산(龍眠山)에 은거하면서 자신의 호를 용면거사라 하였다.

2-14. 바둑(圍棋: 聯句排律)

높은 집 툇마루에 여름 해 긴데
마주 앉아 바둑 두며 세월 보낸다.
바둑알 여기저기 흩어져 놓이니
기발한 묘수는 가을 물처럼 서늘하다.

자신이 살아남은 후에야 싸울 수 있는 법
적과 싸우면서 살아남으려니 바쁘다.
때때로 내기바둑도 두는데, 산 북쪽 기슭의 별장과
한가을에 수확할 향기로운 귤을 내기로 건다.

긴 모래밭에서는 기러기가 진(陣)을 치고
길옆에선 말이 뛰어올라 몸을 감춘다.
나무꾼은 바둑 구경에 도끼자루 썩는 줄 모르고
두씨(杜氏)의 아내는 옆에서 기보(棋譜) 그릴 종이를 판다.

지느냐 이기느냐는 형세에 따라 결정되는 것
형세의 기복(起伏)은 기미를 잘 살펴야 한다.
포위당한 곳에서는 번개처럼 빨리 달아나고
의심스러울 때엔 미리 연막을 쳐놓아야 한다.

서쪽을 공격할 의도라면 동쪽에서 소리치고
외부에서 호응해 오는 세력은 중간에 끊어야 한다.
손가락 따라 바둑알들 수없이 놓인 후에야
한 판 바둑이 끝이 난다.

싸움에서 병사들이 교만하면 도리어 패배하고
신수(神手)는 반대로 속임수를 싫어한다.
득실을 알려면 촉(蜀)나라와 남만(蠻)의 싸움을 살펴보라.
진짜 수와 거짓 수는 송(宋) 양공(襄公)의 우직함을 비웃는다.

소리 없는 대화로 하루가 다 가도
호적수끼리는 해가 기울 때까지 앉아서 둔다.
바둑 한 판 두는 동안 전세(戰勢)가 여러 차례 변하지만
양쪽의 바둑 알(士卒)들은 하나하나가 힘이 세다.

(바둑판 구경하느라 나무꾼의 도끼자루 썩었다는 전설의)
신선들이 놀았다는 그곳은 어디인가.
그곳에서 마주 앉아 바둑 한 판 느긋이 두고 싶구나.

圍棋(위기) (聯句排律)

高堂夏日長,　　對局送年光.
落子零星散,　　奇謀秋水凉.

自存然後戰,　　交敵此中忙.
時賭山陰墅,　　秋深橘裡香.

長沙雁陣結,　　邊路馬飛藏.
樵客爛柯夢,　　杜妻畫紙商.

輸贏尋勢去,　　起伏察機詳.
圍處金蛇走,　　疑時木豫粧.

東聲西擊意,　　中斷外應量.
隨指花千點,　　終枰石一場.

兵驕還見敗,　　神設却嫌佯.
得失看蠻蜀,　　假眞笑宋襄.

無聲談盡日,　　敵手坐斜陽.
一局風塵變,　　兩家士卒强.
仙關何處是,　　相對水雲鄉.

＊ 聯句排律(연구배율): 한시체(漢詩體)의 하나로 五言이나 七言의 대
　　구(對句)를 여섯 개 이상 길게 늘어놓은 시를 말한다.
雁陣(안진): 기러기가 날아갈 때 만들어지는 모양의 진형.
爛柯(난가): 가란(柯爛). 부병후란(斧柄朽爛). 도끼자루가 썩다.
杜妻(두처): 두(杜)씨의 처. 여기서 두(杜)씨는 당나라 시인 두보(杜甫)

를 가리키는 것 같으나 확실하지는 않다.

金蛇(금사): 금으로 만든 뱀. 몸의 색깔이 황금색인 뱀. 번갯불의 비유.

東聲西擊(동성서격): 성동격서(聲東擊西).

枰石(평석): 바둑판 돌. 장기판 알.

蠻蜀(만촉): 삼국시대 蜀의 승상 제갈량(諸葛亮)이 남만(南蠻)의 맹획
　　(猛獲)의 항복을 받는 칠종칠금(七縱七擒) 고사에 비유한 말.

宋襄(송양): 전국시대 宋나라의 양공(襄公). 전쟁터에서 仁을 실천하려
　　고 하다가 패하여 죽었다. 임기응변을 모르는 사람의 대표적인 예
　　로 거론된다.

風塵(풍진): 바람이 먼지를 일으키다. 천지의 혼란이나 세속의 시끄러
　　움 또는 전란을 비유하고, 유언비어(流言蜚語)를 일컫기도 한다.

水雲鄕(수운향): 운수향(雲水鄕). 풍경이 맑고 그윽한 곳. 은자(隱者)
　　들이 한가롭게 지내는 곳.

2-15. 연기(烟)

만호(萬戶)의 큰 마을에 해가 기울 때
연기가 어슴푸레 나뭇가지들을 감싼다.
계천에 이르러 남아 있는 저녁노을을 건너고
골짜기를 둘러싸고 저녁노을을 기다린다.

성긴 버드나무에 짙은 녹음 감추고
낮게 날아 짧은 울타리를 쇠사슬처럼 엮는다.
바람 따라 흩어졌다 다시 합쳐지고
물 위에 떠 있다가 다시 흩어진다.

발처럼 펼쳐진 산들 앞에서 홀연히 사라지는데
그 얇기가 햇빛에 비춰 보는 실오라기 같다.
비 그친 후엔 색깔 더욱 선명해지고
저녁 후에 보고 있으면 깊은 생각에 잠기게 한다.

차 끓일 때엔 푸른 연기가 전서체처럼 비스듬히 올라가고,
향나무 태울 때엔 자주색 연기가 갈래져서 피어오른다.
중국 땅 모양의 아홉 점 연기는 멀리 날아가고
중국산 촛불의 연기는 다섯 집을 옮겨간다.

못 위에선 달 그림자를 희미하게 하고
물가 모래밭에선 어두운 구름과 같이 움직인다.
매화나무를 지나갈 때엔 백설인가 의심하게 만들고
대나무밭을 지나갈 때엔 못물처럼 수평으로 가라앉는다.

꽃 속에서는 벌들이 길을 잃게 만들고
나뭇가지 사이에선 새의 날개가 사라지게 한다.
곧바로 나아가니 굽은 길이란 없고
높이 솟아오르기도 낮게 가라앉기도 한다.

가볍고 얇아서 순식간에 다 사라지기도 하고
그윽하게 멀어져도 오랫동안 기억에 남는다.
연한 오동나무에선 거문고의 기운으로 변하고
돌이 불탈 땐 옥의 정기가 불타는 듯 슬프다.

세상 돌아가는 모습 끝내 이와 같으므로
오묘하고 기이한 것을 가장 조심해야 한다.

　　烟(연)
　　萬戶日斜時,　　依依擁樹枝.
　　臨溪殘靄渡,　　繞谷晚霞遲.

　　濃綠藏疎柳,　　低飛鎖短籬.

隨風散復合,　　凝水接還離.

忽失當簾岴,　　薄如隔日絲.
霽餘添活色,　　夕後惹幽思.

煮茗斜靑篆,　　燒檀擎紫歧.
齊洲九點遠,　　漢燭五家移.

潭月微拖影,　　渚雲暗共儀.
過梅疑白雪,　　穿竹倒平池.

花裡迷蜂勢,　　條間翳鳥翅.
直行無曲路,　　高出有低期.

輕薄須臾盡,　　杳茫許久知.
興桐琴氣化,　　焚石玉精悲.

世態終如此,　　幻奇最不宜.

* 霞(하): 놀.　靄(애): 놀.
岴(수): 산굴(山洞). 산봉우리.
遲(지): 기다리다(等待).
煮茗(자명): 차를 끓이다. 茗: 늦게 딴 차. (*早取曰茶, 晩取曰茗.)
翳(예): 가리다. 숨다.

齊洲(제주): 齊州. 中州. 옛날에는 中國을 가리켰다. 당(唐) 이하(李賀)
　　의 〈夢天(몽천)〉이란 시에서 "遙望齊州九點烟, 一泓海水杯中
　　瀉"(멀리 바라보니 중국은 아홉 점의 연기, 한 줄기 바닷물은 술잔
　　속의 소금땅)이라고 하였다. (*瀉(사): 쏟다. 설사하다. 짠 땅)
須臾(수유): 잠시. 조용한 모양.
縹(표): 가볍고 연하다.
幼(유): 깊다. 심원하다. 오묘하다.

2-16. 어부(漁父)

인간 만사 다 끝낸 후
옛 낚시터로 돌아와 고기 낚는다.
살아온 발자취 강호에 감추니
살아있을 동안 궂은 일 드물다.

한 동이 술 안엔 푸른 산 그림자 어리고
외로운 돛에는 달빛이 희미하다.
갈매기와 백로는 항상 붙어 다니고
바위와 구름도 서로 같이 지낸다.

단풍잎에 찬 서리 가득 내린 후에는
늦게 핀 갈대꽃에 내린 이슬도 서늘하다.
노래 멎으면 창랑의 물결 고요해지고
꿈을 깨면 저녁 밀물 밀려온다.

(부귀를 외면하고 낚시 즐긴) 엄칠리는 스승 삼을 만하고
(창랑지수 노래한 삼려대부) 굴원은 친구 삼을 만하지.
쨍쨍 비치던 해도 장대 끝에서 저물어가고
비껴 부는 바람 따라 조각배는 흘러간다.

세상사 흥망성쇠야 한바탕 웃음에 부치고
궁핍과 성공은 오가는 세월에 맡겨 놓을 일.
담(郯) 땅에 들어가서는 회(膾)를 탐하지 말고,
제(齊)나라에 가서는 글씨 자랑하지 말아야지.

어른은 갈대밭 밖에서 잠을 자고
아이들은 여울 가에서 밥을 먹는다.
명예나 이욕은 누구나 꾸는 허튼 꿈이니
아아, 부귀란 폐허와 같은 것이로다.

도롱이 입기를 비단옷보다 낮게 여기고
거룻배 저으니 수레 탈 마음 아예 없다.
어기어차 뱃노래 부르면 흥이 저절로 나고
초가에 눈 오면 그 또한 얼마나 아름다우냐.

漁父 (어부)
人間萬事餘,　　歸釣舊磯魚.
踪跡江湖隱,　　生涯煙雨疎.

一樽山影碧,　　孤帆月光虛.
鷗鷺同尋約,　　岩雲也幷居.

寒楓霜滿後,　　晚荻露凉初.

曲罷滄浪靜,　　夢醒暮汐嘘.

可師嚴七里,　　與子屈三閭.
白日竿頭盡,　　斜風葦所如.

興亡付笑指,　　窮達任居諸.
入郊非耽膾,　　適齊不記書.

丈人蘆外宿,　　儒子灘邊茹.
名利尋常夢,　　嗟呼富貴墟.

衣蓑猶勝錦,　　駕艇欲忘車.
疑乃聲中趣,　　何如雪草蘆.

* 磯(기): 물가에 있는 돌출한 바위. 낚시할 때 앉는 바위. 낚시터.

　汐(석): 석수. 저녁때 밀려들어 왔다가 나가는 조수.

　蓑(사): 도롱이.

　嚴七里(엄칠리): 어릴 때 동한(東漢) 광무제(光武帝) 유수(劉秀)와 같
　　　이 공부했던 사람으로 이름은 광(光), 자는 자릉(子陵)인데, 줄여
　　　서 엄릉(嚴陵)이라고 한다. 칠리(七里)는 곧 칠리뢰(七里瀨) 또는
　　　칠리탄(七里灘)으로서 절강성 동려현(桐廬縣) 남쪽에 있는 계곡
　　　물 이름인데, 7리에 걸쳐 있다고 해서 붙여진 이름이다. 광무제 유
　　　수가 후에 황제의 자리에 오르자 그는 변성명하고 은둔하였는데,
　　　유수가 사람을 풀어 그를 찾아 서울로 데려와서 간의대부(諫議大
　　　夫)에 제수하였으나, 그는 수락하지 않고 은둔하여 부춘산(富春

山)에 들어가 밭을 갈고 낚시를 하면서 살았다. 그래서 후세 사람
들은 그가 밭을 갈면서 낚시를 한 곳을 엄릉산(嚴陵山), 엄릉뢰
(嚴陵瀨), 엄릉탄(嚴陵灘) 또는 엄릉조대(嚴陵釣台) 등으로 불렀
다. 친구가 황제가 되었다고 해서 그 앞에서 이전에 친구로서 행하
던 예(禮)를 버리고 군신(君臣)의 예를 행하기 싫어했던 절개를 높
이 평가한 것이다.

屈三閭(굴삼려): 삼려대부(三閭大夫) 굴원(屈原). 굴원은 전국시대 때
　　楚나라의 대부로서 삼려는 그의 호이다. 그는 회왕(懷王)의 신임
　　이 두터웠는데 참소를 당하여 조정에서 쫓겨나 강호를 떠돌아다니
　　며 시를 읊었다. 그가 쓴 시로는 〈초사(楚詞)〉가 유명하다. 그리
　　고 그가 어부와 나눈 대담 형식의 〈어부(漁父)〉라는 시가 특히 유
　　명한데, "滄浪之水淸兮(창랑지수청혜), 可以濯吾纓(가이탁오영);
　　滄浪之水濁兮(창랑지수탁혜), 可以濯吾足(가이탁오족)." 이란 구
　　절이 유명하다.

葦所如(위소여): 葦所之. 작은 배가 가는 곳. 葦(위): 작은 배. 소식(蘇
　　軾: 소동파)의 적벽부(赤壁賦)에서 "縱一葦之所如…"(작은 배
　　(葦)가 가는 데로 맡겨놓고…)라고 하였다.

居諸(거저): 〈詩經. 日月章〉에 "日居月諸(일거월저)…" 라 하였다. 日
　　月의 별칭. 곧 세월. 광음.

郯(담): 옛 나라 이름. 지금의 산동성 담성(郯城) 일대에 있었던 작은
　　나라로 전국 초에 越에 멸망당했다. 그러나 담국(郯國)과 탐회(眈
　　膾)의 관계에 대해서는 역자도 아는 바 없다(不知).

疑乃聲中(의내성중): 疑乃(의내)는 欸乃(애내)의 오기(誤記)이다. 欸
　　乃(애내)는 어부의 가곡, 즉 뱃노래이다. 유종원(柳宗元)의 〈漁翁
　　(漁父詞)〉에 "煙銷日出不見人, 欸乃一聲山水綠…"(연기가 사라
　　지고 해가 나왔으나 사람은 보이지 않았고, 산과 물은 푸르른 가
　　운데 뱃노래 소리가 들려왔다.) 라고 하였다.

2-17. 나무꾼(樵夫: 칠언절구 2수)

가을이라 온 산에 쓰러진 나무 한 짐 해서
등에 지고 내려오는데 서풍 불어 나뭇잎들 속삭인다.
절 문 앞의 돌길에 지는 해는 뉘엿뉘엿하고
숲속 연기 나는 곳에는 책 읽는 누각이 있다.

산 위에서 바둑 두느라 도끼자루 썩었던 때가 언제였는가.
바둑 두던 곳에 우연히 들렀는데 세월 많이 흘렀구나.
나무꾼은 피리 불며 송아지 타고 갔는데
흰 구름 서려 있는 저기가 바로 신선의 누각이구나.

樵夫(초부) (七言絶句二首)
滿山落木一擔秋,　　背上西風葉語流.
石徑招提斜日下,　　林煙起處有書樓.

爛柯山上幾經秋,　　偶到棊園歲月流.
樵笛數聲騎犢去,　　白雲咫尺是仙樓.

* 招提(초제): 절. 사찰.
書樓(서루): 층집(다락집)으로 된 서재. 독서하는 다락집.
爛柯(란가): "도끼자루가 썩다"란 뜻으로, 바둑 두는 재미 또는 시간
　　　　가는 줄도 모르고 바둑에 열중하는 것을 이른다. 晉나라의 왕질

(王質)이라는 나무꾼(樵夫)이 신안(信安)의 석실산(石室山)에서 두 동자가 바둑 두는 것을 보고 이것을 구경하고 있는 동안에 도끼자루가 썩어버려 마을에 돌아와 보니 아는 사람들은 다 죽고 없더라는 〈술이기(述異記)〉에 나오는 고사에서 유래한 말이다.

幾經秋(기경추): 經幾秋(경기추). 가을이 몇 번이나 지났는가. 세월이 얼마나 흘렀는가.

2-18. 술꾼(酒徒: 聯句排律)

술에 취해 긴 모래밭(長沙)에 가을 기러기 앉는 걸 보고
장사왕(長沙王)의 태부 가생(賈生)은 왜 그리 한탄했던가.
한나라 책사 역이기(酈食其)를 찾아가 같이 휘파람 길게 부니
노을을 지팡이 삼아 그대와 같이 멀리 북으로 달려가 볼까.

술 세 잔 마신 후 탁자 두드리니 단풍나무 우수수 소리 내고
검 하나 앞에 두고 진심을 얘기하니 대낮 해가 기운다.
산동에서 찾아와 길게 읍하는 손님과 함께 술 마실 때
(진시황에 대한 복수심에 불타는) 연나라의 태자 단(丹)을 만났지.

술잔 철철 넘치게 부은 것은 술을 탐해서가 아니라
자기를 알아주는 사람에 대해 마음 활짝 열었기 때문이다.
온 세상 영웅들은 자신의 불우함을 노래하고
강산을 오가는 사신들은 사치하지 못함을 슬퍼한다.

운안(雲安)의 맛있는 음식에 얼굴 불그레해지고
한수(漢水)에 봄빛 비칠 땐 푸른 오리고기가 제 맛이다.
서로의 간담을 크게 풀어 헤치고
산(算)가지 놓아가며 마시는 술인데 외상이면 어떤가.

유방은 가을바람 소슬할 때 뱀을 베어죽인 칼을
호기롭게 삽처럼 어깨에 메고 수레 타고 돌아다녔지.
술병 속의 천지는 세월조차 잊고 있는데
사람들은 뽕과 삼(麻)을 어디에다 심을 건가.

酒徒(주도) (聯句排律)

醉看秋雁落長沙,　　何事賈生感慨多.
尋伴高陽長嘯發,　　與君趙北丈霞遐.

三盃擊卓寒楓語,　　一劍論心白日斜.
共飮山東長揖客,　　相逢蘇北寸心家.

淋漓不是耽盃久,　　磊落其於知己何.
宇宙英雄歌不遇,　　江山行李哭奢遮.

雲安美味紅潮漲,　　漢水春光綠鴨嘉.
肝膽輪囷相許與,　　舷籌交錯莫嫌賖.

秋風簫瑟斬蛇劍,　　豪興逍遙荷鍤車
壺裏乾坤忘甲子,　　人間何處種桑麻

* 聯句排律(연구배율): 대구(對句)를 여러 개 배열한 시. 이 詩는 漢 문
　제(文帝) 때의 가의(賈誼)와, 漢 고조(高祖) 유방이 천하를 통일하

기 전에 사신으로 가서 齊나라 왕을 설득하여 70여 성을 바치도록
한 역이기(酈食其)와, 燕나라의 태자 단(丹)과 공모하여 진시황을
척살하려고 한 형가(荊軻)와, 역이기와 같이 술을 마신 유방과, 형
가와 같이 술을 마신 燕나라 태자 단(丹)을 노래한 것이다.

賈生(가생): 한 文帝 때의 학자 가의(賈誼)의 별칭.   生(생): 옛날 독서
    인에 대한 통칭. 그는 스물 남짓의 나이에 박사가 되어 황제의 총애
    를 받으면서 많은 일을 했는데, 그의 여러 가지 개혁적인 주장에 나
    이 많은 대신들이 반대하여 결국 장사왕(長沙王)의 태부로 임명되
    어 좌천되었다. 여기서는 〈긴 모래밭(長沙)〉이란 보통 명사와 지명
    (고유명사)으로서의 〈장사(長沙)〉를 합하여 말한 것이다.

高陽(고양): 고양의 술꾼(高陽酒徒). 한대 초기의 사람 역이기(酈食
    其)를 말한다. 고양 출신으로 한나라 초의 책사. 고조를 위해 齊
    나라에 가서 유세하여 70여 성을 항복받은 후 齊王 전광(田廣)과
    날마다 술판을 벌였는데, 바로 그때 한신(韓信)의 대병이 齊나라
    를 공략하였으므로 크게 노한 제왕 전광한테 죽임을 당하였다.

趙(조): 빨리 가다(疾行). 뛰어넘다(超騰).

磊落(뇌락): 뜻이 커서 작은 일에 구애되지 않는 모양.

行李(행리): 짐. 행장. 사신.

雲安(운안): 사천성 운양현 동북에 있는 雲陽(운양); 〈史記. 秦始皇本
    紀〉 13년: "한비자(韓非子)가 秦에 사신으로 갔을 때 진은 이사
    (李斯)의 모책을 써서 그를 머물러 있게 하였다가 끝내 그를 운양
    에서 죽였다. 후에 가서는 그 역시 운양에서 죽임을 당하였다."

紅潮(홍조): 술을 마시거나 부끄러워서 얼굴이 빨개지는 것.

輪困(윤균): =輪囷. 꼬불꼬불한 모양(盤曲貌). 큰 모양(碩大貌).

觥籌(굉주): 술잔(觥)과, 누가 많이 마시나 내기를 하기 위해 마신 술잔
    의 수를 세는 대가지(籌).

賒(사): 외상거래하다. 멀다.   甲子(갑자): 나이. 세월.

桑麻(상마): 뽕과 삼. 양잠과 방적. 의복 문제를 해결하는 데 필요한 농
    작물을 말함.

2-19. 노래하는 기녀(歌妓)

제비처럼 속삭이고 꾀꼬리처럼 노래하며
깊은 계곡에 핀 꽃처럼 몰래 추파 보낸다.
노래 끝나자 빈 뜰의 파초에선 내리던 비 그치고
운치 맑고 깊은 정원에선 대숲에 바람 지나간다.

일생동안 현악기와 관악기 소리에 귀가 익었을 텐데
사방으로 둘러앉은 높으신 분들의 애간장을 태운다.
배운 것은 주 목왕과 서왕모가 요지(瑤池)에서 이별하는 노래
흐느끼는 듯한 소리 속에 뭉게뭉게 흰 구름 피어오른다.

歌妓(가기)
巧傳鷰語轉鶯歌,　　幽谷溪花暗送波.
曲罷空庭蕉雨歇,　　韻淸深院竹風過.

一生慣耳維絃管,　　四座斷腸盡綺羅.
學得瑤池離別調,　　戛然聲裏白雲多.

* 鷰語鶯歌(연어앵가): 제비의 지저귀는 소리와 꾀꼬리의 울음소리.
　　다정하게 속삭이는 소리. 鶯聲鷰語(앵성연어).
綺羅(기라): 화려한 옷. 화려한 옷을 입은 사람.
瑤池(요지): 주(周)나라 목왕(穆王)이 서왕모(西王母)와 만났다는 선
　　경(仙境).　戛然(알연): 학 같은 것이 우는 소리의 형용.

2-20. 닭(鷄; 聯句排律)

나무 끝에 있던 해가 서쪽으로 기울 때
한두 마리의 닭들이 산에서 내려온다.
화원에서 한가히 물마시고 모이 쪼고는
풀로 덮인 길에서 높이뛰기 시합을 한다.

수탉의 날개는 봉황 모습 완연하고
암탉의 날개는 꿩과 색깔이 같다.
새벽녘 창가에선 나그네 꿈을 깨우고
밤이 되면 사람들에게 잠 잘 때임을 알려준다.

뜻대로 풀릴 때엔 맹상군을 관문 밖으로 내보내 주고
그렇지 않을 때엔 어린애들한테 붙잡히기도 한다.
벼 타작하는 마당에선 백 번도 더 싸우지만
대나무로 만든 닭집 안에서는 함께 잠을 잔다.

닭 우는 소리 계속 들으면서 사방 국경까지 가고
관문 밖에서는 여섯 이웃들이 같이 울어댄다.
봄철 밭에서는 많은 병아리들을 거느리고 다니지만
아침에 모이가 생기면 여러 암탉들을 불러 모은다.

돌부처는 밤이면 나무 흔들리는 소리에 귀 기울이고
제갈량 무후(武侯)는 진흙으로 대낮에 우는 닭을 만들었다.
낮에 우는 닭소리는 물 가 집까지 들리고
새벽에 우는 닭소리는 성 전체에 울려 퍼진다.

닭의 아름다운 벼슬은 정수리에 얹혀 있고
대나무 잎들은 눈이 오면 닭 발 모양이 된다.

鷄(계) (聯句排律)
樹末日將西,　　下山一兩鷄.
花園閒飮啄,　　草徑逐高低.

雄羽鳳儀宛,　　雌翅雉色齊.
曉窓醒客夢,　　夜戶報人迷.

得意孟嘗出,　　寧爲季子提.
稻場鬪百戰,　　竹塢見同棲.

四境聲中達,　　六隣關外啼.
春田將衆子,　　朝粟喚諸妻.

佛石夜聽木,　　武侯午作泥.
晝鳴聞水舍,　　晨喔繞城堤.

花冠臙戴頂,　　竹葉雪成蹄.

* 孟嘗(맹상): 孟嘗君(맹상군). 전국시대 때 齊나라의 맹상군이 秦나라에 갔다가 진의 흉계에 빠진 것을 알아채고 도망쳐서 진을 나오려고 할 때, 진의 함곡관에 도착하니 아직 관문을 열 시간이 되지 않았다. 이에 일행 중 닭 울음소리를 잘 내는 자로 하여금 닭 울음소리를 내게 하자 관문 주위 민가의 모든 닭들이 따라 울었다. 성문을 지키는 병사는 그 소리를 듣고 성문 열 시간이 된 줄 알고 성문을 열어주었고, 맹상군 일행은 무사히 진 나라를 탈출할 수 있었다. *〈史記〉(孟嘗君列傳).

季子(계자): 막내아들. 어린아이.

竹塢(죽오): 대나무 성. 즉 대나무로 만든 닭 집. 塢: 마을. 보루. 성. 성채.

四境聲中達(사경성중달): 닭 우는 소리를 들으면서 사방의 국경까지 간다. 나라의 인구가 많아서 나라 안 어디를 가든 닭 우는 소리를 들을 수 있다. 〈孟子〉(공손추 상)에서: "鷄鳴狗吠相聞, 而達乎四境, 而齊有其民矣." (닭 우는 소리와 개 짖는 소리를 계속 들으면서 서울에서 사방의 국경까지 갈 수 있을 정도로 제 나라는 백성들이 많다.)라고 한 말을 인용한 말이다.

武侯(무후): 삼국시대 蜀의 제갈량(諸葛亮)의 사후 시호가 충무후(忠武侯)였는데, 후세 사람들은 그냥 줄여서 무후(武侯)라고 불렀다. 그가 진흙으로 대낮에 우는 닭을 만들었다는 기사는 불명(不明)하다.

喔(악): 닭이나 새가 우는 소리.

花冠(화관): 꽃부리.

臙(연): 목. 연지

2-21. 춤추는 기녀(舞妓)

생황 안고 노래하며 춤추는 어여쁜 무희의 모습
가볍고 얇은 복사꽃이 물결 따라 출렁이는 듯하다.
바람에 나비가 날개를 너울너울 나부끼는 듯하고
언뜻 보면 마치 달 속을 지나가는 학의 그림자 같다.

부채 사이로 힐끔힐끔 추파 보내며
얼굴 가득한 수줍음을 일부러 비단으로 가린다.
양쪽 소매 너풀너풀 날개 돋은 듯하니
많은 사람 홀리는 선녀임이 분명하다.

舞妓(무기)
佳姬名舞擁笙歌,　　輕薄桃花逐亂波.
翻愛蝶翅風外倒,　　閃疑鶴影月中過.

送眸嬌態頻窺扇,　　滿臉羞痕故掩羅.
雙袖翩翩如羽化,　　分明仙子弄人多.

* 翻愛(번애): 翻翻(번번). =翩翩. 너울너울.

2-22. 노래를 부르다(呼韻)

(一)

헤어진 옷의 이를 잡은 왕맹(王猛)의 탄식과

고기반찬 없다고 긴 칼 두드리며 노래한 풍환(馮驩)의 비탄.

하늘 무너질까봐 염려한 기국(杞國) 사람의 공연한 나라 걱정

이들을 생각하니 내 마음 헝클어진 실처럼 혼란하다.

(二)

마구간의 천리마는 먼 길 달릴 일 생각하고

조롱 속의 새는 옛날의 숲을 그리워한다.

감옥 안의 10월은 몹시 추워서

하루 종일 솜이불만 껴안고 있다.

呼韻 二首(호운 이수)

(一)

有蝨樊衣歎,　　無魚彈鋏悲.

空懷杞國慮,　　心緒亂如絲.

(二)

櫪驥思長路,　　籠禽憶舊林.

禁中寒十月,　　盡日擁重衾.

* 弊衣有蝨(폐의유슬): 전국시대 때 진(秦) 나라의 북해 사람 왕맹(王 猛)이 갈옷을 입고 진나라 장군 환온(桓溫)을 찾아가서는 옷의 이를 잡으며 천하의 일에 대해 이야기하였는데, 그는 나중에 진나 라 재상이 되었다.(〈通鑑節要〉 二十八卷 晉紀十年): "被褐詣之, 捫蝨而談當世之務, 傍若無人. 溫異之問曰...)

無魚彈鋏(무어탄협): 풍환(馮驩)이 맹상군의 식객으로 있으면서 식사 때 고기반찬이 없다고 칼을 두드리고 노래를 불렀다는 이야기가 〈史記〉(孟嘗君 列傳)에 나온다.

杞國慮(기국려): 기우(杞憂). 기(杞)나라 사람이 하늘이 무너질까봐 걱 정하였다는 이야기가 〈열자(列子)〉 천서(天瑞)에 나온다. "杞國有 人, 憂天地崩墜, 身無所寄, 廢寢食者…"

櫪驥(역기): 櫪(력): 말구유. 마구간. 驥(기): 천리마. 준마. 櫪驥는 곧 마구간에 묶여 있는 千里馬로서 속박당하여 자유를 잃은 유능한 인재를 가리킨다. 우남은 시에서 자기 자신을 여러 차례 마구간 에 매여 있는 천리+마에 비유하여 노래하고 있거나(2-74(白虛贈 慰). 2-96(獄中歲暮)) 또는 새장에 갇혀 있는 학(鶴)에 비유하여 노래하였다(2-39(詠懷)).

2-23. 〈평산냉연〉을 읽고 난 느낌(讀平山冷燕有懷)

고상한 풍채에 아름다운 풍모를 한 몇 사람과
수놓은 천년 비단 같은 훌륭한 네 명의 재자(才子)들이
문명한 임금을 같이 만나보려고 이제야 모습 드러냈는데
태백성도 쌍으로 나타났으니 이 역시 기이한 일이다.

영걸과 준재들이 인연 찾으니 상서로운 재비 이르렀고
영명한 임금께서는 상서로운 별의 발현을 보게 되었다.
풍류가 유전되어 아름다운 시구(詩句) 얻었으니
오랫동안 시인의 가슴 후련하게 해주네.

　　讀平山冷燕有懷(독평산냉연유회)
　　幾個龍姿與鳳儀,　　千秋錦繡四才兒.
　　文君幷對而今見,　　太白雙生亦世奇.

　　英俊尋緣祥鷰到,　　聖明有像瑞星移.
　　風流遺得芳香句,　　長使詩人動燥脾.

　*　龍姿(용자): 고상한 풍채.　鳳儀(봉의): 아름다운 풍채. 풍모.
　　太白(태백): 별이름. 金星 또는 啓明. 長庚.
　　燥脾(조비): 상쾌하다. 가슴이 후련하다. 脾(비): 비장.

2-24. 얼어붙은 시내(聾川)

시냇물은 꽁꽁 얼어붙고 계곡에는 눈이 가득 쌓여
개천에 물 흐르는 소리 더 이상 들리지 않는다.
짧은 다리 위엔 소리 없는 흰 달만 휘영청 밝고
적막한 산 속의 집은 춥기만 하다.

한스럽게도 북풍이 먼저 피해 오는 곳인데
봄의 신 동제(東帝)께선 인간의 뒤 따라 빨리 오소서.
은둔 노인 있어 조용한 숲과 샘 더욱 조용하고
밤새 매화나무에선 학이 한가하게 꿈을 꾼다.

聾川(농천)

澗水氷深雪滿關,　　鳴川不復枕邊還.
短橋虛白無聲月,　　繞屋寒生不語山.

恨有北風先僻處,　　願敎東帝後人間.
幽翁添得林泉靜,　　竟夜梅床鶴夢閒.

* 東帝(동제): 동방의 제왕. 봄의 신. 동황(東皇). 동군(東君).
　幽翁(유옹): 은자.　林泉(임천): 숲과 샘. 물러나서 은거하는 곳.

2-25. 기이하게 생긴 돌(怪石)

망부석의 진짜 얼굴 늙었지만 귀여우니
형산(荊山)의 박옥(璞玉)과 곱고 추함 비교하지 마라.
여와씨가 처음 만든 모양 그대로인데
진시황이 채찍으로 몰아가자 먼저 종적 감추었다.

혼은 가을 구름과 더불어 꿈속으로 돌아가고
몸은 봄의 이끼에 의탁해 새로운 인연 맺었다.
천년 된 고적들은 누구를 의지해 말을 하는가,
타산지석 하나가 저녁연기 속에 휩싸인다.

怪石(괴석)
望夫眞面老堪憐,　　莫將荊玉較孄娟.
女媧鍊後遺形在,　　嬴帝鞭前遁跡先.

魂與秋雲歸幻夢,　　身依春蘚結新緣.
千年古蹟憑誰語,　　一片他山入暮烟.

* 望夫(망부): 망부석(望夫石). 무창(武昌) 북산에 있는 돌 이름. 사랑
　하는 아내가 전쟁에 나가는 남편을 전송하고 멀어져가는 그의 뒷
　모습을 바라보다가 선 채로 돌로 화해 버렸다는 전설이 있다.
荊玉(형옥): 형산(荊山)에서 캔 박옥(璞玉). 초나라 사람 화씨(和氏.

卞和)가 초나라 산중에서 옥 덩어리(璞玉)를 주워 처음에는 여왕(厲王)에게, 두 번째는 무왕(武王)에게 바쳤는데, 두 왕들이 옥공에게 감정을 맡기자 그들은 모두 "玉이 아니라 돌(石)이다"고 대답하였다. 그래서 그는 왕을 속인 죄로 처음 여왕 때에는 왼발이, 후에 무왕 때에는 오른 발이 잘렸다. 武王이 죽고 文王이 즉위한 후 화씨는 다시 그 박옥을 문왕에게 바쳤는데, 왕은 그것을 옥장이에게 맡겨 다듬게 한 결과 마침내 천하의 보물인 옥을 얻어 그것을 〈화씨벽(和氏璧)〉이라 불렀다.(韓非子. 和氏)

嬋娟(치연): 추함(嬋)과 아름다움(娟).

女媧(여와): 여와씨(女媧氏). 중국의 신화전설 속에 나오는 인류의 시조. 전설에 따르면, 그는 황토로 인간을 빚어 만들었고, 축융씨(祝融氏)가 공공씨(共工氏)와 싸워 이기지 못하자 화가 나서 머리로 부주산(不周山)을 들이받아 산이 무너지고 하늘을 받치고 있던 기둥이 꺾이고, 땅을 매달고 있던 밧줄, 즉 지유(地維)가 어그러졌다. 그리하여 여와가 오색의 돌을 다듬어 하늘을 기웠다고 한다.

嬴帝(영제): 嬴은 秦나라 조상의 姓. 진의 황제. 진시황이 神人을 시켜서 만리장성을 쌓는데, 채찍으로 돌을 몰아갔다는 전설이 있다.

蘚(선): 이끼.

他山(타산): 他山之石. 다른 산에 있는 돌.

2-26. 검정 삽살개(靑尨)

평소에는 사람 얼굴 잘도 알아보고
아는 사람 만나면 반가워 꼬리 흔든다.
가을에 사슴이 낙엽 밟는 소리에 놀라고
밤에 학이 집으로 돌아가면 소나무 보고 짖는다.

괴철(蒯徹)은 개가 자기 주인만 위한다는 걸 알았고
(진나라 재상) 이사(李斯)는 자신이 개보다 못하다고 한탄했다.
나그네가 눈 쌓인 사립문 앞을 지나가면
산봉우리 위로 떠오르는 달 보고 멍멍 짖는다.

靑尨(청방)
平生善辨容,　　逢舊意偏濃.
鹿下秋驚葉,　　鶴歸夜吠松.

蒯生知爲主,　　李相不如儂.
客度柴門雪,　　聲聲月一峯.

* 靑尨(청방): 검정 삽살개. 靑: 동물의 털을 가리킬 때에는 검은 색이
  란 뜻이다(靑. 黑色). 예: 靑牛(청우): 검정 소. 靑眼白眼(청안백
  안): 검은 눈동자와 흰 눈자위. 靑絲(청사): 흑발. 李白의 〈장진주
  (將進酒)〉에: "朝如靑絲暮成雪." (조여청사모성설: 아침에는 검던

머리가 저녁에는 백발이 되었다.) 라고 하였다.

濃(농): 짙다. 정의가 두텁다. 개가 두터운 정의를 표현하는 방법은 꼬
    리를 흔드는 것이다.

蒯生(괴생): 괴철(蒯徹): 전한(前漢) 때의 변론가로, 한 고조 유방(劉
    邦)을 보고 "도척(盜拓)의 개가 요(堯)임금을 보고 짖는 것은 자
    기 주인이 아니기 때문입니다" 라고 하였다.(〈史記〉漢高祖本紀).

李相(이상): 재상 이사(李斯). 진(秦)나라의 재상으로, 말년에 환관 조
    고(趙高)의 계교에 빠져 함양의 저자에서 사형을 당하게 되자 누
    런 개를 바라보며 탄식하여 말하기를: "너를 데리고 사냥이나 하
    였더라면 오늘날 이런 형벌은 받지 않을 텐데..." 라고 하면서 자신
    의 신세가 개의 신세보다 못함을 한탄하였다고 한다.(〈史記〉李斯
    列傳).

儂(농): 나(我). 저(彼).

2-27. 눈과 달(雪月)

하늘과 땅이 다 한빛인데
아득하여 동과 서를 분간하지 못하겠네.
염호(鹽虎)는 층계 돌 위에 똬리를 틀고
옥룡(玉龍)들은 늙은 오동나무에서 싸우고 있다.

구름과 노을은 눈 위의 그림자 옅게 하고
봉우리와 구렁의 바탕을 같은 색으로 만든다.
다만 봄소식 없을까봐 걱정했는데
매화 홀로 붉게 피어 봄소식 전해주네.

雪月(설월)
乾坤一色中,　　渺漠失西東.
鹽虎盤層石,　　玉龍鬪古桐.

雲霞淡影減,　　峰壑素心同.
只怕春無跡,　　梅花獨點紅.

* 鹽虎(염호): 소금으로 만들어진 호랑이. 즉 내려서 쌓여있는 눈. 소
  금(鹽)은 눈(雪)을 비유한 것이다.
  玉龍(옥룡): 옥으로 만들어진 용. 여기서는 오동나무 가지 위에 쌓여
  있는 눈을 비유한 것이다. 宋나라 한기(韓琦)의 영설시(詠雪詩)

에 "危石蓋深鹽虎伏, 疎枝擊重玉龍寒…"(높은 돌 덮개에 소금
호랑이(鹽虎)가 두껍게 엎드려 있고, 성긴 나뭇가지를 무겁게 내
리누르고 있는 옥룡은 차갑다.)라고 노래했다.

素心同(소심동): 산봉우리와 골짜기가 다 흰 눈으로 덮여 있어서 그 바
탕이 서로 구분되지 않음을 말한 것이다.

2-28. 소(牛)

일생동안 먹는 힘으로 본성을 보존하는데

혼탁한 세상에서 영천의 더러운 물 마실까봐 두렵다.

제 선왕은 소를 양으로 바꾸라고 지시하여 은혜 베풀고

제(齊)의 장수 전단(田單)은 소의 몸에 용을 그려 공을 세웠다.

제갈량 무후는 목우(木牛) 만들어 수레를 끌게 했고,

견우(牽牛)와 직녀가 같이 걸어가면 연꽃이 피어났다.

봄밭 다 갈고 나서 돌아갈 때엔 해가 저물고,

(무왕이 소를 방목했던) 도림야에선 나룻배 불러 강을 건넜다.

牛(우)

一生食力保心天,　　濁世恐君飮潁川.

羊易梁王施惠日,　　龍成齊將樹功年.

驅使武侯形幻木,　　牽同織女步看蓮.

耕罷春田歸暮日,　　桃林野渡喚津舡.

* 潁川(영천): 고대의 은사(隱士) 허유가 살던 곳. 요임금이 허유(許
　由)를 찾아가 천하를 맡기려 하자 허유는 사양하고 마치 못들을
　말을 들은 듯이 영천의 물로 자기 귀를 씻었는데, 소부(巢父)가
　소를 끌고 가다가 그것을 보고 귀를 씻은 물이라 하여 소에게 영

천 하류의 물을 먹이지 않고 상류로 가서 물을 먹였다고 함.

羊易梁王(양역양왕): 양혜왕(梁惠王)이 아니라 제선왕(齊宣王)이다. 〈맹자〉 양혜왕 상(上)편에는 제선왕이 도살장으로 끌려가는 소가 부들부들 떠는 것을 보고 측은하게 여겨서 소를 양으로 바꾸라고 (以羊易牛) 지시하는 얘기가 나온다.(〈孟子〉, 양혜왕 상)

龍成齊將(용성제장): 전국시대 때 제 나라 장수 전단(田單)이 소의 몸에 5가지 색상으로 용(龍)을 그리고, 뿔에다가 칼을 묶은 다음, 밤에 꼬리에 불을 붙여서 적진으로 내달리게 하자, 적군은 그걸 보고 크게 놀라 달아났다. 그리하여 적군(즉, 燕軍)을 격파하여 빼앗겼던 70여 개의 성을 수복하는 큰 공을 세웠다.(〈史記〉 田單傳).

武侯形幻木(무후형환목): 〈삼국연의〉에는 무후 제갈량이 목우(木牛)를 만들어 물건을 운반하였다는 이야기가 나온다. (*삼국연의 제 102회)

步看蓮(보간련): 걸음마다 연꽃을 보다.(步步生蓮花). 불경에 녹녀(鹿女)의 이야기가 나오는데, 녹녀가 걸음을 옮길 때마다 발자국에 연꽃이 있었다고 하는 불교 설화가 있다.

桃林野(도림야): 도림(桃林)의 들판. 도림은 옛 지명으로, 지금의 하남성 영보(靈寶) 以西, 섬서성 동관(潼關) 以東 지구로, 옛날 周나라 武王이 전쟁 물자 운반에 동원되었던 소들을 풀어놓아 주었던 곳이다. 〈상서(尙書)〉, 武成篇〉에서 "偃武修文, 歸馬于華山之陽, 放牛于桃林之野, 示天下弗服." (武를 내려놓고 文을 닦으며, 싸움 말들은 화산의 남쪽으로 돌려보내고, 소들은 도림의 들판에 풀어놓아 천하를 향해 다시는 무력을 사용하지 않을 것임을 보여 주었다.)라고 하였다. 이로부터 소(牛)를 "도림처사(桃林處士)" 라 부르기도 한다.

2-29. 범(虎)

어흥! 소리 한 번 지르면 백수들이 달아나니
산중에서는 그가 홀로 싸움을 주장한다.
위엄이 천지에 떨치기는 우레보다 빠르지만
영웅도 배가 고프면 백주대낮에 잠만 잔다.

밤에 골짜기에서 눈을 뜨면 촛불 두 개 매단 듯하고
봄날 숲에서 몸을 드러내면 동전 천 개를 붙여놓은 듯하다.
다른 고양이과 짐승들이 서로 크기를 다투는 걸 비웃으니
동리에서 누가 감히 그의 권위를 넘볼 수 있겠는가.

  虎(호)
  百獸爭趨一嘯前,   山中惟我管風烟.
  威行天地迅雷擊,   飢到英雄白日眠.

  夜谷開眸懸兩燭,   春林露體點千錢.
  笑他狸屬渠相大,   洞裏威權敢遞傳.

  * 風烟(풍연): 바람과 연기. 풍광. 전란(戰亂), 전화(戰火).
  點千錢(점천전): 동전 크기의 수많은 얼룩반점.
  狸屬(리속): 고양이 과. 살쾡이 과.   渠(거): 크다.
  遞傳(체전): 차례로 전하여 보내다. 빼앗다.

2-30. 아내의 원망(閨怨)

그리움에 지쳤을 때엔 밤이 너무 추운데
그리움에 지치고 밤마저 추우면 꿈꾸기도 어려워.
임의 마음도 나처럼 그리움에 지쳐 있다면
어찌하여 꿈속에서나마 창가로 안 찾아오시나.

무한한 나의 시름 봄 강물 같은데
외로운 난새를 공연히 창 안에 가둬놓네.
복사꽃 오얏꽃 시들어도 임은 오시지 않아
발을 걷으니 기운 해가 서산으로 지고 있다.

閨怨(규원)
相思苦處夜偏寒,　　思苦夜寒夢亦難.
若使郎心如妾苦,　　夢魂不到玉窓欄.

妾愁無限等春江,　　空使孤鸞鎖玉窓.
桃李花殘郎不到,　　捲簾斜日下西岡.

* 孤鸞(고난): 외로운 난새. 난새는 언제나 쌍을 지어 놀고 홀로 있으면
　　울지 않는다. 그래서 부부를 비유하는 것으로 많이 쓰여왔다.

2-31. 임 생각(懷人)

규방 안의 세월 빨리 흐르게 하지 마라
짝 잃은 원앙새 홀로 어쩌란 말이냐.
외로운 새는 객지의 달 보고도 자주 놀라는데
돌아가는 큰기러기 고향의 가을 데리고 멀리 간다.

그리움에 지칠 때마다 채련곡(採蓮曲) 불렀으나
청루 안의 여자들 보고 얼마나 시름 더했던지.
타향살이 왜 이렇게 초췌한지 물어보고파
인간에게 이별이란 참으로 견디기 어려운 일이더라.

懷人(회인)
莫敎閨裏歲華流,　　其奈鏡鸞隻影遊.
獨鳥頻驚覉枕月,　　歸鴻遙帶故園秋.

每因思苦歌蓮曲,　　幾度愁添見柳樓.
欲問他鄕憔悴意,　　人間離別恨難收.

＊ 莫敎(막교): ~하게 하지 말라.
　 鏡鸞(경난): 거울을 보는 난새. 부부가 서로 떨어져 있음을 비유한 말
　　　이다. 옛날 계빈왕(罽賓王)이 그물을 쳐서 난새 한 마리를 잡아서
　　　길렀는데, 3년 동안 아무리 해도 울지를 않았다. 이에 그 부인이

일러주었다. "제가 들으니, 새는 자기와 동류의 새를 보면 운다고
하니, 거울을 매달아서 자기 모습을 비춰보게 하시지요." 왕이 그
말에 따라 새장 안에 거울을 매달아 놓았더니, 난새가 거울에 비
친 자기 모습을 보고 우는 소리가 하늘에 닿을 정도로 슬피 울다
가 죽었다고 한다. (出處: 南朝 宋 范泰 〈鸞鳥〉 詩序.)

羈枕(기침): 羈枕. 객지에서의 잠자리. 客枕. 羈·羇(기): 타관살이를
하다.

蓮曲(연곡): 채련곡(採蓮曲). 〈악부(樂府)〉의 곡명.

柳樓(유루): 靑樓(청루). 푸른 칠을 한 화려한 누각. 妓院(기원). 청루
안의 여자. 많은 경우 妓女(기녀)를 가리킨다.

2-32. 백허에게 바치는 긴 글(敬奉白虛長篇)

우남의 재주는 풍류놀이 하기에 족하지만
서양말 읽고 말하기를 놀러 다니기보다 더 좋아합니다.
새벽 창가에서 영국과 미국의 역사책을 번역하는데
필법은 사심 없는 공자의 춘추필법 본받습니다.

온 세계의 역사와 집집마다의 족보
만국 전란의 역사가 곳곳에 쌓여 있습니다.
한 동이의 법주(法酒)가 한 강산 안에 있으나
술 취하고 술 깨는 것이 무상하면 공을 못 거둡니다.

노래 위에 노래 더하면 노래가 더욱 즐겁고
꿈속에서 꿈을 얘기하면 꿈속에서도 슬퍼집니다.
지도에 이제부터는 빠지는 것이 없고
대기는 한없이 넓고 넓어 비행선을 띄웁니다.

전쟁 그치자 백성들은 안도하지만
영웅호걸들은 하는 일도 없이 백발이 됩니다.

敬奉白虛長篇(경봉백허장편)

雩南才藝足風流,　　認說西言勝周遊.

晨窓繙繹英美史,　　筆法無私稽春秋.

六洲日月家家籍,　　萬國風煙處處樓.
一樽法酒江山裏,　　醒醉無常功未收.

歌上添歌歌上樂,　　夢中說夢夢中愁.
輿圖自此無遺漏,　　一氣渺茫仰輕球.
兵戈弭禁民安堵,　　豪傑英雄空白頭.

* 繙繹(번역): 飜譯(번역). 한 나라 말을 다른 나라 말로 옮기는 것.
稽(계): 견주다. 비교하다.
風煙(풍연): 전화. 전란. 풍진.
法酒(법주): 禮酌(예작). 예의바른 주연.
輿圖(여도): 지도. 강토. 땅.
渺茫(묘망): 渺渺(묘묘). 수면이 한없이 넓은 모양.
弭禁(미금): 멈추다.
白頭(백두): 하얗게 센 머리.

2-33. 백허의 긴 글을 받고 답하다(奉和白虛長篇)

선생의 우아하고 고상함은 명사들 중에서도 으뜸인데
선생과의 특별한 인연은 이곳에서 맺어졌습니다.
행장 꾸려 산과 물 찾아 구도하시던 나날들
바람서리 내리는 가을철엔 책을 읽으셨다지요.

한때 주상의 노여움 사서 감옥에 던져져
며칠 밤이나 궁궐과 주상의 말씀을 꿈꿨다지요.
대지에는 하늘의 해가 가려서 흐릴 때도 있지만
끝내는 장풍(長風)이 운무를 거두어 가고 말지요.

선생께선 몇 번이나 나라 위한 방책을 바치셨고
여러 해 동안 조정에서 벼슬하느라 수고하셨습니다.
반생 동안 충분히 학문과 경세지책을 배우셨고
지금은 땅이 정말로 공처럼 둥글다는 것도 아십니다.

우국지성(憂國之誠) 참으로 깊어 병법 책을 읽은 적도 있고
홀로 북두칠성 관찰하느라 고개를 여러 번 돌렸다지요.

奉和白虛長篇(봉화백허장편)
先生文雅冠名流,　　特地奇緣假此遊.

山水行裝求道日,　　風霜歲月讀書秋.

一時恩譴嗟王屋,　　幾夜天言夢御樓.
大地有時天日翳,　　長風畢竟霧雲收.

幾度獻謀邦國策,　　多年食祿廟堂愁.
半生透學文兼算,　　今日覺眞地似球.
憂國誠深曾讀武,　　孤依北斗幾回頭.

* 文雅(문아): 고상하고 우아하다. 젊잖다.
  名流(명류): 명류. 명사. 유명인사.
  冠(관): 으뜸가다. 우승하다. 일등하다.
  特地(특지): 특별히. 각별히. 일부러. 모처럼.　假(가): 빌리다.
  恩譴(은견): 임금한테서 받은 꾸지람. 임금의 책망이나 노함.
  嗟(차): 탄식하다.
  王屋(왕옥): 왕이 사는 집. 여기서는 감옥.
  天言(천언): 임금의 말.
  御樓(어루): 대궐 안의 누대, 누각.
  翳(예): 가리다. 흐리다. 숨다. 가로막다.
  透學(투학): 충분히 배우다. 완전히 배우다. 대단히 많이 배우다.
  文兼算(문겸산): 학문과 계략. (*算: 계획. 계략. 계산.)
  依北斗回頭(의북두회두): 북두칠성의 움직임을 관찰하기 위해 고개를
    돌리다.
   依(의): 좇다. 따르다.

2-34. 원숭이(猿)

무슨 일로 가을을 슬퍼하여 아침저녁으로 우는가.

형산(荊山)의 구름 소상(瀟湘)의 달과 동정호의 조수.

고향은 파산(巴山) 안에 있는데

그곳은 조도(鳥道) 삼천리 검각에서도 멀다네.

　猿(원)

何事悲秋啼暮朝,　　荊雲湘月洞庭潮.

故園只在巴山裡,　　鳥道三千劍閣遙.

* 荊(형): 형산(荊山). 호북성 남장현에 있는 산 이름.
　湘(상): 상강(湘江). 광서성 흥안현(興安縣)에서 발원하여 호남성 동정
　　호(洞庭湖)로 흘러들어 가는 강.
　巴山(파산): 중국 섬서성 남정현(南鄭縣) 남쪽에 있는 산으로 원숭이의
　　산지.
　鳥道(조도): 새들도 날아서 넘기 힘들다는 험준하고 좁은 길.
　劍閣(검각): 중국 사천성의 검각현에 있는데, 장안에서 촉(蜀)으로 가
　　는 길에 있는 대검(大劍), 소검(小劍) 두 산의 요해처로서 각도(閣
　　道; 棧道)가 통하므로 생겨난 이름이다.

2-35. 백허와 같이 읊은 감회(感懷與白虛唱和)

(백허) 하늘은 인간을 이 세상에 공연히 내보내지 않기에
여태까지 이 몸은 잠시도 한가할 틈이 없었다오.
만약 지금 시대의 역사를 모아서 엮으라고 한다면
동산에선 노(魯)나라를, 태산에선 천하를 작게 보듯 해야 하오.

> 天不枉生落世間,　　未曾聊得此身閒.
> 須令編輯當今史,　　小魯東山復泰山.(白虛)

* 枉(왕): 徒然(공연히. 쓸데없이. 헛되이).
白費(허비하다).
聊(료): 잠시. 잠깐. 우선.
小魯東山(소로동산): 공자가 동산에 올라가 魯나라를 작다고 하다.
　　〈孟子〉(盡心上)에 "孔子登東山而小魯, 登泰山而小天下(공자는
　　동산에 올라가서는 노나라를 작다고 하고, 태산에 올라가서는 천
　　하가 작다고 하였다)." 라고 하였다.

(우남) 만사는 내가 이 세상에 살아 있는 동안의 일이니
백 년 동안 잠시도 한가하기 어렵소.
만약 천지가 만물을 포용할 수 있으려면
큰 바다를 본받아야지 산을 본받아선 안 되오.

萬事吾生際此間,　　百年難得片時閒.
如令天地能容物,　　只向滄溟不向山.〈雩南〉

* 如令(여령): 만약에(假使).
  滄溟(창명): 창해. 대해. 세계.

(백허) 백 년 동안의 일은 백 년 동안에 하면 되지만
평소의 뜻만은 잠시도 등한히 해서는 안 되오.
일단 큰 바다에 도달하면 널리 배울 수 있는데
그때 당시에는 왜 청산을 떠나지 않았소.

百年人事百年間,　　素志須臾不等閒.
一渡滄溟能博學,　　當年何不謝靑山.〈白虛〉

(우남) 이십오 년 동안 꿈 한 번 꾸는 동안
봄철에 꽃과 나비 구경할 때에는 한가했었소.
남아가 비록 붕새처럼 높이 날아오르려는 뜻이 있더라도
큰 바다를 알지 못하면 단지 산만 알게 된다오.

二十五年一夢間,　　三春花事蝶翅閒.
男兒縱有鵬飛志,　　不識滄溟只識山.〈雩南〉

(백허) 그대가 뜻을 세워 책을 읽은 것은 좋았지만

꿈꾸는 동안에 깨워주는 사람 없었던 게 애석하오.
큰 바다 있는 줄 이미 알았으나 그 앎이 깊지 못하니
아름다운 나비가 봄 산으로 잘못 인도하게 하지 마시오.

　　憐君有志讀書間,　　可惜無人覺夢閒.
　　旣識滄溟知不遠,　　莫敎倩蝶誤春山.(白虛)

　　　* 倩(천): 예쁘다.

(우남) 십년 동안 운림(雲林) 속의 집에서 사는 동안
세상일을 맑고 한가한 것으로 잘못 알았을까 두렵소.
그런데 지금 만약 장풍(長風) 방석 탈 수 있다면
해상의 삼신산도 지척에 있는 산처럼 갈 수 있을 게요.

　　十載雲林屋數間,　　恐將塵事誤淸閒.
　　而今若得長風席,　　海上三神咫尺山.(雩南)

　　　* 淸閒(청한): 맑고 깨끗하며 한가로움.
　　　長風席(장풍석): 장풍 방석. 장풍을 방석처럼 타다.
　　　三神山(삼신산): 신선이 산다는 세 산. 즉 봉래(蓬萊), 방장(方丈),
　　　　영주(瀛洲).

(백허) 만 가지 생각으로 이 세상에 던져졌으니
한가함을 구해 봐도 한가할 수 없음을 비로소 알겠소.
바다 위 삼신산은 이 세계가 아닌데

그대 혹시 날개 돋아 신선 세계(天山) 배우려 할까 두렵소.

　始知萬念擲塵間,　　縱欲求閒不復閒.
　海上三神非世界,　　恐君羽化學天山.(白虛)

　* 羽化(우화): 우화등선. 사람의 몸에 날개가 생기어 하늘로 올라가서
　　　신선이 됨.
　三神(삼신): 三神山. 三神洲.
　天山(천산): 지명으로는 祁連山(기련산). 그러나 여기서는 신선들이 사
　　　는 하늘 위의 산(세계)을 뜻한다.

(우남) 세계만방이 책 하나에 다 실려 있고
여러 곳의 선경(瑤池)이 해와 달 사이에 존재한다오.
신선들이 먹는 검붉은 대추와 얼음 복숭아가 봄이면 지천이니
이 지상에도 신선들 사는 산이 있음을 비로소 알겠소.

　萬邦羅列一書間,　　幾處瑤池日月閒.
　火棗氷桃春爛熳,　　始知塵界有仙山.(雩南)

　* 瑤池(요지): 주나라 穆王이 西王母와 만났다는 선경.
　火棗(화조): 신선이 사는 곳에 있다는 대추나무. 이 대추를 먹으면 수
　　　명이 천년 늘어난다고 함.
　氷桃(빙도): 얼음같이 차가운 복숭아. 신선들이 먹는다고 함.

(백허) 아름다운 경치 속의 누각도 결국 인간세상이지만

다만 유리 같은 신선들의 세계보다는 덜 한가롭지요.
신선들이 사는 세상도 별세계 아님을 깨닫지 못한다면
도사 역시 신선들이 사는 삼신산을 부끄러워할 것이오.

烟花樓閣摠人間,　　只少琉璃世界閒.
羨覺仙居非別界,　　三山還是愧三山.(白虛)

> * 烟花(연화): 봄날의 아름다운 경치. 기생. 흐릿하게 보이는 꽃.
> 繁華. 가희. 기녀.
> 摠(총): 總과 同字.
> 羨(선): 부러워함. 喪失. 羨覺(선각): 깨닫지 못하다.
> 三山(산산): 앞의 三山은 곧 三山客으로 삼산에 거하는 손님, 곧 도사
> 　　(道士)라는 뜻이고, 뒤의 三山은 전설 중에 나오는 바다 위의 三
> 　　神山으로, 方壺(방호. 즉 方丈), 蓬壺(봉호, 즉 蓬萊), 瀛壺(영
> 　　호, 즉 瀛洲)의 세 山을 가리킨다.

(우남) 선경과 인간세계가 같은 세상이라 믿더라도
속세에서는 신선의 친구 되어 한가하기를 원하지요.
신선의 친구들은 속세의 인간들과 함께 하기를 부끄러워하는데
초심에 푸른 산 품었다고 애석해 하지 마시오.

也信仙凡共世間,　　塵凡願得伴仙閑.
伴仙愧與塵凡共,　　莫惜初心負碧山.(雩南)

> * 仙凡(선범): 신선과 범인. 仙境과 人間. 또는 황궁 내원과 궁외.
> 塵凡(진범): 인간. 속세.

負(부): 가슴에 품다. 안다. 가지다. 負碧山(부벽산): 푸른 산을 마음에
　　품다. 은둔 생활을 꿈꿨다.

(백허) 황금과 벽옥과 아름다운 비단 사이에서
선남선녀들은 자나 깨나 한가롭지요.
그러니 바람과 비 소식이 성 가에 이르렀을 때
건장한 나비들이 어떻게 청산으로 흩어지겠소.

　　黃金碧玉綺羅間,　　仙女仙男夢寐間.
　　風雨邊城消息至,　　其何莊蝶散靑山.(白虛)

　　* 綺羅(기라): 곱고 아름다운 비단.

(우남) 태평한 가운데 인간은 태어나고 늙어가지만
백만 군사들은 피리소리와 달을 보며 한가롭지요.
창칼을 쓰지 않고 재물(玉帛)을 교역하면
온 세상 사람들은 의복을 구름과 산처럼 공유하지요.

　　人生人老太平間,　　百萬貔貅笛月間.
　　不勞干戈交玉帛,　　六洲衣服共雲山.(雩南)

　　* 貔貅(비휴): 貔(비)와 貅(휴)는 맹수의 수컷과 암컷. 전하여 용맹한 군대.
　　* 이 시의 마지막 구절에서 우남은 세계 각국과의 통상교역의 중요
　　성과 효율성을 노래하고 있다. 이 생각은 더욱 심화되어 후에 쓰게
　　되는 〈독립정신〉에서 더욱 구체적으로 설명하고 있다.

2-36. 백허와 더불어 회포를 읊다(述懷與白虛唱和)

(백허) 마음과 일을 논하려면 마음 비울 줄 알아야 하는데
무수한 사람들은 제각기 홀로 자기 생각만 고집한다.
학력이 얕고 천해서는 마음 비우기 어려운데
그대에게 물어보겠네, 큰 도량이란 도대체 어떤 것인지

論心論事知心虛,　　無數人人獨自居.
學力淺卑難可得,　　問君鴻度更何如.(白虛)

(우남) 사람을 백안시하면 우주가 텅 비게 되어
어디서든 더불어 살 수 있는 사람이 없게 되오.
사람과 사귈 때엔 내 마음 알아주는 이 없다고 원망해선 안 되니
남이 나를 알아주는 것은 내가 남을 알아주는 것만 못하다오.

白眼看人宇宙虛,　　無人何處與人居.
交人莫恨知心少,　　知己知人更不如.(雩南)

* 白眼(백안): 눈의 흰자위를 드러내다. 남을 멸시하거나 혐오함을 표시
　　한다.
　知心(지심): 知己心之人. 자기 마음을 알아주는 사람.
　知己知人(지기지인): 知己는 남이 나를 알아주는 것이고, 知人은 내가
　　남을 알아주는 것이다. 〈論語. 學而篇〉에: "子曰: 不患人之不己

知, 患不知人也." (공자가 말하기를, 남이 나를 알아주지 않을까봐 (不知己) 걱정하지 말고, 내가 남을 알아주지 못할까봐(不知人) 걱정하라.)라고 하였다.

(백허) 참으로 큰마음은 사실은 비워져 있으니
재부(財富)를 같이 쓰더라도 같이 사는 것을 걱정하지 않소.
태어날 때부터 거만한 것은 인간의 본성이 아니니
추기급인(推己及人)이 어찌 거만함보다 못하겠소.

眞有假心實有虛,　　寧同富不患同居.
生來傲物非本意,　　推己及人奈不如.(白虛)

* 假心(가심): 큰마음. 假(가): 크다. (〈詩經〉: "假哉天命")
　傲物(오물): 남을 업신여기는 것. 남에게 거만한 것.
　推己及人(추기급인): 자신의 마음이나 입장을 미루어 남을 생각하는
　　것. 이것이 바로 공자가 말하는 〈恕〉라고 朱子는 해석한다(〈論語
　　里仁〉). 맹자는 "老吾老以及人之老(노오로이급인지로)" (나의 부
　　모를 섬기는 마음으로 다른 사람의 부모를 섬긴다) 하는 마음이 곧
　　推己及人(추기급인)의 마음이라고 해석하였다.(〈孟子〉 梁惠王 上)

(우남) 장부가 처세함에 있어 마음 비우는 걸 귀하게 여기나니
친구 사귀는 도리에 어찌 가난하고 부유함을 따지겠는가.
아홉 길 높이의 산을 쌓는데 한 삼태기의 흙이 모자란다면
그 전에 쏟은 노력은 애석하게도 수포로 돌아간다오.

丈夫處世貴心虛,　　交道何論貧富居.
九仞山頭虧一簣,　　前功可惜有無如.(雩南)

* 虧一簣(휴일궤): 虧(휴): 이지러지다 덜다. 줄다. 모자라다. 簣(궤):
　죽롱. 흙을 나르는 삼태기 같은 것. 논어(〈論語 · 子罕篇〉)에서
　는: "譬如爲山, 未成一簣, 止, 吾止也."(비유하자면, 산을 쌓을
　때 마지막 한 삼태기 흙이 없어서 산을 완성하지 못한 채 그친다
　면, 그것은 내가 그만둔 것이다.)라고 하였다.

(백허) 인간만사 살펴보면, 아홉 길 높이의 산이 비어 있다면
한 삼태기의 흙이 어디에서 제일가는 공의 자리를 차지하겠나.
만약 만나서 동무하기를 마치 산을 이루듯 하는 곳에서
스스로 몸과 마음을 다한다면 자연히 그렇게 될 것이오.

看盡人間九仞虛,　　簣將何所首功居.
如逢結伴成山處,　　竭力惱心任自如.(白虛)

(우남) 유(有)는 무(無)에서 나오고 실(實)함은 빈 데(虛)서 나온다지만
시작이 없는데 무슨 공이 첫째 공의 자리를 차지하겠나.
아홉 길의 높은 산도 반드시 한 삼태기의 흙에서 비롯되나니
인간 세계의 모든 일들은 산을 쌓는 것과 같다오.

有從無有實從虛,　　無始何功反首居.
九仞必須從一簣,　　人間萬事築山如.(雩南)

(백허) 남을 알고서 자신을 알려 하면 세상에 비움(虛)이란 없고
신의가 서로 미쁘다면 그 처지에 따라 변하지는 않는다오.
오직 시작하기 어렵다는 점 한 가지뿐이라면
시작만 하게 되면 반드시 저절로 그리 될 것이오.

　　從知知己世無虛,　　信義相孚不易居.
　　惟有一件難着了,　　遇之必得自然如.(白虛)

(우남) 뜻이 장하면 나의 일생 늙어도 헛됨(虛)은 없을 테니
백 년 동안 그대와 함께 지낼 수 있기를 원하오.
오호(五湖)에서 노를 저어 남창(南昌)으로 배타고 가니
세상사에 달관하면 행장이야 형편대로 한들 어떻소.

　　壯志吾生老莫虛,　　百年願得共君居.
　　五湖舟楫南昌帆,　　達觀行裝任所如.(雩南)

　* 五湖(오호): 무엇을 가리키는지 그 說이 다양하다. 1. 고대에 오월
　　　(吳越) 지구에 있던 호수. 2. 강남 五大湖의 총칭. 3. 동정호(洞
　　　庭湖). 4. 춘추 말에 越나라 대부 범려(范蠡)가 월왕구천(越王句
　　　踐)을 보좌하여 吳나라를 멸망시킨 후 가벼운 배를 타고 五湖에
　　　몸을 숨겼다고 하는데, 후에 와서 五湖는 곧 은둔하는 장소를 가
　　　리키게 되었다.
　　南昌(남창): 강서성의 성도(省都) 소재지.

(백허) 사람이 만약 큰 달과 같다면 달빛은 곧 비우는 것인데
자기를 비워 남을 대하는 일을 그 누가 할 수 있겠는가.
사사로운 미움을 나라 일에 앞세워서는 안 되는데
그러나 그리 한 사람으로는 인상여(藺相如)가 있을 뿐이오.

人如浩月月光虛,　　虛己對人孰能居.
不用私嫌先國事,　　而今只見藺相如.(白虛)

* 浩(호): 크다(大), 멀다(遠), 많다(多), 높다(高) 등 널리 가리킨다.
居(거): (…어디에) 처하다(相處). 占하다, (어조사): 誰居.(누구냐?)
藺相如(인상여): 전국시대 때 조(趙)나라 사람. 진나라의 소양왕(昭襄
王)이 조나라의 화씨벽(和氏璧)을 탐내어 그것을 진나라의 15개
성과 바꾸자고 제안하였다. 힘이 약했던 조나라는 그 교환 요청을
거절할 수가 없었는데, 이때 인상여가 자기가 화씨벽을 가지고 가
서 성과 바꿔 오겠다고 자청하였다. 구슬을 바쳤으나 진나라 왕
이 대신에 성을 줄 뜻을 보이지 않자 인상여는 계교를 써서 마침
내 그 '화씨벽(璧)을 온전히(完)' 조나라로 가지고 돌아올 수 있었
다. 이로부터 우리가 오늘날 사용하는 '완벽(完璧)'이란 단어가
생겨났다. 그 후 인상여는 민지(澠池)에서의 맹회(盟會)에서 공을
쌓게 되어 상경(上卿)이 되어 당시 대장군이던 염파(廉頗)보다 지
위가 높아졌다. 염파는 자신의 공로가 인상여보다 높다고 생각하
고 있었는데, 이 일로 그는 여러 사람 앞에서 인상여를 모욕하려
고 했다. 그러나 인상여는 나라를 생각하여 염파와 싸우지 않으려
고 계속 그를 피해 다녔는데, 인상여가 염파를 피해 다니는 이유
가 나라를 위해서인 줄 다른 사람을 통해 알게 된 염파는 등에 가
시나무를 지고 가서 자신의 잘못을 사과하고 그 후 서로 친한 친
구가 되었다.

(우남) 층층구름 같은 지기(志氣)는 허공 위로 올라가려 하지만
지금 세상의 영웅호걸들은 반대로 아래쪽에 처해 있다오.
옛사람들은 아름다운 것만 얻으려 했다고 말하지 마시오,
연꽃은 도리어 육랑(六郞)보다 못하였다오.

    層雲志氣欲凌虛,   今世雄豪反下居.
    莫說古人專得美,   蓮花還不六郞如.(雩南)

  * 六郞(육랑): 陸郞(육랑). 陳後主(진후주)의 총애를 받고 교만하여
    늘 반점 있는 오추마(騧)를 타고 다녔다는 육유(陸瑜).

2-37. 재인소설 평산냉연(平山冷燕)에 대하여

이야기하다가 연백함(燕白頷)과 재녀 냉강설(冷絳雪)이 서로 시작(詩作) 재능을 겨루는 대목에 이르러, 냉강설은 청의시녀(青衣侍女)로 분장하여 연백함과 시를 화답하는데, 그들의 아름다운 재능에 감탄하였다. 그 일로 느낀 바 있어 백허(白虛)와 함께 두 재인(才人)을 각각 대리하여 그들이 읊었던 운(韻)에 따라 서로 화답하여 시를 지어 보았다.

(論平山冷燕至燕白頷與才女冷絳雪較才時, 絳雪佯爲青衣對和燕生詩, 歎其才美, 因有懷與白虛代兩才人依其韻唱和)

(一)

(백허) 아미(蛾眉) 옅게 지우니 더욱 아름다워
실없이 향기만을 밖으로 불어 보내지 않는다.
문장과 천고의 옛일들을 알기 위해서는
지금도 다시 이청련(李青蓮: 李白)이 있어야 하리.

蛾眉淡掃更堪憐,　　漫送虛香風外傳.
要識文章千古事,　　如今復有李青蓮.(白虛)

* 蛾眉淡掃(아미담소): 두보(杜甫)의 두공부초당시전(杜工部草堂詩
   箋) 四十, 虢國夫人(괵국부인)에서: "却嫌脂粉浣顔色, 淡掃蛾
   眉朝至尊."(도리어 연지 화장이 얼굴색을 지우는 걸 싫어해서 눈
   썹을 옅게 지우자 하루아침에 존귀한 지위에 이르게 되었다.)라고
   하였다.
  憐(련): 사랑하다. 어여삐 여기다. 가엾이 여기다.

文章千古事(문장천고사): 두시(杜詩)의 〈偶題(우제)〉에 "文章千古事,
　　得失寸心知"란 구절이 있다. "문장과 천고의 옛일들에 대해 그
　　得失을 마음으로 알고 있다"라고 하였다.
李靑蓮(이청련): 당나라의 시인 이백(李白). 청련(靑蓮)은 그의 호, 태
　　백(太白)은 그의 자(字)이다.

(우남) 한 그루 이름난 꽃나무 홀로 아름다운데
꽃다운 향내가 더러운 진흙에 묻혀 전해질까 두렵다.
아름다운 보석을 지금은 보관할 사람이 없지만
그것을 주관해야 할 사람은 바로 여청련(女靑蓮)이다.

　　一樹名花獨自憐,　　芳香只怕溷泥傳.
　　釆石如今無人管,　　主張人是女靑蓮.(雩南)

* 溷泥(혼니): 더러운 진흙.
　釆石(채석): 彩石. 아름다운 색채가 있는 돌. 보석.
　女靑蓮(여청련): 여자 이태백(李太白). 여기서는 〈평산냉연〉의 여자 주
　　인공을 가리킨다.

(백허) 열 말 명주(明珠)의 글자 하나하나가 다 아름답고
금강산에 안개 걷히자 달빛 비춘다.
복숭아와 배나무 버드나무 봄바람에 흔들리는데
보고 싶은 것은 봉래산의 오색련(五色蓮)이다.

一斛明珠字字憐,　　金剛霧罷月光傳.
桃梨楊柳春風外,　　願見蓬萊五色蓮.(白虛)

* 斛(곡): 휘(열 말의 용량 단위 또는 그 기구).
  明珠(명주): 광택이 빛나는 진주. 보귀(寶貴)한 사물의 비유. 당 한유
  　　(韓愈)의 시에서 "遺我明珠九十六" 이라 하였는데, 이는 盧汀(노
  　　정)이란 시(詩)의 아흔여섯 글자 하나하나가 明珠같다는 말이다.
  字字珠玉(자자주옥): 한 글자 한 글자가 주옥같다.

(우남) 주옥같은 달과 청량한 바람을 세상 사람들은 사랑하며
신선 세계의 소식을 대수롭잖게 전하는 것을 수치로 여긴다.
속된 이 세상 어딜 가나 신령한 바다 아니니
기꺼이 태을련(太乙蓮) 연잎 위에 진인(眞人) 태우고 떠다닌다.

琅月璇風世所憐,　　羞將仙信等閒傳.
紅塵到處非靈海,　　肯泛眞人太乙蓮.(雩南)

* 瑯月(랑월): =琅月. 주옥 같은 달. 琅: 琅玕(낭간). 주옥(珠玉)과 비
  　　슷한 아름다운 돌. 신화전설에 나오는 선수(仙樹)로서 진귀하고
  　　아름답고 좋은 물건을 비유함.
  璇風(선풍): 밝고 깨끗한 바람. 청량한 바람.
  眞人(진인): 도가에서 본성을 존양(存養)하여 득도한 사람을 부르는
  　　말. 제왕. 재덕을 겸비한 사람.
  太乙蓮(태을련): (太乙 = 太一. 泰一). =태일련주(太一蓮舟). 北宋 때
  　　의 화가 이공린(李公麟)의 그림에 〈太一眞人圖(태일진인도)〉가 있
  　　는데, 한 진인(眞人)이 큰 연잎 위에 바로 누워서 손에 책을 들고
  　　읽고 있는 모습을 그린 것이다.

(백허) 한 송이 이름난 꽃은 참으로 아름다운데
청량한 바람이 다만 도시 사람들에게만 전해질까 두렵다.
주옥같은 달은 왜 선경의 요지(瑤池) 위에서만 밝게 빛나고
그 빛을 열 장 길이의 십장련(十丈蓮)에는 비춰주지 않는가.

　　一朵名花眞可憐,　　　璇風惟恐市人傳.
　　分明琅月瑤池上,　　　何不流光十丈蓮.(白虛)

　　* 瑤池(요지): 周나라 목왕(穆王)이 서왕모(西王母)와 만나서 정을 나
　　　눴다는 선경.

(우남) 재주 아름다운 줄은 모르고 얼굴 아름다운 줄만 아니
그래서야 어찌 나비의 마음을 쉽게 전할 수 있나.
노래 소리 듣고선 못 속에도 그것이 있을 줄 깨닫고
배 둘을 나란히 해서 같이 연꽃을 따는 공채련(共採蓮).

　　不識才憐只色憐,　　　那能容易蝶心傳.
　　聞歌應覺池中有,　　　並着雙舟共採蓮.(雩南)

(백허) 재주와 애정이 있어도 다만 재주 뛰어난 줄만 아는데
난초와 사향은 태우더라도 향기만 홀로 전해진다.
깊은 규방의 처녀는 실제 학문이 높은 건 말할 것도 없고
화장품 없어도 서예 솜씨가 뛰어난 묵지련(墨池蓮)이다.

才情只是認才憐,　　蘭麝香焚也獨傳.
休說深閨多實學,　　更無脂粉墨池蓮.(白虛)

* 麝(사): 사향. 사향노루.
　深閨(심규): 깊은 규방에서 지내는 사람. 부녀자.
　脂粉(지분): 연지와 분. 화장한 여자.
　墨池(묵지): 먹물 담는 그릇. 필연(筆硯)을 씻는 못. 서예가.

(우남) 호적수들이 서로 만난 뜻 더욱 아름다우니
오언시(五言詩)의 작자들이 서로 필봉을 전한다.
외로운 군사는 스스로는 대수롭잖은 적이라고 하지만
감히 일곱 자의 장군 칠척련(七尺蓮)을 괴롭힌다네.

敵手相逢意更憐,　　五言城下筆鋒傳.
孤軍自是尋常敵,　　肯勞將軍七尺蓮.(雩南)

* 五言城(오언성): 우수한 오언시의 작자. 五言長城(오언장성): 오언시
　　를 짓는 데 뛰어난 작자. 長城이란 固守함으로써 남이 이길 수 없
　　다는 것을 비유한다.
　尋常(심상): 대수롭잖다. 예사롭다.

(백허) 울긋불긋 온갖 꽃들이 한 가지 색으로 아름다운데
봄바람이 흔들어대니 봄소식 전하기 어렵다.
구름 한 점 없이 달 밝은 강남의 밤에
정자처럼 서있는 부용(芙蓉)은 곧 즉시련(卽是蓮)이다.

萬紫千紅一色憐,　　春風搖蕩信難傳.
無雲明月江南夜,　　亭立芙蓉卽是蓮.(白虛)

* 萬紫千紅(만자천홍): 천자만홍(千紫萬紅). 울긋불긋한 여러 가지 꽃
　　의 빛깔. 또는 그 꽃들.
　搖蕩: 요동. 흔듦. 동요.　亭立(정립): 정자처럼 서 있다.

(우남) 남쪽 포구의 달 밝은 가을 참으로 아름다운데
무수한 부용꽃들 멀리까지 향기 전한다.
꽃놀이 온 사람들은 꽃 감상하는 눈이 있을 뿐
궁중 태액지(太液池)에 있는 태액련(太液蓮)은 못 알아본다.

南蒲月明秋可憐,　　芙蓉無數遠香傳.
遊人但有賞花眼,　　錯認宮中太液蓮.(雩南)

* 太液(태액): 옛 못 이름. 한대(漢代)의 태액지(太液池)는 섬서성
　　장안현 서쪽에 있었고, 당대(唐代)의 태액지는 대명궁(大明宮)
　　안의 함량전(含凉殿) 뒤에 있고, 그 가운데에 태액정(太液亭)이
　　있었다.

(백허) 새까만 소매 같은 묵수련(墨袖蓮)이 봄바람 빌려오니
인간 세계와 천상 세계 양쪽에서 서로 소식 전한다.
월궁의 노래인 예상곡(霓裳曲) 끝나자 상서로운 구름 일어나고
선녀는 여전히 다보탑 같은 보탑련(寶塔蓮)에 기대어 서 있다.

借得春風墨袖蓮,　人間天上兩相傳.
霓裳曲罷祥雲起,　仙子猶依寶塔蓮.(白虛)

* 霓裳曲(예상곡): 霓: 무지개. 霓裳: 신선의 의상. 霓裳羽衣曲(예상
  우의곡)의 약칭. 霓裳羽衣曲: 월궁(月宮)의 음악을 모방하여 만
  든 악곡(樂曲) 이름. 당대(唐代)의 저명한 악곡으로, 하서(河西)
  절도사 양경충(楊敬忠)이 만들어 바친 것이라고 한다. 전설에는
  당 현종(玄宗)이 월궁에 놀러가서 선녀들의 노래를 듣고 비밀히
  기록해 놓았다가 돌아온 후 지었다는 설도 있다.
* 寶塔(보탑): 다보여래(多寶如來)를 안치한 탑. 절에 있는 탑을 높여 부
  르는 말.

(우남) 나라 안에 문장으로 이름난 두 사람 서로 사랑하니
소매 안의 봄바람을 규방 안으로 전한다.
천고 이래 아름다운 인간을 알고자 한다면
지금 다시 육랑련(陸郎蓮)을 보아야 하리.

文章哭宇兩相憐,　袖裏春風閨裏傳.
欲識人間千古美,　至今復見陸郎蓮.(雩南)

* 哭宇(곡우): 나라(집) 안에 울리다.
* 陸郎(육랑): 남조 시대의 총신 陸瑜(육유). 陳後主(진후주)의 총애를
  받고 교만하여 늘 반점 있는 오추마(騅)를 타고 다녔다.

****

* 재자가인 소설 〈평산냉연(平山冷燕)〉에서 연백함(燕白頷)과 청의
시녀(靑衣侍女)로 분장한 냉강설(冷絳雪)이 처음 만나서 시작 능력을
다툴 때 지은 시들은 다음과 같다.(평산냉연 제16장)

(一)
(백함) 아미를 그렸는데도 더욱 아름답지만
새까맣게 칠하여 글자를 알려준들 어찌 전하겠는가.
모름지기 구름 헤치고 솟아오를 듯한 재자의 기운이
뿜어져 나와 봉래산의 오색련이 된다는 걸 알아야 하리.

　　只畫蛾眉便可憐,　　塗鴉識字豈能傳.
　　須知才子凌雲氣,　　吐出蓬萊五色蓮.(燕白頷)

　　* 塗鴉(도아): 지면에 먹을 칠하여 새까맣게 됨.

(강설) 한때의 재주는 한때 사랑을 받지만
천고의 문장은 천고에 전해진다네.
문장은 남자의 일이라고 말하지 말,
지금은 이미 여청련에게 속한 일이다.

　　一時才調一時憐,　　千古文章千古傳.
　　慢道文章男子事,　　而今已屬女靑蓮.(冷絳雪)

(二)

(백함) 천하 사람들은 드러난 풍광을 좋아하지만
마음속의 정사는 눈으로 전해진다.
배를 잡아 하주(河洲)로 가는 걸 허락한다면
연화봉(蓮華峰)의 십장련(十丈蓮)을 갈라보고 싶구나.

　　暴下風光天下憐,　　心中情事眼中傳.
　　河洲若許操舟往,　　願剖華峰十丈蓮.(燕白頷)

(강설) 구름을 생각하며 달을 사모함이 다 헛된 사랑이니
천상과 인간이 어찌 서신을 서로 전하리오.
현상(玄霜)을 위해 옥 절구를 구하고자 한다면
모름지기 어좌로부터 금련(金蓮)을 떼어 내 와야 하리.

　　思雲想月總虛憐,　　天上人間信怎傳.
　　欲爲玄霜求玉杵,　　須從御座撤金蓮.(冷絳雪)
****

2-38. 친구가 보내준 편지를 받아보고(感友人寄書 二首)

(一)

어제 밤 객사 창문에 문성(文星)이 비치더니
옛 친구의 서신을 기러기가 전해 주네.
그윽한 고향 찾아 마음 홀로 가는데
한 바탕 비바람에 꿈에서 깨버렸다.

사람의 일이란 구름처럼 일정치 않다는 것 알지만
세월은 물처럼 멈추지 않는다는 것이 못내 서운하다.
그대와 놀던 곳 그리울 때마다
마음은 도동 냇가의 연소정(鷰巢亭)으로 달려간다.

(一)

羈窓昨夜照文星,　　書雁帶來舊眼靑.
古洞烟霞魂獨去,　　一場風雨夢初醒.

縱知人事雲無定,　　只惜年光水不停.
每憶共君遊戲處,　　係心桃渚鷰巢亭.

　* 羈窓(기창): 타향의 여관. 객사.
　文星(문성): 별이름, 문창성(文昌星). 문곡성(文曲星)이라고도 함.

文才를 주관하는 별. 문재가 있는 사람을 가리키기도 함.

書雁(서안): 안서(雁書). 안족서(雁足書). 서신(書信).

眼靑(안청): 청안(靑眼). 눈을 바로 뜨고 서로를 봄으로써 상대를 중시
하는 뜻을 표시한다. 구안청(舊眼靑)은 자기를 알아주는 벗을 가
리킨다.

桃渚鷰巢亭(도저연소정): 이승만이 어릴 때 글공부하던 도동(桃洞) 냇
가에 있던 서당 이름이 연소정(鷰巢亭)이다. 태종의 맏아들 양녕
대군 17대손인 이근수(李根秀) 대감이 남산 기슭 우수현(雩守峴),
즉 지금의 힐튼호텔 근처에 설립하였다. 1960년대 초까지도 남아
있었다.

(二)

한 장 한 장마다 그리움 가득하고 글자마다 정이 듬뿍

천 가지 만 가지 기쁨과 감회가 뭉게뭉게 피어오른다.

서로 사귀는 마음은 못 물 같이 깊고 담담하며

보내준 선물은 논두렁의 매화(隴梅) 같아 두 눈에 선하다.

이슬 젖은 물억새 밟으면 땅이 바로 그 아래인 줄 알지만

멀리 있는 벗 그리는 마음은 장성(長城)에 가로막혀 있다.

북풍 따라 남으로 오는 기러기 끊이지 않으니

편지로나마 멀리 떨어진 그곳 소식 자주 전해 주게나.

(二)

幅幅相思字字情,　　千欣萬感轉層生.

深如潭水交心淡,　　贈似隴梅入眼明.

人在露蒹知尺地,　　想遙雲樹隔長城.

北風不盡南來雁,　　金玉須頻寄遠聲.

* 交心淡(교심담): 君子之交淡如水(군자지교담여수)라 하였다.

隴梅(농매): 친구 간에 정으로 주고받는 선물.

露蒹(노겸): 이슬에 젖은 물억새.

雲樹(운수): 친구를 그리는 마음. 벗이 아주 멀리 떨어져 있음을 비유
한 말(比喩朋友闊別遠隔). 雲樹之思(운수지사).

金玉(금옥): 진귀하고 아름다운 것. 친구가 보내온 편지.

▲ 연소정 현판(1957년)

▲ 어린시절 한학공부를 하던곳

2-39. 품은 뜻을 노래함(詠懷)

일생 동안 가슴에 품은 뜻 온전히 펴본 적 없어
비바람 몰아치고 풍랑 거세면 쉽게 놀란다.
새장 속에 갇힌 학은 구름 만 리 날아갈 생각만 하고
숲속의 새들은 달 밝은 삼경에 외롭게 꿈을 꾼다.

책을 동반 삼으니 행장이 단출하고
갑 속에 든 칼은 목숨 가벼이 여기는 내 마음 안다.
세상 일 하는데 필요한 돈이야 어디에나 있으니
가난하다고 어찌 해야 할 일 그르칠 수 있으랴.

　　詠懷(영회)
　　　一生胸海不平鳴,　　雨打風翻浪易驚.
　　　籠鶴遙懷雲萬里,　　林禽孤夢月三更.

　　　笈書爲伴行裝淡,　　匣劍知心性命輕.
　　　世事黃金隨處有,　　貧寒那得誤經營.

　　* 笈書(책서): 죽간과 종이책.　　笈書(협서): 책을 끼다.
　　隨處(수처): 도처(到處).

2-40. 소리를 같이 하여 호곡하다(齊聲呼哭)

(* 국경일 후에 육범(六犯)을 제외한 여러 죄수들에게 1등을 감형하라
는 은전(恩典)이 내렸는데, 감형 혜택을 받은 자는 겨우 21명뿐이었
다. 그 나머지 1백여 명은 비밀리에 서로 연락하여 기일을 정하여 일
제히 함께 청원하려고 약속했으나 결국 관리들에 의해 금지당했고,
몇 사람은 도리어 쇠고랑을 차게 되었다. 그래서 이 시를 지었다.)

다 같이 호소하려는 사정 임금께서 듣게 하려고

서로 전하여 굳게 약속하기를 천 번 만 번.

그러나 임금께 들려 드릴 길은 없고 처벌부터 먼저 받으니

사람들에 의지하여 도모하는 일들은 본래 다 이렇다.

齊聲呼哭(제성호곡)

(*國慶後, 有六犯外諸囚各減一等之恩典, 參減者纔二十一人. 其餘百餘
人密通約期齊聲呼哭, 竟爲官吏所禁止. 數人反被枷鎖, 因有作.)

齊呼情欲上聞天,　　盟約相傳戒萬千.

聽卑無緣先有害,　　依人要賴事皆然.

* 聽卑(청비): 시경(詩經) 대아(大雅) 편에 나오는 '天高聽卑' 의 약칭.
　　높은 하늘이 아래 백성의 소리를 듣는다(듣게 한다)는 뜻.

2-41. 감옥 안 사정(牢中情況)

한식 아닌 절기에도 불 사용은 늘 금지되고
긴긴 밤에도 고금의 책들을 읽을 길이 없다.
고향의 소식은 매번 풍문으로 전해지고
소등점검 차 순찰 돌 때엔 매서운 추위가 스며든다.

강산은 다만 흔히 꾸는 꿈속에서나 볼 수 있고
천지도 강개한 이 마음 받아들이기 어려워한다.
하루 종일 문 닫아놓고 세상일과 떨어져 있으니
장안에서 가장 깊숙한 곳은 바로 이 집이다.

牢中情況(뇌중정황)
節非寒食火常禁,　　永夜無緣講古今.
鄕信每從風便到,　　巡燈時與冷威侵.

江山只屬尋常夢,　　天地難容慷慨心.
盡日掩門塵事隔,　　長安第一此樓深.

2-42. 백허가 부르는 노래에 화답함(三首)

(一)
몸은 벼슬살이 하고 있어도 뜻은 운림(雲林)에 있었고
관직에 있어도 마음은 벼슬에 빠지지 않았다.
충의의 마음에는 사사로움 없어 하늘에 부끄럽지 않았고
밝고 밝은 대낮 해처럼 만방에 임하였다.

(二)
난새와 봉황이 어찌하여 가시나무 숲에 모였는가,
아름다운 구슬이 애석하게도 어둠 속에 빠져 있다.
가만히 살펴보면 초목에서도 아름다운 광채가 나는데
이로써 현인(賢人)이 이곳에 계신다는 걸 비로소 믿는다.

(三)
난새와 무리 짓고 봉황과 짝을 이뤄 숲처럼 모이는데
어느 곳에든 풍류 있으나 거기 빠질까봐 겁내지 않는다.
빠진 깃털을 보면 비록 닭과 오리들과 같이 지내지만
한 번 날아오르면 곧바로 하늘에 닿을 수 있다.

和白虛口呼韻(화백허구호운) 三首

(一)
身存玉帛志雲林,　　出處心非宦海沈.
忠膽無私天不愧,　　昭昭白日萬邦臨.

* 玉帛(옥백): 옥과 비단. 규장(奎章)과 속백(束帛). 고대 제후들이 제
　　사, 회맹, 조빙(朝聘)할 때에 옥과 비단을 들었으므로 友好 관계
　　를 나타낸다. 옥백을 잡는 신분 또는 널리 財富라는 뜻을 나타냄.
　宦海(환해): 관리의 사회. 벼슬살이.

(二)
鸞鳳如何集棘林,　　明珠可惜暗中沈.
靜看草木生精彩,　　始信賢人此地臨.

* 鸞(난): 봉황의 일종. 털은 오채(五彩)를 갖추고 소리는 오음(五音)에
　　맞는다고 함. 일설에는 털에 푸른빛이 많은 봉새라 함.

(三)
鸞群鳳伴會如林,　　滿地風流不畏沈.
逸翮雖從鷄鶩處,　　一飛直可九宵臨.

* 翮(핵): 날개. 깃촉.
　鶩(목): 집오리.
　九宵(구소): 九天. 하늘.

2-43. 정위 연인 임병길의 시에 화답함(和然人林正尉炳吉)

일백 년 인생살이 모두가 하늘이 정해준 인연이니
인간세상의 일들을 자연 탓으로 돌리지 말게나.
하늘은 말없이 고요한 가운데 있지만
삼생(三生)은 태어나기도 전에 이미 정해져 있다네.

　　和然人林正尉炳吉(화연인임정위병길)

　　百年遭遇盡天緣,　　莫把塵機付自然.
　　太上無言冥裏在,　　三生已定未來前.

* 塵機(진기): 인간 세상의 일. 세속의 생각과 뜻.
　太上(태상): 하늘.
　三生(삼생): 전생(前生)과 현생(現生)과 후생(後生).

* 이 시는 임병길의 호(號)인 然人(연인)을 自然人(자연인)으로 풀이
하고 그 호에 근거하여 쓴 것이다.

2-44. 우연히 부른 노래(偶吟)

가을서리 같은 지기(志氣)와 검의 기운은 다 서늘하지만
한 번 죽기는 어렵지 않으나 절개 위해 죽기가 어렵다.
지금 같은 세상 만나 안한(安閒)하게 지낸다면
누가 그를 의기와 담략 있는 장부로 보겠는가.

偶吟(우음)

秋霜志氣劍俱寒,　　一死非難死節難.
如當此世安閒在,　　丈夫義膽有誰看.

* 칠언절구(七言絶句), 칠언율시(七言律詩), 칠언배율(七言排律)
한시에서 한 구(句)가 일곱(七) 자로 이루어진 것을 '칠언(七言)'이라
하고, 이 '칠언'으로 이루어진 구(句)가 네 개(四句)로 되어 있는 것을
'칠언절구(七言絶句)' 또는 '칠절(七絶)'이라 하고, 칠언절구가 둘, 즉
여덟 개 구(句)로 이루어진 것을 '칠언율시(七言律詩)' 또는 '칠율(七
律)'이라 하고, 칠언율시를 두 개 이상(즉, 16개 句 이상) 나열한 것을
'칠언배율(七言排律)'이라고 한다.
우남의 한시에는 '칠언율시'가 제일 많다.

2-45. 밤에 앉아서(夜坐 四首)

(一)

고요한 밤 추운 방에서 잠 못 이룰 때

시를 읊으면 같이 따라 읊어주는 동무 있어 기쁘다.

인생은 바다에서 둥둥 끝없이 떠다니는 것과 같고,

세상은 산에 들어가면 온갖 갈래의 길 있음과 같다.

　　靜夜寒窓不寐時,　　吟哦有伴喜相隨.

　　人如縱海浮無際,　　世似入山去有歧.

　　* 吟哦(음아): 읊다. 시. 노래.　　縱(종): 마음대로 함.

(二)

관문에 눈이 가득 쌓여 돌아가는 꿈길조차 힘들고

흰 구름은 산속에서 나와서 산봉우리를 휘감고 있다.

이른 새벽 빗소리에 외로운 등불은 가물거리는데

이곳의 이런 사정 그대만이 알고 있으리.

　　積雪滿關歸夢苦,　　白雲出峀倦遊宜.

　　五更話雨孤燈邃,　　此地此情子獨知.

　　* 白雲出峀(백운출수): 흰 구름이 산(의 암굴)에서 나오다.

(三)

외로운 객이 추운 겨울밤에
한 해가 저물어 갈 때 부모님을 생각한다.
시가 완성되어 길게 휘파람 불 때
그때의 마음을 그대는 알 것이다.

孤客天寒夜,　　思親歲暮時.
詩成長嘯發,　　心事有君知.

한(漢)나라 가의(賈誼)가 장사왕의 태부로 있을 때
한나라 무장 소무(蘇武)가 북해에 억류되어 있을 때
만약 그들의 충성과 의리가 굳지 않았다면
그들의 곤궁함을 그 누가 알아주겠는가.

賈傅長沙日,　　蘇郎北海時.
苟無忠義固,　　窮困有誰知.

* 賈傅(가부): 漢의 賈誼(가의). 일찍이 長沙王의 太傅로 있었기에 불
　　려진 이름.
　蘇郎(소랑): 소무(蘇武). 漢나라 사람. 무제(武帝) 때 중랑장으로서 흉
　　노에 사신으로 갔다가 억류되어 19년 만에 돌아오니 소제가 그의
　　절개를 지킨 공을 기리어 높은 벼슬을 내렸다.

(四)

어진 하늘은 비와 이슬 골고루 내려주니
풀과 나무들은 다 같이 봄철을 누린다.
오직 저 소나무만이 홀로 절개를 지켜
추워진 후에야 늦게 시든다는 걸 알 수 있다.

仁天均雨露,　　草木共春時.
惟有孤松節,　　歲寒然後知.

* 歲寒然後知(세한연후지): 〈論
  語. 자한편(子罕篇)〉에서 "歲
  寒, 然後知松柏之後彫也.(날
  씨가 추워진 후에야 소나무와
  측백나무의 잎이 다른 나무보
  다 나중에 시든다는 걸 알 수
  있다.)"고 한 말을 인용한 것
  이다.

▶ 송백지무 융한불쇠
　(松栢之茂, 隆寒不衰)

2-46. 스스로를 노래하다(自詠)

세상 한탄하며 책 읽다가 옛날 사람을 사모하고
근심이 있을 땐 도리어 눈을 감고 싶어진다.
비우고 비워서 마음이 정토세계로 돌아가면 부처가 되고
밤마다 꿈에서는 선계(仙界)로 들어가 신선이 된다.

생각과 경륜을 물가의 기러기처럼 높고 멀리 쌓아
나의 발자취를 가을 매미처럼 높은 곳에 남겨야지.
옛날부터 우국지사의 한(恨)은 무궁하였나니
충성과 효도는 원래 둘 다 온전히 행하기 어렵다.

自詠(자영)

歎世看書慕古先,　　憂時還欲眼無穿.
心歸靜界空空佛,　　夢入醉鄉夜夜仙.

思遠經綸同渚雁,　　居高蹤迹等秋蟬.
從來志士無窮恨,　　忠孝元難兩得全.

* 醉鄉(취향): 취중의 별천지. 술에 취한 후 정신이 몽롱한 상태.
兩得全(양득전): 둘 다 온전히 갖추다.

2-47. 전차(電車)

쇠바퀴가 빨리 달리면 빠르기에서 앞설 자 없고
만 리 연무 속을 순식간에 뚫고 지나간다.
기계와 전기는 궤짝 속에 감춰져 있어 귀신이 부리는 것 같고
철로는 무지개다리, 승객은 신선과 같다.

눈 아래 산들은 모두 경주마 같고
귓가에 바람 스치면 매미들이 어지러이 우는 소리가 난다.
옛날에 나무로 만든 소가 신묘하다고 누가 말했나.
그걸 만든 제갈량조차 불완전하다고 탄식했는데.

　電車(전차)

　鐵輪奔駛疾無先,　萬里雲烟頃刻穿.
　機藏電櫃神爲使,　軌作虹橋客似仙.

　眼下山皆爭走馬,　耳邊風送亂吟蟬.
　木牛古事誰云妙,　諸葛還歎美不全.

* 駛(사): 말이 빨리 달리다. 빠르다.
　雲烟(운연): =雲煙. 운무. 연무. 쉽게 사라지는 물건.
　木牛古事(목우고사): 〈삼국연의〉(*제102회)에는 제갈량이 목우(木牛)
　　를 만들어 수레를 끌게 했다는 이야기가 나온다.

2-48. 저녁에 앉아서(暮坐)

처마 끝의 까마귀 울음 그치자 종이창 어두워지고
겨울나무 휘감은 저녁연기 성 밖 마을을 뒤덮는다.
산촌에 해가 지면 은하수 희미하게 나타나고
눈 개인 후의 하늘은 티 하나 없이 맑다.

타향에서 매화 너를 만나니
밝은 달이 지친 나그네의 심사를 혼란스럽게 한다.
어머니께서 나를 기다리며 서 계시던 곳이 저기 보이는데,
어린 친손자 보시며 환한 얼굴로 웃으시네.

　　暮坐(모좌)
　　簷鴉啼盡紙窓昏,　　凍樹寒烟負郭村.
　　山暮銀河微有影,　　雪晴玉宇淡無痕.

　　梅花與爾他鄕面,　　明月惱吾倦客魂.
　　遙識倚閭孤望處,　　開顔應籍一兒孫.

　* 簷鴉(첨아): 처마 밑의 까마귀.
　　玉宇(옥우): 옥으로 장식한 집. 천제가 있는 곳. 하늘.
　　倚閭(의려): 倚閭之望(의려지망). 倚門之望(의문지망): 부모가 문에 기
　　　　대서서 집 나간 자녀가 돌아오기를 애타게 기다리는 마음을 가리

킨다. 〈전국책(戰國策)〉(제책(齊策) 六)에 "王孫賈年十五, 事閔王. 王出走, 失王之處. 其母曰: '女朝出而晩來, 則吾倚門而望; 女暮出而不還, 則吾倚閭而望.'"("왕손고가 열다섯 살 때 민왕(閔王)을 섬겼는데, 왕이 달아나서 왕이 간 곳을 놓쳐버렸다. 그때 그 어미가 말했다: '네가 아침에 나가서 저녁에 돌아올 때엔 나는 집 대문에 기대서서 너를 기다리고, 네가 저녁에 나가서 돌아오지 않으면 나는 마을 앞에 나가서 너를 기다린다.')" 후에 와서 집을 나간 자식이 돌아오기를 기다리는 부모의 간절한 마음을 '倚門(의문)' 이나 '倚閭(의려)' 라 하게 되었다.

應籍(응적): 호적에 올라 있다.

2-49. 시인을 만나니 반가워(喜逢詩人)

객지에서 우연히 알게 된 사람과 금란지교 맺고
시 짓는 자리에서 새로 만난 사람은 마치 오랜 친구 같다.
소무(蘇武)가 북해에서 이릉(李陵) 만났을 때의 감정도 이러했고
대안도 만나러 밤에 산음으로 갔을 때의 감흥도 이러했으리.

백년간 떨어졌다 만나도 속에 검을 감추고 있기도 하지만
반년 동안에도 마음 맞으면 종자기와 백아처럼 서로를 이해한다.
여관방 외로운 등불 아래서 둘이 무릎 맞대고 앉아
자기 자신은 잊고 간담 기울여 서로를 생각하네.

喜逢詩人(희봉시인)
結隣萍水契蘭金,　　詩席新緣似舊心.
情若逢陵時北海,　　興如訪戴夜山陰.

百年離合吾藏劍,　　半世峨洋子解琴.
旅塌疎燈添一影,　　忘形傾膽好相尋.

* 萍水(평수): 부평초처럼 떠돌아다니는 사람을 말함. 萍水相逢(평
　　수상봉): (모르던 사람을) 우연히 알게 되다. 萍水之人(평수지인):
　　우연히 만나서 알게 된 사람.
　萍蘭金(계란금): 金蘭契(금란계). 극친한 친우간의 정의. 金蘭之交(금

란지교)를 맺다. 〈周易〉에 "臭如蘭, 利斷金(취여란, 리단금)"(그
　　냄새는 난초와 같고, 그 예리함은 쇠를 끊는다)고 한 말에서 유래
　　하여 친구와의 교제를 말함. *蘭金(난금): 일종의 백색의 귀금속.

逢陵(봉릉): 漢나라의 무장 소무(蘇武)(*본서 〈夜坐 三〉 참조)가 북해
　　에서 이릉(李陵)을 만난 일. 이릉은 漢武帝 때 흉노와 싸워 고군
　　분투하다가 항복하자 선우(單于)가 그를 우교왕(右校王)으로 삼
　　았던 인물이다.

訪戴(방대): 晉나라 사람 왕자유(王子猷)가 눈 오는 밤에 배를 타고
　　산음(山陰) 사는 친구 대안도(戴安道)를 만나러 갔던 일이 있었
　　는데, 여기서는 그 일을 말한 것이다.

半世(반세): 반년. '世'에는 30년, 一生, 時, 해(歲), 年 등 여러 가지
　　뜻이 있는데, 여기서는 '一年'으로 해석하는 것이 자연스럽다.

峨洋(아양): 아아양양(峨峨洋洋). 〈열자(列子)〉 탕문(湯問)에, "백아
　　(伯牙)는 거문고를 잘 탔고, 종자기(鍾子期)는 그의 음악을 잘 들
　　을 줄 알았는데, 백아가 높은 산을 생각하면서 거문고를 타면, 종
　　자기는 '좋구나, 태산처럼 높고 높구나(山峨峨)' 하였고, 백아가
　　강을 생각하면서 거문고를 타면, 종자기는 '좋구나, 장강과 황하의
　　물처럼 넓고 넓구나(水洋洋).'"라고 하였다. 이로부터 친구 간에
　　서로를 잘 이해해 주는 것을 〈아양(峨洋)〉이라고 한다.

子解琴(자해금): 종자기(鍾子期)가 백아가 타는 거문고 소리를(琴) 이
　　해하다(解).

2-50. 촛불이 없으면(無燭 二首)

(一)

눈 밝기로 유명한 이루(離婁)도 옥석을 잘 구분하지 못하고
예쁘고 추한 것을 못 가리며 무엇을 버려야 할지도 모른다.
세상 모두 암실 같이 캄캄하나 등불도 없고
긴긴 밤 많은 집들은 어두운 자줏빛 거리로 이어져 있다.

(二)

깊이 잠들었을 때 마을 안 모든 것들은 돌처럼 앉아 있고
색상 모두 텅 빈 것이 마치 늙은 중 같다.
밤에는 책을 읽으려 해도 읽을 수가 없고 잠조차 오지 않아
반딧불 주워들고 옛 고향거리를 회상한다.

　
無燭(무촉) 二首
(一)
離婁猶難分玉石,　　娟嬋不辨疑何釋.
世皆漆室亦無燈,　　長夜千家連紫陌.

(二)
黑甛鄉裏坐如石,　　色相都空同老釋.
夜讀無由更不眠,　　拾螢回憶舊鄉陌.

* 離婁(이루): 고대 황제(黃帝) 때의 사람으로 눈이 비상히 밝았다고
　한다.
娟媸(연치): 아름다움과 추함. 미추(美醜).
老釋(노석): 늙은 중.
漆室(칠실): 암실(暗室).
紫陌(자맥): 자주색 길. 밤거리. 가로.
黑甜(흑첨): 단잠. 깊이 잠이 들다.　甜(첨): 달다. 낮잠.

2-51. 백허의 시에 화답함(和白虛 二首)

(一)
형산의 덩어리 옥은 연석(燕石) 아닌 줄 일찍이 알았으나
왕에게 바치는 게 도리라서 스스로 다듬을 수 없었다.
그래서 두 발 잘렸는데 어찌 비싼 값 받으려 했기 때문이겠나.
다만 초(楚)나라 산의 옥이 나는 진흙 밭을 산 것이 잘못이다.

(二)
놀란 파도 눈바람이 바위를 날리는 것 같아도
자비의 항해사는 위난을 당해서도 돛대 놓지 않는다.
위험한 상황 지나자마자 길은 평탄해지기 시작하나니
다 함께 극락세계의 부처님 앞으로 돌아간다.

和白虛(화백허) 二首
(一)
早知荊璞非燕石,　　義可獻王難自釋.
刖足豈緣得價高,　　惜買泥土楚山陌.

(二)
驚濤如雪風揚石,　　慈航急難帆不釋.
纔度險危路始平,　　共歸極樂蓮臺陌.

* 荊璞(형박): 춘추시대 때 초나라 사람 변화(卞和)가 형산(荊山)에서
    박옥(璞玉)을 얻어 이를 처음에는 여왕(厲王)에게 바쳤으나 "옥
    (玉)이 아니라 돌(石)이다"고 하면서 왕을 속인 죄를 물어 그의
    왼쪽 다리를 잘랐다. 그 후 무왕(武王)이 즉위하자 다시 그에게
    바쳤는데, 무왕 역시 "옥(玉)이 아니라 돌(石)이다"고 하여, 왕을
    속인 죄로 이번에는 그의 오른 발을 잘랐다. 武王이 죽고 文王이
    즉위한 후 화씨는 다시 그 박옥을 문왕에게 바쳤는데, 왕은 그것
    을 옥장이에게 맡겨 다듬게 한 결과 마침내 천하의 보물인 옥을
    얻어 그것을 〈화씨벽(和氏璧)〉이라고 불렀다.(〈韓非子. 和氏〉)

燕石(연석): 연산(燕山)에서 나는 玉 비슷하면서도 옥이 아닌 돌. 이것
    을 宋 나라의 어리석은 사람이 진짜 옥으로 믿어서 세상의 웃음거
    리가 되었다는 고사가 있는데, 그로부터 연석(燕石)은 사이비(似
    而非)한 것. 가치가 없는 것을 비유하게 되었다.

慈航(자항): 불교 용어로, 불보살이 자비의 마음으로 사람을 구제하는
    것을 말한다.

纔度(재도): 건너가자마자(才渡. 才度).

蓮臺(연대): 연화대(蓮花臺. 蓮華臺). 불좌(佛座).

2-52. 생각나는 대로 읊다(漫詠)

감옥 안에서 보고 듣는 건 전부 장님과 귀머거리 같고
오래 인간세상과 떨어져 있어 꿈마저 거듭 꾼다.
조용한 가운데 세월은 쇠로 만들어진 불상 같이 요지부동이고
이곳 바깥에서의 풍류가 바로 신선놀음이다.

긴긴 밤엔 오로지 책상 위의 촛불만이 그리운데
깊숙한 곳에 있는 감옥이니 시가의 종소리조차 들리지 않는다.
창문을 통해서는 고향 그리는 눈길만 나갈 수 있는데
돌아가는 구름에 실리어 고향의 산봉우리에 떨어진다.

한 해 저물어 생각이 착잡한데 밤마저 길고 길어
찬 베개 베고 잠 못 이루니 새벽 서리가 무섭다.
만약 어진 하늘에 숙살(肅殺)하는 기운 없다면
그 누가 나쁜 풀들을 말려 죽이겠는가.

치우치게 보는 것 미워하면서 청안 백안 더하라 하고
바른말 하기 좋아한다며 자색과 황색을 예리하게 구분한다.
희로애락 모두 잊고 참을 인(忍)자 백 번 생각한다면
사람들 가는 곳마다 태화당(太和堂)이 될 것이다.

漫詠(만영)

牢裏見聞盡瞽聾,　　久違人世夢重重.
靜中歲月同金佛,　　物外風流是赤松.

夜永偏憐書案燭,　　地深不到市街鐘.
一窓只許望鄕眼,　　載送歸雲落舊峰.

歲殘心緖夜俱長,　　冷枕不眠怯曉霜.
若使仁天無肅殺,　　誰敎惡草有衰傷.

厭偏眼戒加靑白,　　好正舌銳辨紫黃.
喜怒都忘思百忍,　　人間到處太和堂.

---

* 赤松(적송): 적송자(赤松子). 고대의 신선 이름. 여기서는 신선의 세계.
心緖(심서): 심회. 생각.
肅殺(숙살): 가을 기운이 초목을 말라죽게 하다.
厭偏眼(염편): 치우치게 보는 것을 싫어하다(미워하다).
靑白(청백): 靑眼과 白眼. 눈동자를 수평으로 보면 검은 눈동자가 보
　　　이므로 靑眼(黑眼), 위로 치켜뜨고 보면 아래쪽 흰자위가 나타나
　　　므로 白眼이 된다. 靑眼은 상대에 대한 존경이나 우호적 감정을,
　　　白眼은 상대에 대한 경시(輕視)나 증오를 나타낸다.
紫黃(자황): 자주색과 황색
太和堂(태화당): 지극히 화목한 집. 古詩: "百忍堂中有太和." (백인당
　　　중유태화): 백 번 참는 집 안에는 큰 화목이 있다.

2-53. 임금님 조서 받자옵고(奉恩詔)

임금님 조서 받자옵고 성은에 감격하여 왕궁 안 모습 회상하니
임금님의 탄신일에는 여민동락(與民同樂) 연주했었다.
백료들을 위한 축하연은 금문(金門) 북쪽에서 베풀어졌고
만국의 귀빈들 위한 연회는 궁중 동쪽에서 베풀어졌다.

가난한 사람들에게까지 두루 혜택 미치면 상서로운 날 오고
천한 자들한테까지 덕화 고루 퍼지면 어진 바람(仁風) 불어온다.
기원하기는, 이 추위에 감옥 안에 있는 많은 사람들 구휼하고
백성들을 자식같이 보호하고 환과고독(鰥寡孤獨) 없애 주시기를.

奉恩詔(봉조서)
奉詔感恩憶帝宮,　　慶辰樂樂與民同.
百僚賀宴金門北,　　萬國賓筵玉陛東.

澤普篳蓬來瑞日,　　化均稂莠及仁風.
祈寒囹圄多蒙恤,　　子保宸憂杜四窮.

* 慶辰(경신): 생신을 축하하다.
　樂樂(악락): 樂與民同樂(악여민동락). 백성들과 같이 즐기다(與民同
　　　樂)라는 음악을 연주하다(樂). 앞의 樂(악)은 음악(연주). 뒤의 樂
　　　(락)은 즐기다란 뜻이다.

篳蓬(필봉): 사립문으로 쓴 가시나무(篳)와 쑥(蓬). 篳門: 사립문. 가난
    한 사람의 집.

稂莠(낭유): 가라지. 천한 사람.

子保(자보): (백성을) 자식같이 보호하다.

宸(신): 집. 대궐. 천자의 일에 관한 말의 관사로 쓰임.

四窮(사궁): 네 종류의 궁민(窮民)들, 즉, 홀아비(鰥: 환)와 과부(寡:
    과)와 고아(孤: 고)와 자식 없는 늙은이(獨: 독).

2-54. 회포를 말하다(述懷)

형가(荊軻)가 젊어 연나라 남쪽과 조나라 북쪽에서 놀던 무렵은
내 나이 때로 거문고와 책을 등에 지고 마음껏 놀러 다녔지.
비록 하늘가의 기러기로부터 고향소식 전해 듣지만
북당의 어머님 백발이라니 사실 날도 많이 남지 않았다.

고향의 화원에서는 꿀벌 치는 걸 이미 보았는데
운산(雲山)에 있는 집에서는 새들이 나뭇가지에서 잠을 잔다.
나라 걱정 하면서 관직 얻으려 하는 것은 좋은 계책 아니니
일생의 명예와 이익이란 지리멸렬한 꿈에 지나지 않는다.

述懷(술회)
燕南趙北壯遊遲,　　漫把琴書負此時.
天際鴻毛雖遇便,　　堂中鶴髮不饒期.

業看花社養蜂蜜,　　家在雲山宿鳥枝.
憂國謀官非得計,　　一生名利夢支離.

* 燕南趙北壯遊遲(연남조북장유지): 장년에 연나라 남쪽, 조나라 북
　쪽 땅에서 놀던 무렵. 전국 말 燕나라의 태자 丹의 부탁을 받고
　진시황을 살해하려 한 衛나라 사람 荊軻(형가)는 진시황을 척살
　하려고 출발하기 전에 연나라와 조나라를 무대로 활동하였다. 그

는 책 읽기를 좋아하고 검술에 능했으나 衛나라에서 등용되지 못하여 趙나라의 한단(邯鄲)으로 가서 놀다가 다시 燕나라로 가서 개장수이자 축(筑)이란 악기를 잘 타는 고점리(高漸離)와 친하게 지내다가 태자 丹의 부탁을 받고 진시황 척살이라는 임무를 수행하기 위해 진나라로 떠나게 된다.

遲(지): 더디다(緩慢). 늦다(晚). 무렵(比及). 기다리다(待).

便(편): 소식.

鶴髮(학발): 학처럼 하얗게 센 머리. 백발.

饒(요): 남다. 여유가 있다.

業(업): 이미.

社(사): 토지신, 토지신에 대한 제사. 고대의 지구 단위(地區單位)의 하나. 〈관자(管子). 승마(乘馬)〉편에: "方六里, 名之曰社." (顧炎武) 〈일지록(日知錄). 社〉: "社之名起於古之國社, 里社, 故古人以鄉爲社." 따라서 화사(花社)는 고향의 화원(花園)이나 화단(花壇)을 말한다.

支離(지리): 이리저리 흩어지다. 지리멸렬하다. 형체가 완전하지 못하다.

2-55. 백허와 헤어질 때 휴가를 얻어서 준 글
(蒙放日贈別白虛)

비록 마음속에 있는 수만 가지 말은 하지 않았으나
서로의 사귐은 물처럼 담담했고 생각은 꽃처럼 진했다.
반년 간 짝이 되어 감옥 안에서 같이 지냈는데
다음에는 해외로 나가서 만나기로 기약했다.

인연은 명주실 같아서 일단 나눠지면 이을 길 없고
사향도 절구도 없으니 찧어서 쌓기가 어려운 게 한이다.
다만 자네는 임금님의 은혜 입을 기회 만났으니
가슴에 그 은혜에 보답하겠다는 맹세 굳게 새기게나.

蒙放日贈別白虛(몽방일증별백허)
不語心中語萬重,　　交如水淡意花濃.
半年結伴牢中枕,　　明月留期海外逢.

緣有蠶絲分莫續,　　恨無麝杵積難舂.
惟君際遇承恩大,　　圖報深盟刻在胸.

* 麝(사): 사향노루. 사향.　杵(저): 공이. 방망이. 방패.
舂(용): 절구에 넣고 찧다.　際遇(제우): 際會(제회). 기회. 좋은 때를
만남.

2-56. 시계(時鐘)

하루에 열두 번을 스스로 울면서
봄 창가에서 곤히 잠든 사람 매시마다 흔들어 깨운다.
시계는 하늘과 땅의 운행 이치에 따라 돌아가는데
열두 시와 여섯 시에 두견새가 운다.

물시계 대신 매 시간마다 사람이 종을 치고 시침을 알리는데
시계 속의 닭은 새벽을 알려 아낙네에게 절구질을 재촉한다.
교묘하게 쇠로 만들어진 차 잎으로 잠든 세상을 깨우는데
큰 것은 서재에 두고 작은 것은 가슴에 찬다.

時鐘(시종)
一日自鳴十二重,　　春窓時攪倦眠濃.
璇機轉動乾坤道,　　杜宇啼來子午峯.

代漏點更人數針,　　伴鷄報曉婦催春.
巧將金葉醒迷世,　　大可文房少可胸.

* 璇機(선기): 혼천의(渾天儀). 여기서는 시계.
  杜宇(두우): 두견새. 蜀나라 망제(望帝)의 이름인데, 그가 죽은 후 두
　　견새가 되었다는 고사에서 두견의 다른 이름(異稱)으로 되었다.
  子午峯(자오봉): 子는 정북, 午는 정남을 가깨운다. 시계에선 12와 6이

새겨져 있는 위치인데, 이를 봉우리에 비유한 것이다.

點更(점경): 시간을 치다(알리다). 打更(타경).　更(경): 일몰부터 일출
　　까지를 2시간씩 5등분하여 일컫는 시간의 이름. 三更半夜(삼경반
　　야): 한밤중. 심야.

數針(수침): 시계 바늘의 위치를 헤아리다(읽다. 계산하다).

伴鷄(반계): 새벽이 되면 닭 울음소리를 내는 시계에 내장된 기구.

金葉(금엽): 茶葉(차엽)의 美稱. 여기서는 차(茶)의 잎처럼 생긴 시계의
　　시침과 분침을 말한다.

文房(문방): 학문을 하는 방. 독서 또는 집필을 하는 방. 서재. 時計 중
　　에서 큰 괘종시계는 서재 안에 세워두고, 작은 회중시계는 품에
　　차고 다닌다.

2-57. 금석 유진구와 헤어질 때 준 글(贈別兪錦石鎭九)

일을 하다 죽을지언정 한가하게 살고 싶지는 않아
형가(荊軻)의 칼과 고점리(高漸離)의 축(筑)만큼 이름 날려야지.
보라매 같은 협객 섭정(聶政)은 한(韓) 왕실을 위태롭게 했고,
태자 단(丹)이 진에 있을 때 까마귀 머리가 2년 만에 희게 변했다.

의롭게 죽을 자리 만나기면 한다면 한 몸 초개같이 버리고
위태한 곳에 들어갈 때엔 태산을 옆에 끼고 뛸 용기를 내야.
세상 인정 다 살펴봐도 자기 알아주는 이 별로 없으니
서울의 생활이 어찌 일찍 고향으로 돌아감만 하겠는가.

贈別兪錦石鎭九(증별유금석진구)
願從事死不生間,　　名滿荊刀漸筑間.
一氣鷹蒼幾韓殿,　　二年烏白再秦關.

只逢義地身如芥,　　每入危方勇挾山.
閱盡世情知己少,　　錦城何似早時還.

＊ 荊刀漸筑(형도점축): 형가(荊軻)의 칼(刀)과 고점리(高漸離)의 축
　　(筑). 형가는 전국 말기의 저명한 협객으로, 燕나라 태자 丹의 부
　　탁으로 진시황을 암살하려다 실패했다. 고점리는 형가의 친구로
　　筑(축: 악기 이름)을 잘 탔는데, 형가가 진시황 암살에 실패한 후

자신이 축을 연주하는 체하다가 진시황을 암살하려고 계획했으
나 결국 실패했다. 〈史記〉〈협객열전. 형가전(刺客列傳. 荊軻傳)〉
에 "至易水之上, 高漸離擊筑, 荊軻和而歌. 士皆垂淚涕泣.(역
수에 이르러 고점리는 축을 연주하고 형가는 거기에 맞춰 노래를
불렀는데, 다른 관리들은 모두 눈물 콧물을 흘리면서 울었다)"라
고 하였다.

鷹蒼(응창): 蒼鷹(창응). 털이 창백색(蒼白色), 즉 회백색인 큰 매. 전
국시대 때 한(韓)나라의 협객 섭정(聶政)이 조정의 권력 싸움에서
패한 엄중자(嚴仲子)의 부탁을 받고 韓의 권력 실세이자 왕의 삼
촌인 재상 한괴(韓傀)를 죽였는데, 그의 재상 살해 모습이 마치
한 마리의 큰 매가 날아와서 궁전을 들이받는 것과 같은 모습이었
음을 비유적으로 말한 것이다. 섭정의 협객으로서의 행적에 대해
서는 〈史記. 刺客列傳〉(聶政傳) 참고.   幾(기): 위태롭게 하다.
韓殿(한전): 韓나라 왕궁.

二年烏白(이년오백): 燕나라 태자 단(丹)이 2년간 진(秦)나라에 인질로
가 있을 때 자기 나라로 돌아가고 싶어 하자 진왕이 말하기를 "만
약 까마귀의 머리가 흰색으로 변하고(烏頭白), 하늘에서 좁쌀이
비 오듯이 떨어지고(天雨粟), 말의 머리에 뿔이 난다면(馬生角)
돌아가게 해주겠다."고 하자 태자 단은 탄식을 하였다. 그러나 그
때 그 일들이 다 일어나서 결국 자기 나라로 돌아올 수 있었다고
한다.

勇挾山(용협산): 산을 옆구리에 끼고 뛸 정도로 용맹하다. 이 구절은
〈맹자(孟子)〉〈梁惠王上〉의 "挾太山而超北海."(태산을 옆구리에
끼고 북해를 뛰어넘다)를 인용한 것이다.

錦城(금성): 이백(李白)의 시에 "錦城雖云樂, 不如早還家."(금성의 생
활 비록 즐겁다 해도 일찍 집에 돌아감만 못하다)고 했다.

2-58. 벼룩(蚤·蚤)

지극히 작은 놈이 무리들 중에서는 제일 용감하여
삿자리의 빈대와 옷 속의 이(蝨)들과 같이 이웃이 된다.
이놈은 사람을 해치지만 밝은 곳에선 곧바로 숨어버리고
자기 몸 살찌우려고 어두워지면 또다시 사람 몸에 파고든다.

해본 일이라곤 전부 욕심을 부린 것뿐 의심만 많고
재주는 다만 달아나는 것뿐인데 겁에 질려서 자주 뛴다.
때로는 뾰족한 부리로 나그네의 단꿈을 놀래 깨우는데
장자의 꿈속 나비도 이놈 때문에 일장춘몽이 되고 만다.

蚤(조)

至微至勇冠群倫,　　蝎簟蝨衣共作隣.
身爲害人明便隱,　　謀因肥己暗還親.

經綸皆慾懷疑大,　　技倆惟逃見惻頻.
尖嘴時驚聞客夢,　　莊園蝶散一場春.

* 蚤(조): 蚤(조)와 통용. 벼룩. 蝎(갈): 전갈. 빈데. 簟(점): 대자리. 삿
　　자리. 蝨(슬): 이. 嘴(취): 부리.
莊園蝶(장원접): 〈장자(莊子)〉〈제물론(齊物論)〉에: "昔者 莊周 夢爲胡
　　蝶"(전에 장주가 꿈에 나비가 되었다)는 이야기가 나온다.

2-59. 곶감(乾柿)

형체는 바짝 마르고 몸은 묶여 있어 뜻을 펴기 어려워도
새해에 담근 새 술상에 옛 맛 안주로 오른다.
분 바른 얼굴은 환상의 가짜 세계 이루고 있어도
붉은 속은 본래 바탕으로 좋은 본성을 보존하고 있다.

씨는 봄밭에 뿌려져서 후에 수많은 꽃들이 비 오듯 하고
꿈이 끊어진 가을 동산에선 많은 나무들이 연무에 휘감긴다.
건포도보다 더 단단하고 대추보다 더 달아서
아이들은 즐거이 서로 바꿔 먹거나 나눠 먹는다.

乾柿(건시)
形枯身縛意難宣,　　舊味新供歲酒筵.
粉面非眞成幻界,　　赤心是本保良天.

子遺春圃千花雨,　　夢斷秋園萬樹烟.
堅勝乾葡甘勝棗,　　兒童換得喜相傳.

* 歲酒(세주): 그해에 담근 세술(當年所釀之新酒).
千花雨(천화우): 수많은 꽃들이 비처럼 떨어지다. 千花萬樹(천화만수):
　　수많은 꽃과 나무들.

2-60. 거미(蜘蛛)

공중에 그물 쳐놓고 어두운 데 숨어 있으면서
앉아서 날벌레를 사냥하는데 너무나 잘 속인다.
낮에는 버드나무 구멍에 몸을 감추니 연기 색 짙고
저녁에는 박 줄기 울타리에 숨어 있으면 비 소리 안 들린다.

세상의 큰 것들이 걸려들어 내 주머니 채워주는 일도 많고
대문에 쳐진 참새 그물은 손님의 왕래를 끊어버린다.
밤에는 날아다니는 반딧불이 잡아 처마 모서리에 걸어놓아
가을철 선비가 옛날 책 읽는 걸 도와주려고 한다.

蜘蛛(지주)
虛中設網暗中居,　　坐獵飛虫詐有餘.
柳戶晝藏烟色密,　　匏籬暮下雨聲疎.

世多鴻罹充吾槖,　　門結雀羅斷客車.
夜縛流螢簷角掛,　　爲供秋士讀殘書.

* 柳戶(유호): 버드나무 구멍. 戶: 구멍 호.
匏籬(포리): 박 넝쿨이 뻗어 있는 울타리.
門結雀羅(문결작라): 대문 앞에 참새 그물을 치다. 오가는 손님이 전
혀 없을 정도로 영락하였음을 말함. 門口張羅(문구장라)

2-61. 모기(蚊)

살쪘는지 말랐는지 어둠 속에서도 탐색할 수 있고
밝은 데를 겁내는 건 하늘의 살펴봄이 두렵기 때문이다.
그 성세가 대단할 때는 여름밤 손님이 잠자는 침상 옆이고
가을이 되면 그 생애가 늙은 선승의 암자처럼 쓸쓸해진다.

달이 질 때 주렴 밖에서 웽웽거리는 소리는 하늘에 닿고
부채를 휘두르면 약한 바람에도 두세 마리는 맞아 죽는다.
뜻밖에도 이들의 신세는 염량(炎凉)의 변화가 금방인데
자네들과 같은 성품 타고 난다면 정말 창피할 것이다.

蚊(문)

肥瘠能從暗裏探,　　畏明自是畏天監.
聲勢夜高眠客榻,　　生涯秋淡老禪菴.

珠簾落月喧天百,　　紈扇微風拍兩三.
居然身世炎凉薄,　　賦性如君也有慙.

* 老禪菴(노선암): 늙은 선승이 머무는 암자.(*菴은 庵과 同字).
　喧天(훤천): 시끄럽게 떠드는 소리가 하늘에 닿다.
　紈扇(환선): 흰 깁(고운 명주)으로 만든 부채.　　居然(거연): 뜻밖에.
　　의외로. 확실히. 확연히.　薄(박): 가까이 있다.

2-62. 빈대(蝎)

따뜻하면 취객 같고 추우면 배고픈 중 같아
바닥과 천장으로 오르내리다가 문득 틈새로 들어가 올라간다.
분칠한 벽을 돌아다니면서 황적색의 얼룩 흩뿌리는데
빈대 잡으러 마룻바닥 뒤져보면 틈 사이에 왕창 몰려 있다.

모기와는 족속이 달라 서로 혼인할 수가 없고
이(蝨) 족속은 노(魯)나라의 부용국 등(滕)처럼 쇠잔해진 것이다.
네 집의 후손들은 조상 복도 많구나
수백 수천의 아들 손자들이 함께 대를 이어가고 있으니.

    蝎(갈)

暖如醉客冷飢僧,　　下地上天便入升.
走遍粉壁光金散,　　獵到松床勢土崩.

蚊親遠不通秦晉,　　蝨族殘如附魯滕.
君家苗裔多陰福,　　子百孫千共繼繩.

  * 秦晉(진진): 춘추시대에 秦과 晉나라는 대대로 혼인 관계를 맺었다.
　　　　그래서 후세 사람들은 혼인을 진진지계(秦晉之計)라고 한다.
　　魯滕(노등): 춘추시대에 등(滕)나라는 魯의 부용국(附庸國)이었다.
　　繼繩(계승): 잇다. 繩(승): 노. 먹줄. 잇다.(繼와 同).

2-63. 벌(蜂)

힘써 일하여 의(義)의 씨를 뿌리고 인(仁)의 밭을 갈아서
은혜가 비처럼 내리면 봄날 한 집안의 영화이다.
집안 망쳐먹은 탕자는 일에 지친 나비를 보고 부끄러워하고
녹봉 없이 이름뿐인 벼슬아치는 놀고 있는 앵무새 보고 웃는다.

어지러이 드나드는 군사들 모두 신묘한 계산이 있고
날아다니는 것도 상벌을 법도에 맞게 하기 때문이다.
꽃을 따서 꿀을 만드는 뜻이 무엇이냐고 묻지 마라
인간을 위하는 것도 그들이 세상물정에 어두워서가 아니다.

蜂(봉)

力勤義種與仁耕,　　恩雨陽春一室榮.
蕩子靡家羞倦蝶,　　虛官無祿笑遊鶯.

亂軍出入皆神算,　　飛將賞刑正法衡.
莫問採花成蜜意,　　爲人不是世情盲.

* 靡(미): 쇠퇴하다. 없다.　靡家: 집안을 쇠퇴하게 하다.

2-64. 나비(蝶)

하루 종일 꽃향기 찾다 옥창 가에 이르니
난초 규방과 매화 다락집에 그림자가 쌍쌍이다.
골목에서 고목에 기대어 하릴없이 머무는 건 부끄러운 일
휘날리는 꽃 쫓아 같이 강으로 들어가기 원하네.

그림 속의 정취는 아미산의 모습을 거울에 비추려는 것
술내 맡고 날개 펄럭이니 마치 항아리에 눈 내리는 듯하다.
정이 옅으면 봄철의 꿈도 쉽게 흩어지는 법
손님 보내는 발자국 소리 나니 장원에 가까이 가지 마라.

    蝶(접)

    盡日尋芳度玉窓,   蘭閨梅閣影雙雙.
    羞依古木空留巷,   願逐飛花共入江.

    畵意歛眉山照鏡,   酒香惹翮雪飄缸.
    薄情易散三春夢,   莫近莊園送客跫.

  * 畵意(화의): 그림 속에 나타난 정취.
  眉山(미산): 아미산(蛾眉山).   歛(감): 주다(與). 바라다(欲).
  翮(핵): 날개. 깃촉.   跫(공): 발자국소리

2-65. 매(鷹)

배부르면 하늘 끝까지 날아오르고 배고프면 사람에게 붙는데
새나 짐승들의 변덕이 세상 인심만큼이나 새롭다.
날아올라 선회할 땐 저 하늘가의 한 조각 눈(雪)과 같고
사냥하러 내려올 땐 천산의 요새 위로 봄이 오는 듯하다.

번개같이 여우 토끼 낚아채면 모두 저민 고기가 되고
바람에 소리만 나도 닭과 오리들은 놀라서 재빨리 달아난다.
정신 한 번 집중하면 눈동자가 샛별처럼 반짝이면서
백 리 밖에서도 진짜와 가짜를 식별할 수 있다.

鷹(응)

飽向雲霄飢附人,　　羽毛翻與世情新.
飛飄一片天涯雪,　　獵下千山塞上春.

電擊狐兎皆臠肉,　　風鳴鷄鶩已驚塵.
眸如星月精神轉,　　百里猶能辨假眞.

* 雲霄(운소): 높은 하늘. 하늘 끝.　羽毛(우모): 조수(鳥獸)의 털.
　　조수의 대칭(代稱).　臠肉(연육): 저민 고기.　鶩(목): 집오리.
驚塵(경진): 차나 말이 빨리 달릴 때 일어나는 먼지.
轉(전): 轉은 專과 통함. 전일(專一). 통령(統領).

2-66. 바둑(棊)(운을 붙여 부르는 노래: 排韻口呼)

세로 길과 가로 선은 사방을 바라보아도 똑같고
어리석은 적보다 더 잘 두는 자는 선봉(旋蓬)처럼 날렵하다.
기이한 수가 놓이면 숲의 꽃들이 떨어지고
싸움이 끝나 돌을 드러내고 나면 진(陣)은 달처럼 빈다.

큰대나무 숲속에선 밤 빗소리 차갑고
보랏빛 영지 속에 청풍이 부니 노래 소리 그친다.
큰 대문 집에서 흑과 백은 이와 같이 싸우는데
한 판 바둑판을 뒤집어보면 세상살이 이치와도 통한다.

棊(기) (排韻口呼)

直道橫絃四望同,　　賢於愚敵似旋蓬.
奇謀定處林花落,　　戰局掃餘陣月空.

夜雨聲寒脩竹裏,　　淸風歌罷紫芝中.
朱門黑白爭如此,　　飜覆一枰世路通.

* 排韻口呼(배운구호): 韻을 붙여 부르는 노래.
  旋蓬(선봉): 바람 따라 빙빙 도는 쑥.
  脩竹(수죽): 키가 큰 대나무.
  紫芝(자지): 보랏빛 영지버섯.　枰(평): 판(바둑판. 장기판).

2-67. 잠자리(蜻蜓)

양 날개 가볍고 얇기가 비단휘장보다 더한데
정원의 난초와 물가의 창포 위로 날아다닌다.
가을에 연꽃 흩어지면 태액지(太液池)에서 놀고
저녁에는 갈대와 달을 찾아 평강(平羌)에서 잠을 잔다.

한평생 많은 기간을 파리매로서 보내는데
그 종적 맑고 높아 말똥구리 같은 것들을 비웃는다.
매미와 나비의 날개보다 풍채가 더 아름답지만
파리와 개미 따라 산초와 생강나무 위로 날기도 한다.

　蜻蜓(청정)
　雙翅輕薄勝紗窓,　　飛着庭蘭與渚菖.
　秋散蓮花遊太液,　　暮尋蘆月宿平羌.

　生涯容易多蚊蚋,　　蹤迹淸高笑蛣蜣.
　蟬翅蝶翅風彩美,　　肯從蠅蟻赴椒薑.

* 紗窓(사창): 깁(비단)으로 덮어씌운 창.
　太液(태액): 太液池. 옛날의 못 이름. 唐의 태액지는 대명궁(大明宮)
　　　　안의 함량전(含凉殿) 뒤에 있었고, 그 안에 태액정(太液亭)이 있
　　　　었다. 이백(李白)의 시 〈궁중행락사(宮中行樂詞) 八〉에서 "鶯歌

聞太液, 鳳吹遶瀛洲"(앵무새 노래 소리는 태액지에서 듣고, 봉황의 부르는 소리 영주를 에워쌌다)라는 구절이 나온다.

平羌(평강): 지명 같으나 정확한 뜻은 불명(不明)이다.

蚊蚋(문예): 모기와 모기과에 속하는 곤충. 파리매. 蚋＝蜹(예).

蛣蜣(길강): 말똥구리. 쇠똥구리.

蠅蟻(승의): 파리와 개미.

椒薑(초강): 산초나무와 생강. 향기가 나는 나무.

2-68. 이(蝨)

마른 옷에만 붙어살기에 도롱이가 필요 없고
허리 사이와 겨드랑이 아래는 지나가기를 싫어한다.
아프고 가려운 것은 그대의 일이니 나는 관심도 없고
기갈은 나에게 절실한 문제이니 염치 따질 여유가 없다.

짙은 머리털은 돌아가 묻히거나 살아서 잠들 풀고,
하얀 살결은 마구 깨물려서 연꽃 모양이 새로 생겼다.
남을 해쳐서 자신은 살찌겠다니 이 얼마나 어리석은 놈인가,
도리어 잡혀 죽어 시체가 산을 이루고 피는 내를 이룬다.

蝨(슬)
只處乾衣不雨蓑,　　腰間腋下懶經過.
痛痒在彼關心少,　　飢渴切身沒恥多.

雲髮歸埋生宿草,　　雪膚亂咋染新荷.
害人肥己何愚蠢,　　半作尸山與血河.

* 懶: 게으르다(라). 싫어하다(라). / 미워하다(뢰).
沒恥(몰치): 沒廉恥(몰염치). 염치가 (부끄러움이) 없다.
雲髮(운발): 여자의 짙은 검은색 두발.
咋: (색): 깨물다. 씹다. 떠들다.　(사): 잠깐.

荷(하): 연. 짐. 메다. 연꽃 모양의 깨물린 자국.

愚蠢(우준): 어리석고 굼뜨다.

半作(반작): 反作(반작)의 誤字. 도리어 … 되다.

2-69. 쥐(鼠)

푸른 숲에 밤비 내리는데 도롱이도 걸치지 않고
구멍 뚫고 담 타넘어 기어서 지나간다.
뒷간에서 제 분수에 만족하면 먹고살기에 충분할 텐데
고량진미 욕심 내다가 화를 많이 당한다.

땅바닥을 빨리 달릴 땐 낙엽 휩쓰는 바람 소리가 나고
천장에서 뛰어놀면 연잎 위에 빗방울 떨어지는 소리 난다.
개는 강한 이웃이고 고양이는 원수인데,
태평성대 언제 와서 황하의 물 맑음을 노래하려나.

　鼠(서)
　綠林夜雨不衣蓑,　　穿穴踰墻匍匐過.
　溷厠安分生計足,　　膏粱惹慾禍機多.

　疾行信地風驅蘀,　　亂踏紙天雨滴荷.
　狗是强隣猫敵國,　　太平何日誦淸河.

* 蘀(탁): 낙엽. 갈대잎. 風驅蘀(풍구탁): 바람이 낙엽을 휩쓸다.
紙天(지천): 종이 바른 천장.
誦淸河(송청하): 황하의 물은 천년에 한 번 맑아지는데, 그때 성인이
　　나고 천하가 태평해진다는 말이 있다. 하청세월(河淸歲月).

2-70. 흰 매화(白梅)

흰 매화 한 그루 홀로 황혼에 빛을 발하면서
눈 꽃(雪花)과 시비(是非) 따지는 걸 수치로 여긴다.
시인은 봄추위로 여위어도
미인의 넋은 밝은 달을 데리고 돌아간다.

추위가 얼음벽에 서리니 아침 햇살이 약해지고
화려한 창가에 담담히 서 있으니 밤의 색깔 옅어진다.
한강물은 해마다 옛 모습 그대로이니
연지와 분으로 향내나는 옷 더럽히지 말게 하라.

　　白梅(백매)
　　黃昏一樹獨生輝,　　羞與雪花較是非.
　　吟士骨緣春冷瘦,　　美人魂帶月明歸.

　　寒依氷壁朝暉減,　　淡立綺窓夜色微.
　　漢水年年如舊面,　　不敎脂粉汚香衣.

　* 綺窓(기창): 화려한 창.

2-71. 홍매화(紅梅)

산호 가지 하나가 높고 화려한 창가에서
달빛 아래서 비단적삼 입고 밤에 외로이 서 있다.
넋은 여라(女蘿) 산에 들어가서 세 갈포를 눈처럼 휘날리고
화장한 얼굴로 한강물에 이르러 연지 물결 일으킨다.

주연 자리에선 붉은 색 술잔들이 분주히 오가고
화첩에서는 피에 적신 듯한 붓이 붉은 물감을 뚝뚝 흘린다.
복숭아와 앵두 색 붉은 뺨에 많이 야윈 뼈들
인간들은 누구나 봉래산에 돌아가기를 꿈꾼다.

紅梅(홍매)

珊瑚一朶綺窓高,　　月下錦衫夜立孤.
魂入蘿山飄絺雪,　　粧臨漢水弄臙濤.

酒筵錯落丹浸酌,　　畵帖淋漓血染毫.
桃頰櫻腮多瘦骨,　　人間歸夢在蓬壺.

* 錦衫(금삼): 비단으로 지은 적삼
蘿(라): 송라(松蘿), 여라(女蘿: 선태류에 속하는 이끼. 〈한어대사전
(漢語大詞典)〉에 규정하기를: "蘿: 蔓生植物(만생식물). 色靑灰
色(색청회색), 緣松柏或其他喬木而生(소나무와 측백나무 기타

교목에 기대어 살아간다), 亦間有寄生石上者(또 가끔은 돌 위에 기생하는 것도 있는데), 枝體下垂如絲狀(가지들은 실 모양으로 아래로 드리워지고), 寄松爲女蘿(소나무에 기댄 것은 여라이고), 依水如浮萍(부평처럼 물에 뜨고). 攬樛木之長蘿(규목을 휘감은 것은 장라인데), 援葛藟之飛莖(공중에 달린 갈류의 줄기를 붙잡고 있다.)"고 하였다.

綌(치): 칡베. 고운 갈포. 세 갈포.

臙(연): 연지.

錯落(착락): 착잡하다. 교차하다. 술그릇(酒器). 金錯落.

頰(협): 뺨.

腮(시): =顋. 뺨. 아가미.

蓬壺(봉호): 봉래산. 신선이 산다는 전설상의 산. 겨울철의 금강산.

2-72. 백로(白鷺)

봄 강에서 옷에 가득 흰 눈 덮어쓰고
석양에 어부와 서로 떨어져 앉아 있다.
도롱이에는 빗물자국 돛대에는 물안개 자국이 희미하고
물가엔 구름 끼고 모래밭엔 달 밝은데 꿈이 길어라.

날아온 갈꽃과 언덕 위의 꽃들은 같은 색깔인데
연못가에 우두커니 서 있으니 향기 나는 옥 같아라.
흥망성쇠 인간사를 번거롭게 나에게 묻지 마라.
이 내 몸은 수국(水國)에서 세월 보낸다.

白鷺(백로)

春江白雪滿衣裳,　　散與漁翁坐夕陽.
蓑雨帆烟蹤迹淡,　　渚雲沙月夢魂長.

飛來蘆岸花同色,　　竚立蓮汀玉有香.
莫把興亡煩問我,　　寄身水國送年光.

* 竚(저): 우두커니 서있다.
　汀(정): 물가. 모래섬.　年光(연광): 세월.

2-73. 선달 윤춘경에게 주는 시(贈尹先達春景)

일단 옥문 나가더라도 그대 갈 데가 없고
돌아갈 처자식 없고 기다리시는 부모님도 없다.
나가서 두 끼 밥 먹기 어려우면 이곳 밥 생각날 텐데
붉은 옷 벗고 나면 갈아입을 옷이나 있는지.

사람은 잘못을 고치기 전에는 실수가 많은데
서생들 궁지에 빠지고 난 후에야 삶의 이치 깨닫는다.
삼년간 옥살이 하면서 풍상이 뼈에 사무쳤을 텐데
천은(天恩)을 얻어 살아났으니 지난 잘못 뉘우쳐야지.

贈尹先達春景(증윤선달춘경)
一出牢門客路微,　　歸無妻子倚無扉.
去難再食思官食,　　脫有何衣換赭衣.

人改過前多覆轍,　　士窮道後乃知機.
三年囹圄風霜骨,　　生得天恩悟昨非.

* 倚扉(의비): 의려(倚閭)와 같은 말. 〈46. 暮坐〉참조.
　再食(재식): 두 번째 식사. 하루 두 끼 식사.
　官食(관식): 유치장이나 감옥 등에서 주는 밥.
　赭衣(자의): 죄수가 입는 붉은 옷. 그런 옷을 입은 죄인.

2-74. 백허를 위로하며(白虛贈慰)

모든 생각 떨쳐버린다면 곧 선승(老禪)일 테니
한밤중에 이런 생각 저런 생각 하지 마시오.
백락(伯樂) 없어도 천리마 알아볼 사람은 반드시 있지만
한 말 술에 시 백 편 읊는 것은 이태백만이 할 수 있소.

못 근처에선 수레바퀴 자국 안의 물고기도 살 수 있는데
험한 길 달리는 말에 채찍질할 필요가 어디에 있소.
그대 위해 감개하여 슬픈 노래 한 곡 부르려 하니
여기가 연(燕)나라의 역수(易水)인 양 찬바람이 소슬하오.

白虛贈慰(백허증위)
萬念付虛卽老禪,　　中宵且莫意綿綿.
定無伯樂知千里,　　只可靑蓮詠百篇.

近澤自生魚涸轍,　　走崎奚用馬加鞭.
爲君感慨悲歌發,　　蕭瑟寒楓易水燕.

＊ 中宵(중소): 中夕. 한밤중. 夜半. 中夜.
　伯樂(백락): 춘추시대 사람으로 말을 잘 알아보았다. 한유(韓愈)의 글
　　　에 "千里馬常有, 而伯樂不常有…"(천리마는 언제나 있지만 백락
　　　은 언제나 있는 것이 아니다…)라고 하였다.

知千里(지천리): 知千里馬者. 천리마를 알아볼 수 있는 사람

靑蓮(청련): 唐의 李白(이태백)의 號. 杜甫의 詩에 "李白一斗詩百篇…"(이백은 술 한 말에 시 백 편을 짓는다)고 하였다.

魚涸轍(어학철): 수리바퀴가 지나간 자국에 고여 있는 물 안의 물고기. 〈莊子〉 外物篇(외물편)에, 수레바퀴가 지나간 곳에 붕어가 있어서 장자를 보고 청하기를 "내가 곧 말라죽게 되었으니 한 바가지의 물을 가져와서 나를 살려줄 수 없겠소?" 하였다. 이에 대해 장자는 "(멀리 떨어져 있는) 西江의 물을 떠 와서 그것으로 너를 구해 주마." 하고 대답했다. (그 동안 물고기는 살아있을 수가 없다.) 이백(李白)의 詩에서 "涸轍思流水(학철사류수)…"(마른 수레바퀴 자국에 있는 물고기는 흐르는 물을 생각한다.…)라고 하였다.

易水燕(역수연): 燕易水(연역수). 중국 하북성 역현(易縣)에 있는 강 이름. 춘추시대 때 자객 형가(荊軻)가 燕나라 태자 단(丹)의 부탁을 받고 진시황을 살해하기 위해 길을 떠나면서 이곳에 이르러 태자 단과 이별하면서 다음과 같이 노래를 불렀다: "風蕭蕭兮, 易水寒. 壯士一去兮, 不復還…"(바람이 소소하니 역수 물 차갑구나. 장사 한 번 떠나가면 다시는 돌아오지 못한다네.)

*韓愈(한유)의 〈雜說(잡설: 총4편)〉에 나오는 〈馬說(마설)〉

「世有伯樂, 然後有千里馬. 千里馬常有, 而伯樂不常有. 故雖有名馬, 只辱於奴隷人之手, 騈死於槽櫪之間, 不以千里稱也. 馬之千里者, 日食或盡粟一石, 食馬者不知其能千里而食也. 是馬也, 雖有千里之能, 食不飽, 力不足, 才美不外見, 且欲與常馬等不可得, 安求其能千里也! 策之不以其道, 食之不能盡其材, 鳴之而不能通其意, 執策而臨之, 曰: "天下無馬." 嗚呼! 其眞無馬邪? 其眞不知馬也!」

「세상에는 좋은 말을 알아볼 줄 아는 백락(伯樂) 같은 사람이 있은

후에야 하루에 천리를 달릴 수 있는 천리마(千里馬)가 있을 수 있다. 천리마는 언제나 있지만 백락 같은 사람은 언제나 있는 것이 아니다. 그러므로 비록 아무리 천리마가 있더라도 노비나 하인의 손아래에서 욕을 보다가 구유와 마구간 사이에서 보통 말들과 나란히 죽어가게 되므로 천리마라고 불리지 못하는 것이다.

천리마라 하는 말은 한 끼 식사에 조 한 가마니를 다 먹어치울 수 있는데, 말을 먹이는 자는 그 말이 하루에 천리를 달릴 능력이 있기 때문에 그렇게 많이 먹는 줄을 모르고 먹인다. 이 말은, 비록 하루에 천리를 달릴 수 있는 능력이 있지만, 배불리 먹지 못하여 힘이 부족하니 그 뛰어난 재주를 밖으로 다 드러내지 못하고, 또 다른 보통 말들과 똑같은 능력을 드러내고자 하더라도 배가 고파서 그렇게 할 수도 없으니, 어떻게 그것이 하루에 천리를 달릴 수 있기를 바라겠느냐! 그 말을 채찍질할 때에는 천리마를 부리는 방식에 맞게끔 채찍질을 해야 되는데 그렇게 하지도 않고, 그 말을 먹일 때에는 그 말이 자기 재능을 다 표현할 수 있도록 배불리 먹여야 하는데 그렇게 하지도 않고, 그 말이 울어도 왜 우는지 그 뜻을 알아채지도 못한다. 그러면서 채찍을 잡고는 그 말 앞에 서서 말하기를, "천하에는 천리마 같은 것은 없다!"라고 한다.

오호라! 천하에는 정말로 천리마가 없는 것인가? 사실은 천리마를 알아볼 사람이 없는 것이다.」

2-75. 폭포(瀑布)

옥룡(玉龍)이 절벽에 걸려 있는데
몸의 반은 푸른 하늘 속에 들어가 있다.
황혼녘에 바위 골짜기에 우박이 쏟아지며
우레 소리 요란하게 해와 별을 뒤흔든다.

황하에는 자기 그림자 낮게 걸어 두고
은하수는 자기 형상 거꾸로 드리웠다.
폭포 옆의 절은 맑은 날에도 여전히 젖어 있고
사시사철 절 마당엔 빗물이 가득하다.

瀑布(폭포)
玉龍懸絶壁,　　半入九天靑.
飛雹昏巖壑,　　殷雷動日星.

黃河低掛影,　　銀漢倒垂形.
蕭寺晴還濕,　　四時雨滿庭.

* 蕭寺(소사): 梁나라 武帝가 사원을 짓고 자기 성을 따서 蕭寺(소사)
라고 부른 고사로부터, 사원을 가리키는 보통명사가 되었다. 절.

2-76. 쫓겨다니는 중(見逐僧)

선과 악에 대한 지식이 부처처럼 밝고 훤한데
일생 동안 만나는 온갖 인연들 참으로 기이하다.
사사로운 미움으로 쫓겨 다니는 것이니 마음에 부끄러울 건 없지만
부처님의 가르침 전파하지 못하여 눈물이 나려 한다.

일념으로 기도하는 것은 자비가 하늘의 해처럼 비추고
삼신(三身)의 인과응보가 천둥번개처럼 빨리 발현되는 것.
외로운 발자취에는 사해가 모두 마름물이지만
다만 소원은 자비행로가 도처에서 중생들을 감화시키는 것.

見逐僧(견축승)

善惡昭昭有佛知,　　一生遭遇萬緣奇.
私嫌見逐心無怍,　　聖道欠傳淚欲垂.

一念慈悲天日照,　　三身報應電雷馳.
孤踪四海皆萍水,　　但願慈航到處移.

* 私嫌(사혐): 사혐. 개인간의 혐극. 개인간의 불화.
　聖道(성도): 성인의 도. 여기서는 불교의 교리.
　三身(삼신): ① 부처의 본체인 법신(法身)과, 법신의 인과응보에 의하
　　　여 나타나는 보신(報身)과, 중생을 제도하기 위하여 나타나는 몸

인 응신(應身). ② 과거, 현재, 미래의 삼신.

萍水(평수): 마름 물. 萍(평): 마름. 마름은 물 위에 떠다니는 것이므로 모이고 흩어짐에 정처가 없다. 그래서 사람이 우연히 서로 만나는 것을 비유한다. 王勃(왕발)의 〈滕王閣序〉에서 "萍水相逢, 盡是他鄕之客…" (*우연히 서로 만났으니, 모두가 타향에서 온 나그네들이었다.)라고 하였다.

慈航(자항): 불가의 말로서, 부처가 대자대비로써 중생을 구제하는 것이 마치 苦海의 바다를 건너는 배의 航海와 같으므로 이를 慈航이라 하였다.

移(이): 옮기다. 바꾸다. 변화시키다.

2-77. 매미(蟬)

국화 밭의 향기로운 이슬은 마시기에 달고
바람 따라 강서와 강남으로 두루 날아다닌다.
저녁 때 정원의 오동나무에선 거문고 소리 맑게 나고
맘껏 울어대서 비가 개이면 버드나무가 남색으로 물든다.

벗어던진 옛 껍질 속세에 남아 있어 그 이름에 부끄럽고
가을 기운 서늘한데 홑옷뿐이니 노래하기도 서글프다.
풀벌레의 유족으로 이름은 신선의 족보에 올라 있지만
먹이 얻기 위한 일이니 몸 좀 타락한들 어떠리.

蟬(선)

香露菊園飲料甘,　　隨風飛遍水西南.
清音夕院桐生瑟,　　得意霽天柳染藍.

名愧塵形餘舊殼,　　吟愁秋氣劫單衫.
草蟲遺族參仙籍,　　肯向貨泉漫的耽.

* 瑟(슬): 큰 거문고.
  霽天(제천): 비가 갠 후의 맑은 하늘.
  仙籍(선적): 매미는 굼벵이의 성충이 우화(羽化)한 것인데, 신선이 되
  　　　는 것도 우화(羽化)라 하기 때문에 같은 선적(仙籍)에 든다고 표

현하였다. 속칭으로 우는 소리를 따라 蜘蟟(zhī liào: 지료), 知了(지료)라고도 한다.

貨泉(화천): 한대(漢代)에 왕망(王莽)이 주조한 동전으로, 표면에는 전서체 글자(篆字)로 화천(貨泉)이란 두 자를 새겼다. 여기서는 돈으로 대표되는 세속적인 욕망이나 물질, 즉 먹이로 풀이했다.

漫(만): 함부로. 멋대로. 무리하게.

耽(탐): 탐내다.

2-78. 두꺼비(蟾)

달을 떠나온 후에도 달은 스스로 화려한데
인간 세상에서는 석굴을 집으로 삼아 살고 있다.
뜨거운 바람 부는 거리에선 풀 속에 몸을 깊이 감추고
비 그친 후엔 연못에서 꽃들 사이를 산보한다.

조그만 개미새끼들은 너무 자주 귀찮게 해서 밉고
잔인한 까마귀들은 까닭 없이 쪼고 놀려대서 원망스럽다.
생김새는 개구리 같고 몸은 자라 같은데 나이 많아 보이고
가슴은 황금으로 도금하고 등에는 모래를 뿌려놓았다.

蟾(섬)

別後桂宮月自華,　　人間巖穴寄爲家.
炎風門巷藏深草,　　霽雨池塘步散花.

多事侵凌憎細螘,　　無端啄戲怨殘鴉.
蛙形鱉體年垂老,　　胸鍍黃金背點砂.

* 桂宮(계궁): 계굴(桂窟), 계륜(桂輪), 계백(桂魄), 계섬(桂蟾), 계월
　　(桂月)은 모두 달의 다른 이름(異稱)이다.
螘(의); 蟻(의)와 同字. 개미.　殘鴉(잔아): 잔인한 까마귀.
鱉(별): 鼈(별)과 同字. 자라.

2-79. 누에(蠶)

경륜을 가득 품고 있으나 때를 못 만난 게 애석하여
길쌈하는 데 쓰는 실만 부지런히 토해 낸다.
뽕잎 위에서 깨어난 알들은 미세한 벌레 모양이지만
고치방 안에서 날개 돋아 나방 되면 높이 날아오른다.

잠도 방 안에서 재우면서 애기처럼 기르는데
먹이를 독촉하면 게으른 아낙도 뽕잎 따러 높은 데 올라간다.
장안에는 놀고먹는 사람들이 얼마간 있어
비단옷 입고 놀러 다니면서 잘난 체들을 한다.

蠶(잠)

滿抱經綸惜未遭,　　吐絲供績只勤勞.
卵生葉筥虫形細,　　羽化繭房蝶影高.

養似孩兒眠在室,　　食催懶婦採登皐.
長安多少無功客,　　錦繡遊衣任自豪.

* 卵生(란생): 누에알에서 깨어나다.
　葉筥(엽거): 뽕잎을 담는 둥근 대나무 그릇. 동구미.
　皐(고): 부르는 소리. 늪. 물가. 높다.

2-80. 〈가을에 아침 일찍 길을 가다〉란 시에 화답함
(和秋日早行詩韻)

달이 진 강마을에 사립문들 아직 닫혀 있고
길가에 있는 정자 하나만 쓸쓸하게 보인다.
띠 집에서 개 짖으니 촛불은 곧 꺼질 것이고
울타리 무너진 데서 우는 닭소리에 별마저 지려 한다.

갈대 옆에는 새벽인데도 해오라기 잠자고 있고
버드나무 너머의 희미한 불빛은 강을 건너고 있는 반딧불이.
넓은 들판에는 멀리까지 큰 나무들이 겹겹이 뻗어 있고,
말 머리 향하는 곳에는 산들이 어지러이 병풍을 치고 있다.

和秋日早行詩韻(화추일조행시운)
月落江村尙掩扃,　　凄迷纔見路傍亭.
犬吠茅茨將滅燭,　　鷄聲籬落欲殘星.

蘆邊曙色眠沙鷺,　　柳外微光渡水螢.
曠野重重生遠樹,　　馬頭指點亂山屛.

* 掩(엄): 닫다.　扃(경): 빗장. 문호.
殘星(잔성): 새벽에 보이는 별.

2-81. 낙엽(落葉)

서풍 불어오니 나무마다 우수수 잎 떨어지고
객사의 먼 길 가는 나그네 얼굴엔 시름이 가득하다.
밤이 되자 창가에 비오는 소리 소슬하더니
아침에 보니 버드나무 너머로 먼 산이 뚜렷하다.

교교한 월색은 어지러이 출렁이고
가을빛은 담황색 나뭇잎들 사이에서 흩어져 쌓인다.
계단 쓸어 낙엽 모으니 한 끼 밥 짓기에 충분하고
그리고도 남으니 나무하는 아이도 반나절 쉴 수 있다.

落葉(낙엽)

樹樹西風語萬端,　　樓中遠客動愁顔.
夜聽蕭瑟窓前雨,　　朝見分明柳外山.

月色亂翻虛白裏,　　秋光散積淡黃間.
掃階自足供炊黍,　　剩得樵童半日閒.

＊ 樹樹(수수): 1. 나무마다. 2. 바람에 나뭇잎이 서로 마찰하거나 떨어
　　질 때 나는 소리. 우수수.
萬端(만단): 여러 가지. 온갖 종류.
虛白(허백): 결백(潔白). 교결(皎潔: 희고 깨끗함).

2-82. 게으른 계집(懶婦)

머리 빗겨주고 밥 차리는 일은 배운 적도 없고
옷 마름질과 청소하는 일은 믿고 맡길 수가 없다.
배부르면 시어머니 방에 가서 침상에 누워 잠을 자고
잔치 자리엔 웃으며 나가 신발 거꾸로 신고 올라간다.

거울은 상자 속에 넣어만 두고
베틀 위에 걸어둔 등불은 저절로 꺼진다.
기나긴 겨울밤을 오히려 짧다고 불평하면서
이웃 아이들과 그저 어울려 놀기만 한다.

懶婦(나부)
供櫛司飱學未曾,　　裁衣奉箒託無憑.
飽來姑室依床睡,　　笑出賓筵倒履登.

箱裏空留明月鏡,　　機頭自滅落花燈.
支離冬夜還愁短,　　强與隣兒戲作朋.

　* 供櫛(공즐): 머리를 빗겨주다.　司飱(사손): 밥 짓는 일을 맡다.
　奉箒(봉추): 奉箕箒. 빗자루와 쓰레받기를 들고 청소하는 일.
　機頭(기두): 베틀 머리.　花燈(화등): 꽃무늬로 장식한 등.

2-83. 눈병(病眼)

속을 태워서 생긴 병이므로 저절로 낫기는 어렵고
술을 삼가고 열흘 동안 글을 읽지 말아야 한다.
흐릿한 하늘엔 달무리만 보여 맑은지 흐린지 알 수가 없고
온 땅이 흐릿하여 평지인지 아닌지도 알 수가 없다.

밤에 촛불을 보거나 찬바람이 불 땐 눈썹을 자주 깜빡이고
창문에 아침 해 비치면 눈물부터 먼저 난다.
만사가 시들하여 오래 눈을 감고
바보처럼 앉아 있으면 늘어가는 건 게으름뿐이다.

病眼(병롱)
病由心燥自難醫,　　戒飮經旬廢看詩.
迷天暈月欺晴濕,　　滿地昏花昧險夷.

夜燭風寒眉數鬪,　　朝窓日射淚先知.
萬事尋常長閉眼,　　仍添疎懶坐如痴.

* 暈月(훈월): 달무리.
昏花(혼화): 시력이 희미함. 모호함. "余年七十二, 目視昏花."
이 시는 우남이 아홉 살 때 눈병을 앓아본 경험을 바탕으로 지은 것이
다. 그는 결국 양의를 찾아가서 치료를 받아 나았다.

2-84. 귀머거리(病聾)

정오를 알리는 물시계 소리와 아침 종소리 구분 못하니
천지가 적막한 가운데 세월만 간다.
의자 가까이서 부는 피리 소리를 새 소리인가 의심하고
창에 비치는 꽃 그림자를 회오리바람인 줄로 여긴다.

대나무밭에 소나기 쏟아지는데도 조용하다고 하고
세찬 조류가 풍교 아래를 지나가도 적막하다고 생각한다.
조물주는 우리가 세상일 때문에 병들까봐 걱정하시어
시비 다툼과 우는 소리 노래 소리에도 귀를 멀게 하셨다.

病聾(병과)

不分漏午與鐘朝,　　天地寥寥歲月消.
近榻笛聲疑鳥語,　　搖窓花影認風飄.

驟雨從容來竹院,　　急潮寂寞過楓橋.
造物恐吾因世病,　　使聾非是又啼謠.

* 漏午(루오): 물시계(漏壺)가 정오를 가리키는 소리.
　鐘朝(종조): 아침을 알리는 벽시계 소리.
　寥寥(요료): 적막한 모양. 텅 비고 넓은 모양.
　風飄(풍표): 飄風(표풍). 회오리바람

楓橋(풍교): 다리 이름. 강소성 오현(吳縣) 창문(閶門) 밖의 한산사(寒
    山寺) 부근에 있던 다리로 본래의 명칭은 봉교(封橋)였으나, 당나
    라 때 장계(張繼)가 〈풍교야박(楓橋夜泊)〉이란 시를 짓자 이에 따
    라 후세 사람들도 풍교(楓橋)라 부르게 되었다.

非是(비시): 부당하거나 틀린 것을 옳다고 하다(=以非爲是). 비정상.
    意外. 不當.

2-85. 얼음(氷)

얼어붙은 여러 겹 창문이 추위를 막아주는 아침
약한 햇살이 하루 종일 비춰도 냉기 가시지 않는다.
거울 같은 얼음 표면에는 밝은 달그림자 숨어 있고
백옥의 정기는 휘날리며 떨어지는 고운 매화를 시샘한다.

기와 끝엔 연이어진 구슬발이 길게 드리워져 있고
다리 밑에는 깨진 유리들이 가득히 흩어져 있다.
곳곳에 선경(瑤池)과 용궁(龍宮)이 높이 솟아 있으니
이를 보고 목왕은 서왕모의 백운요(白雲謠)를 회상하겠구나.

　　氷(빙)

　　凝窓重疊掩寒朝,　　盡日微陽冷不消.
　　鏡面鎖藏明月影,　　玉精倩妬落梅飄.

　　連成珠箔長垂瓦,　　碎破琉璃散滿橋.
　　處處瑤池高貝闕,　　穆王回憶白雲謠.

　　* 倩妬(천투): 예쁨을 질투하다.
　　珠箔(주박): 구슬로 엮어 만든 발. 여기서는 고드름.
　　瑤池(요지): 주(周) 목왕(穆王)이 서왕모(西王母)와 만났다는 선경(仙
　　　　境). 곤륜산에 있다고 함.

貝闕(패궐): 아름다운 조개껍질로 장식한 궁전. 하백(河伯)이 사는 곳. 용궁.

穆王(목왕): 목천자(穆天子). 周나라의 목왕(穆王). 周의 文, 武, 成, 康, 昭, 穆王(이름은 滿). 6代 왕. 견융(犬戎)을 정벌하러 갔다가 곤륜산에 있는 선경에 들어가서 서왕모(西王母)를 만나 서로 사랑을 나누다가 돌아왔다는 전설이 전해온다.(*사마천의 〈史記〉에는 이에 관한 예기가 나오지 않고 〈목천자전(穆天子傳)〉이란 책에만 나온다.)

白雲謠(백운요): 고대 신화 중에 서왕모가 주목왕을 위해 지었다는 노래. 〈목천자전(穆天子傳). 卷三〉에서 말하기를: "西王母爲天子謠曰: '白雲在天, 山陵自出. 道里悠遠, 山川間之. 將子無死, 尙能復來!'"(서왕모가 천자를 위해 노래를 불렀는데 말하기를: '흰 구름 하늘에 있고 산들은 스스로 솟아오른다. 길은 아득히 멀어 산과 내 사이를 지나고 있다. 앞으로 그대는 죽지 않을 것이니 다시 올 수 있을 것이다.)라고 하였다.

2-86. 반딧불이(螢)

물같이 푸른 하늘에서 달이 흘러가는 듯
명멸하는 반딧불이 이리저리 날아다닌다.
가을의 쓸쓸함을 원망하는 여인이 부채로 쳐서 잡아
가난한 선비가 밤에 책을 읽을 수 있게 대어 준다.

고기잡이 등불 바람에 흔들리니 강 추위 더해지고
이슬로 축축해진 들판의 빈 곳을 별똥별이 메워준다.
맑은 기상 좋아하는 은둔자의 뜻을 알기라도 하는 듯
성긴 대나무 울타리 사이로 분분히 새어 들어온다.

螢(형)

碧天如水月如流,　　明滅殘螢不定居.
秋感怨姬搖撲扇,　　夜供貧士拾看書.

風飄漁火添江冷,　　露濕流星補野虛.
似解幽人淸賞意,　　紛紛漏入竹籬疎.

2-87. 맑은 겨울날(冬晴)

추운 기운 몸에 스며들어 달콤한 잠 깨우고
북풍이 땅 위를 휘몰아치니 새벽 서릿발 매섭다.
수많은 산에 눈이 쌓여 집안에 한기 돌고
만 리 하늘에 구름 한 점 없으니 처마 밑까지 새파랗다.

넓은 들판에 새 한 마리 아득히 멀리 날아가고
강물 위에는 여러 산봉우리들이 옅게 비치고 있다.
밤이 되니 하늘은 거울 같이 맑은데
은하수는 낮게 드리워져 기와 끝에 닿아 있다.

冬晴(동청)

朔氣侵人霽宿酣,　　北風倦地曉霜嚴.
千山有雪寒生屋,　　萬里無雲碧入簷.

野色平隨孤鳥逈,　　江光淡送數峯添.
夜來玉宇淸如鏡,　　河漢低垂瓦角尖.

* 朔氣(삭기): 북방의 기운. 한기(寒氣).
  霽(제): 비나 눈 등이 그치다. 안개나 구름이 사라지다.
  宿(숙): 묵다. 주막. 편안하다.
  酣(감): 즐기다. 한창. 사물의 힘이 가장 힘차게 올라 아직 쇠하지 아니

하거나 또는 그런 때를 말한다.

倦地(권지): 捲地 또는 卷地의 오자(誤字). 땅을 돌돌 말아버릴 듯한
　　　기세로 세차게 부는 바람을 형용한 말.

玉宇(옥우): 玉으로 지은 집. 화려한 궁전. 하늘(太空). 눈으로 덮여
　　　있는 집.

河漢(하한): 黃河와 漢水. 은하. 은하수.

2-88. 〈가을 강에 배 띄워〉라는 시의 운에 맞춰
(依秋江泛舟韻)

강가에 가득한 갈대꽃 끝없는 흰색이고
기울어져 가는 해는 돛대 끝에 걸려 있다.
배는 만경창파 위의 세상을 싣고
노는 십 리 물결 속에서 하늘을 젓는다.

영웅이 힘차게 일어날 때엔 천겁 세월을 가벼이 여기고
부평초 같은 나그네는 백년을 아득하게 생각한다.
어둑할 무렵 긴 갯벌 아래쪽에 있는 마을 찾아가니
채연가(採蓮歌)와 어부의 피리소리 서로 멀리 전해준다.

依秋江泛舟韻(의추강범주운)
滿江蘆荻白無邊,　　一片斜陽掛帆巓.
舡載萬頃波上世,　　棹搖十里浪中天.

英雄泡起輕千劫,　　迓旅萍浮渺百年.
薄暮尋村長浦下,　　蓮歌漁笛遠相傳.

* 舡(강): 배. 船(선)의 속자.　迓(아): 마중하다.
泡(포): 거품. 왕성하다. 泡起(포기): 왕성하게 일어나다.
千劫(천겁): 천세. 영원한 시간.　蓮歌(연가): 채련인의 노래 소리.

2-89. 궁중의 물시계(宮漏)

궁궐 안의 길은 숫돌 같아 사람들의 어깨 서로 부딪치는데
물시계 관측하는 시원(侍院)의 책임자는 어느 신하인가.
새벽이 되면 대궐 안의 푸른 창살문이 열리고
조회에 참석하는 관원들의 행렬이 대궐 마당에 가득하다.

물시계의 재료는 금동으로 되어서 울리는 소리 가볍고
몸통은 얼음 같은 백옥으로 되어 있어 티 하나 없이 맑다.
세월만 공연히 흘러가고 신선은 아니 오는데
거울에 비친 황제의 귀밑머리에는 흰서리만 늘어간다.

宮漏(궁루)

宮途如砥衆肩磨,　　侍院何臣意莫涯.
曉達龍樓靑瑣闥,　　朝催鴉列紫禁斜.

勢借金銅輕有響,　　體兼氷玉淡無瑕.
歲月空殘仙不到,　　漢皇鏡裡鬢霜加.

* 漏(루): 물시계. 시간. 물이 새다.　　宮漏: 궁 안의 물시계.
 砥(지): 숫돌. 如砥(여지): 길이 숫돌처럼 반듯하고 크다. 〈詩經〉大雅
　　篇에 "周道如砥…"라 하였다.
 衆肩磨(중견마): 춘추시대 齊나라 수도 임치가 하도 번화하여 "人肩磨,

車軸折(사람들의 어깨가 서로 부딪히고 수레의 차축이 서로 부딪혀 부러졌다)."고 하였다.

侍院(시원): 侍漏院. 물시계를 지키며 관측하는 부서.

涯(애): 물가. 끝. 한계.

龍樓(용루): 궁궐의 다른 이름(異稱).

靑瑣(청쇄): 창문의 장식으로 천자의 궁전 문은 연환(連環) 무늬를 새겨 청색을 입혔다.

鵷列(원열): 鵷은 원추새. 조정에 늘어선 관리의 행렬을 원행(鵷行), 원열(鵷列)이라고 한다.

紫禁(자금): 자금성. 중국의 궁성. 황제의 궁궐을 비유한 말.

斜(사): 행렬이 앞뒤 가로세로 잘 맞을 때 보이는 모습. 不正. 歪斜.

勢(세): 자태. 형체. 몸통.

軆(체): 體와 同. 신체.

2-90. 낮잠(午睡)

낮잠 잘 때엔 온갖 새들의 우는 소리 들리지 않고
혼은 어렴풋이 강의 동편과 서편을 넘나든다.
꽃그늘 아래서 반나절 보내니 낮도 반 토막 날아가고
석양에 피리소리 들으니 술 생각도 별로 안 난다.

두 눈은 날아가는 나비를 멀리까지 좇아가는데
온몸은 쌓여있는 흰 눈처럼 착 가라앉는다.
대낮 창가에 거문고 가려두고 아무 말도 하지 않고
앉은 자리에서 잠시 동안 시름에 젖는다.

午睡(오수)
午枕微聞百鳥啼,　　依稀魂遍水東西.
花陰半日晝殽斷,　　竹籟斜陽酒氣低.

兩眼遠隨遊蝶去,　　一身倦與白雪齊.
畫窓掩琴深無語,　　席上移時自在愁.

* 依稀(의희): 어렴풋이 보이는 모양.　　花陰(화음): 꽃그늘.
晝殽斷(주효단): 낮이 반토막 나다. 殽(효): 섞다. 섞이다.
竹籟(죽뢰): 피리.　　齊(제): 같다. 동등하다.
移時(이시): 잠시. 잠깐.

2-91. 노래에 화답함(和韻口呼)

나무 베고 고기 잡으며 풍광 좋은 고향에서
오랜 세월 꿈꿔 온 태평세월 살아보고 싶구나.
천하의 선비들과 친교를 맺고
봄철에는 시 읊고 술 마시며 같이 꽃놀이 하고 싶구나.

좋은 밭의 가라지는 모두 뿌리째 뽑아버려야 하지만
깊은 계곡의 지초와 난초는 그 향내 숨기지 않는다.
초야에서 우리 같이 한가한 늙은이 되어
강구연월(康衢煙月) 노래 불러 우리 황제 칭송하고파.

和韻口呼(화운구호)

漁樵雲水百年鄕,　　願在昇平夢寐長.
四海衣冠相結伴,　　三春詩酒共尋芳.

良田稂莠皆除蘗,　　幽谷芝蘭不掩香.
草野同爲閑父老,　　康衢煙月頌吾皇.

* 漁樵(어초): 고기 잡고 나무 하다. 어부와 나무꾼.
雲水鄕(운수향): 구름과 물이 가득하여 풍경이 청유(淸幽)한 지방. 대
　　부분 은자(隱者)가 유거(游居)하는 곳을 가리킨다.
衣冠(의관): 옷과 모자. 고대에는 士 이상의 계급에서만 冠을 썼으므

로 의관으로써 士 이상의 복장을 가리켰다. 진신(搢紳)과 사대부(士大夫)의 代稱.

稂莠(낭유): 가라지.

除孽(제얼): 재앙을 없애다. 孽(얼): 서자. 천민. 재앙.

康衢煙月(강구연월): 중국 당요(唐堯) 때 요임금이 민정(民情)을 시찰하기 위해 강구(康衢)라는 큰 네거리로 나가 보았더니, 농부들이 막대기로 땅을 치면서 노래하고 있었는데, 그 가사의 내용은 "日出而作(일출이작), 日入而息(일입이식), 鑿井而飮(착정이음), 耕田而食(경전이식), 帝力於我何有哉(제력어아하유재)." (해가 뜨면 일어나 일하고 해가 지면 돌아와 쉬고, 우물 파서 물 마시고 밭을 갈아 밥을 먹는데, 임금이 나와 무슨 상관이란 말인가.)였다는 것으로, 동양에서는 '무위지치(無爲之治)'의 태평성대를 나타내는 대표적인 예로 흔히 인용된다.

2-92. 망건(網巾)

가난한 선비의 정수리 주변에 찢어진 구명 많아
비록 어질다 해도 청산유수처럼 말 잘한다는 걸 믿을 수 없다.
싸서 상자 속에 넣어두자니 좀이 쓸까 걱정이고
떨어진 걸 가시밭에 버리자니 구리낙타처럼 될까 걱정이다.

협객 조말과 섭정은 쑥대머리 감싸서 신분을 감추었고
장수 이목(李牧)과 염파(廉頗)는 흰 귀밑머리털 묶어 가렸었다.
말총을 교묘히 짜서 비스듬히 엮은 그물인데
비단보다 더 섬세한 것을 앞쪽은 성글게 뒤쪽은 촘촘하게 엮었다.

網巾(망건)
貧士頂邊破孔多,　　雖賢未信舌懸河.
裹在箱籠愁飾蠹,　　弊遺荊棘歎銅駝.

蓬頭遮去藏曹聶,　　霜鬢斂來掩牧頗.
巧織馬毛斜結網,　　前疎後密細於羅.

* 懸河(현하): 폭포에서 물이 떨어지듯 말을 유창하게 하는 것.
  荊棘(형극): 가시밭.
  銅駝(동타): 구리로 주조한 낙타. 대부분 궁문이나 궁전 앞에 놓아둔
  　　다. 이로부터 낙양의 거리 이름을 말하게 되었다. 〈銅駝街〉란 곧

京城, 宮廷, 洛陽을 뜻한다.

銅駝荊棘(동타형극): 〈진서(晋書).색정전(索靖傳)〉에서: "靖有先識遠量, 知天下將亂, 指洛陽宮門銅駝, 歎曰: '會見汝在荊棘中耳!'" 後因以 "銅駝荊棘" 指山河殘破, 世族敗落或人事衰頹." (색정은 선견과 원모가 있어서 천하가 앞으로 혼란해질 것을 알고 낙양궁 궁문 앞에 있는 구리로 만들어진 낙타를 가리키며 탄식하기를: '틀림없이 가시밭 속에 있는 너를 보게 되겠구나!' 하였다. 이로부터 후에 와서 "가시밭 속의 구리낙타"로써 산하가 파괴되고 세족이 망하거나 혹은 사람의 일이 쇠패하게 되는 것을 가리키게 되었다.

曹聶(조섭): 〈曹〉는 曹沫(조말). 춘추시대 魯나라의 협객이고, 〈聶〉은 聶政으로, 춘추시대 魏나라의 협객이었다. 〈사기. 자객열전〉에 이 두 사람의 행적이 나온다. 특히 조말은 "食肉者鄙"(식육자비: 고기를 먹는 신분이 높은 사람은 생각과 행동이 비루하다)라는 말을 한 것으로 유명하다.

牧頗(목파): 〈牧〉은 전국 말기 趙나라 장수 〈이목(李牧)〉, 큰 공을 세웠으나 趙나라 왕이 秦나라의 반간계(反間計)에 걸려 그의 목을 베었다. 〈頗〉는 전국시기 趙나라의 명장 〈염파(廉頗)〉. 그는 재상 인상여(藺相如)와 사심을 버리고 국익을 위해 문경지교(刎頸之交)를 맺고 趙나라를 지켰으나, 趙왕이 秦나라의 반간계에 걸려 그를 조괄(趙括)로 교체하는 바람에 趙나라는 참패하였다. 후에 다시 복귀하였으나 뜻을 이루지 못하여 魏나라로 달아났다가 다시 楚나라로 달아나서 그곳에서 죽었다.

2-93. 늙은 소나무(古松)

정원의 푸른 소나무 사시사철 푸른데
세상의 온갖 풍상 다 겪으며 늙었으나 꺾이지 않았다.
절 안의 맑은 그늘에 중은 저 홀로 한가롭고
오래된 정자의 외로운 그림자 보고 학이 날아든다.

담담한 용모는 서리 내리기 전의 국화를 비웃고
높은 가지들은 눈 온 후의 매화를 대수롭잖게 여긴다.
한(漢)나라의 장자방(張子房)이 신선 되어 날아간 발자취 따라
개울가의 소나무에는 언제나 푸른 구름 맴돈다.

古松(고송)
一庭蒼翠四時開,　　閱世風霜老不摧.
蕭寺淸陰僧自在,　　古亭疎影鶴初來.

淡容笑殺霜前菊,　　高標尋常雪後梅.
從赤子房仙化跡,　　澗邊恒帶碧雲回.

* 蒼翠(창취): 청록(靑綠).
摧(최): 꺾다. 꺾이다. 막다. 멸하다.
蕭寺(소사): 절. (*본서 〈폭포〉 항(74) 설명 참조)
笑殺(소살): 우습게 여기다.

高標(고표): 높은 가지(高枝). 높은 나무(高樹. 言山木之高也). 높이
   솟다(高聳).

尋常(심상): 심상하게 여기다. 예사롭게(대수롭잖게) 여기다.

子房(자방): 西漢의 개국공신인 장량(張良)의 자(字). 진시황을 암살
   하려다 실패한 후 변성명을 하고 하비(下邳)로 달아났다가 황석공
   (黃石公)을 만나 태공병법(太公兵法)을 얻었다. 후에 한고조 유
   방을 도와 한나라 건국에 큰 공을 세우고, 고조가 죽은 후에는 병
   을 핑계대고 벼슬을 하지 않고 道를 배우는 데 전념, 신선이 되었다
   는 설이 있다.

2-94. 낚시(釣魚)

봄기운 가득한 무릉도원 지척에 있는데
복숭아꽃과 흐르는 시냇물이 별천지 이루었네.
초(楚)의 삼려(三閭)대부가 배 띄워 놀던 곳엔 구름 머물렀고
엄광(嚴光)의 낚시터 칠리탄의 물가에는 저녁달이 떠있었지.

물고기 새우 더불어 그 옛날의 물가에서 노니
갈매기와 해오라기에게 중원을 꿈꾸지 말도록 하라.
창랑가(滄浪歌) 한 곡 부른 후 낚싯줄 거둬 돌아가니
버드나무 너머의 방초 마을엔 푸른 저녁연기 피어오른다.

　釣魚(조어)
　春滿武陵咫尺園,　　桃花流水別乾坤.
　楚雲宿帆三閭還,　　漢月況磯七里昏.

　只與魚鰕遊舊渚,　　不敎鷗鷺夢中原.
　滄浪一曲收絲去,　　芳草靑烟柳外村.

　* 武陵(무릉): 무릉도원.
　三閭(삼려): 초나라 시인 굴원(屈原). 그는 일찍이 삼려대부(三閭大夫)
　　　를 지냈다.
　況磯(황기): 바다 또는 호수 등의 물이 물가의 돌에 부딪치는 곳. 況

(황): 물이 차다(水寒). 찬물(寒水). 磯(기): 물가.

七里(칠리): 七里瀨(칠리뢰) 또는 七里灘(칠리탄). 절강성 동려현(東廬縣) 남쪽에 있는데, 양쪽으로 산이 높이 솟아 있고 그 사이로 동양강(東陽江)이 급히 흐르는데 7리나 연속되고 있어서 붙여진 이름이다. 북안에 있는 부춘산(富春山: 嚴陵山)은 전해오는 말에 의하면 동한(東漢)의 엄광(嚴光: 嚴子陵)이 농사짓고 낚시하던 곳이라고 한다. 〈後漢書. 逸民傳. 嚴光〉 편에서: "후세 사람들은 엄광이 낚시하던 곳이라고 해서 엄릉뢰(嚴陵瀨)라고 하는데, 칠리뢰(七里瀨) 또는 칠리탄(七里灘)은 엄릉뢰와 서로 접해 있으며 동양강 아래쪽에 있다"고 하였다.

滄浪(창랑): 가곡(歌曲)의 이름으로, 굴원이 지은 〈漁夫辭〉에서 "滄浪之水淸兮, 可以濯吾纓, 滄浪之水濁兮, 可以濯吾足(창랑의 물 맑으면 내 갓끈을 씻을 수 있고, 창랑의 물 흐리면 내 발을 씻을 수 있네)…"라고 하였다.

收絲(수사): 낚싯줄을 거두다.

2-95. 아라사의 얼음궁전을 노래함(詠俄羅斯氷宮)

북극의 사계절은 여름 겨울 구분 없이 언제나 추워서
얼음으로 지어진 궁궐 있는데 옛날에는 없었던 것이다.
날아갈 듯한 수키와는 공중에서 얼어붙은 눈 같고
여러 층의 정자는 하늘에서 언 구름을 떠받치고 있는 것 같다.

앞뒤 마당의 구슬 나무들은 영롱한 빛을 발하고
울타리 밑에는 구슬 복숭아들이 흐드러지게 맺혀 있다.
수정과 서리 녹은 물은 햇빛에 의해 만들어지고
들보에는 수정이 매달려 있고 조개 문양이 새겨져 있다.

　　詠俄羅斯氷宮(영아라사빙궁)
　　極北四時冷不分,　　氷成宮闕古無群.
　　飛甍無地懸凝雪,　　疊榭依天擎凍雲.

　　玉樹玲瓏生院落,　　瑤桃爛熳結籬根.
　　水精霜液經營日,　　晶掛上樑貝刻文.

　* 甍(맹): 수키와. 대마루에 얹는 수키와.
　榭(사): 정자. 사당. 擎(경): 높이 들다.
　院落(원락): 집 앞뒤로 담장이나 울타리를 둘러서 만들어진 빈터.
　水精(수정): 수정(水晶). 달(月)의 별칭. 霜液(상액): 청량한 즙액.

2-96. 옥중에서 보내는 세모(獄中歲暮)

밤마다 서로의 사연 새벽닭 울기까지 얘기했었는데
아, 세월이 빨리도 가니 옛집이 그립다.
옥중에선 사람과 벌레들이 깊은 굴속에서 같이 지내는데
세월은 급히 개울 지나가는 물 따라 흘러서 간다.

납매주(臘梅酒) 익으면 어버이께 올려드리고 싶고
새로 지은 솜옷 보내준 아내 더욱 보고 싶다.
손꼽아 헤아려보니 이번 겨울도 열흘 남짓 남았으니
삼년이나 천리마가 마구간에 하릴없이 매여 있구나.

獄中歲暮(옥중세모)
談懷夜夜抵晨鷄,　　却感流光憶舊棲.
人與蟄蟲深處穴,　　歲從逝水急過溪.

臘梅酒熟思供老,　　新絮衣來戀見妻.
屈指今冬餘十日,　　三年櫪驥繫閒蹄.

* 抵(저): 다다르다.　櫪驥(력기): 마구간에 매여 있는 천리마.
臘梅酒(납매주): 납매는 납월(臘月: 12월)에 담황색의 꽃이 피는데 당
매(唐梅)라고도 한다. 그 열매를 술에 담가 발효시킨 것.
櫪驥(역기): 마구간의 천리마. (앞의 2-74(伯虛贈慰) 주 참고.)

2-97. 감옥 안의 닭(獄中鷄)

공은 있어도 죄는 없는 닭이 옥중에서 우는 것은
감옥 안 사람들이 밝은 세상 보도록 하려는 것이다.
조(趙)나라 조정은 여희의 한 마디 말에 묘책을 찾아냈고
맹상군이 진나라 관문을 탈출할 땐 가짜 닭 울음을 빌렸다.

나라의 녹으로 기르고 있으니 그 은혜 매우 중하고
해를 피해 농장에서 멀리 떠나 있으니 자신의 책임 가볍다.
죄수들을 다소나마 위로해 주려 큰 소리로 울 때
하루의 새벽 햇살 동쪽 성 위로 떠오른다.

獄中鷄(옥중계)
有功無罪獄中鳴,　　只爲幽窓願見明.
趙廷醒迷諭小口,　　秦關脫厄假虛名.

養資宮祿恩偏重,　　害遠農場責自輕.
唱慰囚人多少意,　　一天曙色上東城.

* 趙廷醒迷諭小口(조정성미유소구): 전국시대 말 秦나라가 趙나라를
  침공하자 趙나라에선 魏나라에 구원병을 요청했다. 그러자 魏나
  라 왕은 장군 진비(晉鄙)를 파견하면서 秦나라의 노여움을 사서
  는 안 되니 趙나라에 군사를 주둔만 시켜 놓고 기다리라고 하여,

진비는 병력을 전혀 움직이려 하지 않았다. 이때 후생(侯生)이 가르쳐준 계책에 따라 魏나라 공자무기(公子無忌)의 愛姬에게 진비의 막사에 침입하여 병부를 훔치도록 하여, 공자무기가 진비의 군사를 지휘하여 조나라와 힘을 합쳐 진의 군대를 물리쳐서 조나라를 구한 일이 있었는데, 이런 일을 성사시킬 수 있었던 것은 이때 공자무기의 애희가 공자를 위해서 죽을 수 있는 일이라면 어떤 일도 하겠다고 한 말 한마디를 듣고 생각해낸 계책이었던 것이다. (通鑑切要. 周紀下. 赧王五十八年).

秦關脫厄(진관탈액): 본서의 시(2-20). 닭(鷄). (注 孟嘗君 참조). *〈史記〉(孟嘗君列傳). *鷄鳴狗盜(계명구도)의 고사 참고.

2-98. 벙어리(啞)

눈은 있어도 말은 할 수 없으니 혼자 스스로 올라가고
집 안에서는 청등(靑燈) 하나만 쓸 줄을 안다.
마음이 충성스러우니 숯 삼키는 걸 싫어할 필요도 없고
행동이 민첩하니 얼음 밟기를 두려워할 필요가 어디 있나.

다행히도 내 손으로 속마음을 다 표현할 수 있는데
남들은 혀를 잘 놀려서 화를 자주 당하는 걸 보면 우습다.
말로 변명을 하다간 재앙만 초래할 뿐 흠은 지우기 어려워
처세함에 있어 앵무새처럼 말 잘하는 것 자랑하지 마라.

　　啞(아)

　　有眼無言獨自登,　　知裡惟用一靑燈.
　　心忠不必嫌呑炭,　　行敏何須懼履氷.

　　幸我手眞情摸盡,　　笑他舌巧禍生層.
　　飾非作孽難磨玷,　　處世休誇鸚鵡能.

* 呑炭(탄탄): 전국시대에 魏의 지백(智伯)이 조양자(趙襄子)에 의해
　멸망하자, 그의 부하 예양(豫讓)이 주군의 원수를 갚으려고 접근
　하며 자기 신분을 숨기려 몸엔 옻칠을 하고 숯불을 삼켜 벙어리가
　된 고사가 있다.(*〈자치통감〉, B.C.403년 기사 참조).

2-99. 난쟁이(矬人)

키의 반은 잃어버렸지만 형태는 온전히 갖추었고
옷이 짧아 옷값 싸게 먹힌다고 스스로 좋아한다.
다리가 짧아 석 자 깊이의 물 앞에서도 겁을 내고
어깨가 낮아 소금 한 되를 등에 지기도 어렵다.

땅 모양은 특히 험하여 모래산도 우뚝 솟아 보이고
하늘은 너무 높아서 달을 보면 자그마하게 보인다.
앉으나 서나 구분이 없어 걸어가는 게 마치 구르는 것 같고
사람을 마주하면 반드시 고개를 들고 쳐다봐야 한다.

矬人(좌인)

身長失半態俱兼,　　衣短自憐費價廉.
脚矮怕臨三尺水,　　肩低難負一升鹽.

地形獨險沙山屹,　　天色偏高望月纖.
坐立無分行轉輾,　　對人要必仰頭瞻.

* 獨(독): 특별히. 유독.　屹(흘): 우뚝 솟다.
偏(편): (정도를 표시) 아주. 특히.　纖(섬): 작다. 가늘다.

2-100. 우연히 부른 노래(偶吟)

객사는 한적하고 밤은 아득히 길어
베개 베고 눕자마자 혼은 고향으로 달려갔다.
안정된 시절 같으면 백성 구제할 방도 생각하겠지만
세상이 위태하니 어부나 나무꾼 될 생각을 한다.

매화가 피어있는 옛 사당에는 금 술잔 감춰 놓았는데
달 밝은 이 밤에 옥퉁소 불고 있는 자는 누구인가.
지난 해 가을 놀러 다닐 때 썼던 작은 삿갓과
치워 놓은 등잔이 흙벽에 쓸쓸히 걸려 있다.

偶吟(우음)
羈窓閑寂夜迢迢,　　一枕鄕魂去莫招.
安處經綸存濟恤,　　危餘夢想在漁樵.

梅花舊社藏金觶,　　明月誰家弄玉蕭.
前歲秋遊餘短笠,　　疎燈塵壁掛蕭蕭.

* 迢迢(초초): 먼 모양. 높은 모양. 아득한. 까마득한.
社(사): 토지신을 제사지내는 사당.　金觶(금치): 쇠 술잔.
疎燈(소등): 철거한 등.　疎(소): 치우다. 철거하다.
蕭蕭(소소): 말이 우는 소리. 바람 부는 소리. 쓸쓸한 모양.

2-101. 네거리의 야등(通衢夜燈)

은촉과 금등들이 멀리까지 아득히 뻗어 있고
느린 노래 맑은 나팔소리가 멀리에서 서로를 부른다.
구경하러 나온 많은 사람들 서로 쫓고 따르는데
밝은 빛 속의 온갖 형상들은 산속 나무꾼을 부끄러워 한다.

이날 그믐에는 월궁에서 패옥을 돌려주는데
나라가 생황 퉁소 소리로 떠들썩한 것은 봄꽃 때문이 아니다.
수많은 집들에서 밤에 유리 세계를 여니
거울 속에 길 가는 신선들의 살쩍과 머리털이 쓸쓸히 비친다.

通衢夜燈(통구야등)
銀燭金燈一望迢,　　緩歌淸吹遠相招.
群形影逐從觀物,　　萬像光明愧隱樵.

是晦月宮還珮玉,　　非春花國動笙蕭.
千家夜闢琉璃界,　　鏡裏行仙鬢髮蕭.

* 緩歌(완가): 느린 노래. 隱樵(은초): 은자와 나무꾼.

2-102. 생각나는 대로 노래하다(浪詠)

봄 그리는 마음 간절하여 꿈속에서도 꽃놀이 하니
수놓은 비단처럼 아름다운 경치에 십 리나 뻗은 저녁놀.
붉은 꽃나무가 있는 누대에선 아침 비 그치고
푸른 버드나무 늘어선 골목길에는 석양이 기울었다.

밤새도록 술 파느라 문은 늘 열려 있고
하루 종일 향기로운 꽃 찾아다니느라 집에 있을 틈이 없다.
꿈에서 깨고 나면 전부 미친 생각이란 걸 알게 되고
강호에 흩어진 나의 발자취는 모래 위 백구의 발자국과 같다.

浪詠(낭영)
戀春心切夢遊花,　　錦繡風煙十里霞.
紅樹樓臺朝雨歇,　　綠楊門巷夕陽斜.

通宵沽酒常開戶,　　盡日尋芳不在家.
覺了從知皆狂想,　　江湖散跡白鷗沙.

* 紅樹(홍수): 봄에 붉은 꽃이 피는 나무. 가을에 단풍이 지는 나무.

2-103. 미인도(美人圖)

비단 병풍 옮겨와서 규방을 지키는 난새
그 미소의 뜻 이해하지 못하는 사람들 보니 몹시 부끄럽다.
낡은 거울로는 미인의 흐트러진 머리털 들여다보지 못하고
봄 적삼으로는 눈 같이 흰 피부의 추위를 막아줄 수 없다.

살아 있을 때엔 빨리 늙는 뜰 안의 오얏나무를 미워했으나
죽어서는 화첩 위의 시들지 않는 난(蘭)으로 화하였다.
월나라 미인 서시의 재능은 많은 반려들을 갈라놓은 것인데
애석한 것은 그대의 초상화가 우리 한국에 있음이다.

美人圖(미인도)
錦屛移得守閨鸞,　　羞殺看人解笑難.
舊鏡不窺雲鬢亂,　　春衫未換雪膚寒.

生憎易老園中李,　　死化無凋帖上蘭.
西子材間多伴侶,　　惜君畫面在東韓.

* 羞殺(수살): 羞死(수사). 대단히 부끄럽다.
雲鬢(운빈): 운환(雲鬟): 미인의 머리털을 푸른 구름에 비유하여 이
　　른 말. 먼 산의 푸른빛. *鬢(빈): 鬢(빈)의 속자. 살쩍(귀 앞에
　　난 머리털).

西子(서자): 西施(서시). 춘추시대 때 越나라 미녀. 월왕구천(越王勾踐)이 회계에서의 싸움에서 吳나라에 패하자 월의 대신 범려(范蠡)가 서시를 오왕부차(吳王夫差)에게 바쳐서 그를 홀리게 하여 정치를 잊어버리게 한 결과 마침내 吳는 越에 멸망당했다. 그 후 서시는 범려에게 돌아가 둘이 같이 배를 타고 오호(五湖)로 갔다는 얘기가 있다.(《오월춘추(吳越春秋)》. 구천음모외전(勾踐陰謀外傳). 一說에는 吳나라가 망한 후 越나라에서 서시를 강물에 빠뜨려 죽였다고도 한다.

間(간): 離間시키다. 간첩. (*間, 謂設事以離間之.)

東韓(동한): 월나라 미인 서시의 인물화가 동쪽에 있는 우리 한국에 있음을 말한 것이다.

2-104. 회포(有懷)

다만 등불 하나 얻어 좋은 벗 삼고
꽃피는 봄 달 밝은 밤을 덤덤하게 보낸다.
많은 법조문으로 그물질하듯 공연히 잡아들인 사람들에게
형법 시행이 어려운 건 세상에 적도(適度)가 없기 때문이다.

나라 걱정함은 개와 말들의 수고까지 없애려는 것이 아닌데
백성에게 은혜 베푸는 데 왜 꼭 소와 양 중에서 택해야 하는가.
젊은 나이에 감옥에 갇혔으나 신체 여전히 건강하고
고생하는 것을 스스로 달게 여김은 두루 겪어보려는 것이다.

有懷(유회)

僅得孤燈作友良,　　朝花夕月只尋常.
網羅空逮人多范,　　刑典難施世乏啇.

憂國非無勞犬馬,　　惠民何必擇牛羊.
壯年囹圄身猶健,　　辛苦自甘欲備嘗.

* 朝花夕月(조화석월): 花朝月夕.
　多范(다범): 多法. 많은 법. 다양한 법. 刑典(형전): 형법(刑法).
　乏啇(핍적): 啇(적): '適' 의 古字. 적절함이 결핍되다. 적절한 법 집행
　　(適度)이 결여되다.

勞犬馬(로견마): 개와 말을 고생시키다. 견마지로(犬馬之勞)

擇牛羊(택우양): 소와 양 중에서 택하다. 제 선왕(宣王)이 희생의 제물로 바쳐지기 위해 죽으러 가는 소를 보고 그 부들부들 떠는 모습이 불쌍해서 소를 풀어주고 양으로 바꾸라고 지시하자, 소나 양이나 죄 없이 죽게 되는 것은 마찬가지로 불쌍한데 왜 둘 중에서 하나를 택하라고 지시한 것이냐는 맹자의 질문과 그에 대한 대답 및 해석이 〈맹자. 양혜왕 편〉에 나온다.(*참조: 〈孟子. 梁惠王 上〉)

備嘗(비상): 모두(고루. 두루) 맛보다.

2-105. 갑작스런 추위(猝寒)

지난밤 북풍에 눈이 와서 가지마다 가득하니
섣달 말 세모의 추위가 새삼스럽다.
겹이불을 덮었으나 얇아서 새로 병을 얻었는데
외로이 누워 있어도 잠이 잘 안 와 다시 시를 지었다.

헌 버선 끝내 쓸모없다고 말하지 마라
헌 갖옷조차 더욱 그립다는 말 비로소 실감난다.
매화야 묻노니, 너는 무슨 일로 시름하느냐
한강에 봄빛 찾아오는 게 너무 늦어서인가.

猝寒(졸한)
昨夜北風雪滿枝,　　寒生歲暮臘殘時.
重衾力薄新添病,　　孤枕夢輕剩得詩.

休言舊襪終無用,　　始信獘裘更有思.
梅花問爾愁何事,　　漢水春光上面遲.

* 臘殘(랍잔): 섣달, 곧 음력 12월의 남은 날짜.
剩(잉): 다시. 더욱.
襪(말): 버선.

2-106. 어버이를 위로함(慰親)

몇 장의 편지 속에 붓이 두 자루 들어 있어
서신을 받자마자 그 은혜에 감격하여 눈물이 났습니다.
성정(性情)을 함양하라는 훈계를 어겼고 바칠 술도 없사오나
헌수(獻壽)하는 정성으로 시 한 수 바칩니다.

감옥에 갇혀 있으나 나의 죄 가벼움은 하늘이 살펴 아시며
임금에 대한 충성이 무거워 효도는 다하기 어렵습니다.
금년에는 비록 부모님을 즐겁게 해드리지 못하지만
봄이 머지 않아서 다행입니다.

慰親(위친)

數幅箋中筆二枝,　　感恩有淚奉書時.
養情違訓供無酒,　　獻壽之誠頌以詩.

繫獄罪輕天有鑑,　　報君義重孝難思.
今年縱未班衣侍,　　惟幸陽春在不遲.

* 箋(전): 서신. 편지.
 養情(양정): 함양성정(涵養性情). 〈순자. 예론(禮論)〉에서: "孰知夫禮
　　義文理之所以養情也." 楊倞注: "無禮義文理, 卽縱情性不知所
　　歸也."("누가 禮義와 文理가 情을 기르는 이치를 아는가." 라고

하였다. 양경(楊倞)은 주에서 말했다: "예의와 문리가 없으면 情과 性이 돌아가는 데를 알지 못한다."

獻壽(헌수): 환갑잔치 같은 때 장수(長壽)를 비는 뜻으로 잔에 술을 부어서 바치며 장수를 축하함.

縱(종): 설령. 가령.

班衣侍(반의시): 색동옷(班衣)을 입고 모시다. 반의(班衣): 班衣. 무늬가 있는 고운 옷. 반의희채(班衣戲綵): 노래자(老萊子)가 나이 70세 때 자식이 없었으므로 늙은 부모를 기쁘게 해주기 위해 자신이 어릴 때 입던 색동옷(班衣)을 입고 춤을 추었다는 고사가 있다.

2-107. 친구 생각(思友)

나에게 밭두렁의 매화 가지 꺾어 보내줄 사람 없으나
벗을 원망하기보다는 벗을 그리워할 때가 더 많다.
감옥문 밖의 세상에는 만국의 누각(樓閣)들이 있으나
나는 삼년 동안 옥중에서 풍월을 읊었다.

태항산 넘어가는 구름 생각하며 공연히 눈물 흘리고
사마상여의 백설부(白雪賦) 읽으며 다시 누군가를 생각한다.
섣달이 다 끝나 가는데도 이내 마음은 끝나지 않고
새로운 시름 더해져 새벽까지 잠 못 이룬다.

思友(사우)

無人寄我隴梅枝,　　憶友較多怨友時.
萬國樓臺門外世,　　三年風月獄中詩.

太行歸雲空自淚,　　梁園寒雪更誰思.
心緒不隨殘臘盡,　　新愁添得曉眠遲.

* 隴梅(농매): 농(隴)은 높은 언덕이나 밭둑. 그곳에 있는 매화.
　太行(태항): 태항산. 중국 하남성 제원현(濟源縣)에 있는 산 이름.
　梁園(양원): 한(漢)의 시인 사마상여(司馬相如)가 양효왕(梁孝王)의
　　　초청으로 토원(兎園)에 가서 〈백설부(白雪賦)〉를 지었다.

2-108. 눈을 쓸다(掃雪)

쓸고 나면 도리어 정원의 밝음이 반으로 줄어들고
일만 가마니의 은 조각들이 울퉁불퉁 쌓인다.
삼태기를 기울이면 밑에 쌓여있는 백옥(白玉)들이 무겁고
빗자루 끝에서는 뒤집혀 흩어지며 떨어지는 꽃들이 가볍다.

층계 주위로 황공석(黃公石)이 다투듯 드러나고
길을 끼고는 층층이 백제성(白帝城)이 생겨난다.
아이는 햇볕 잘 드는 양지쪽에 길을 먼저 내는데
새싹들이 이른 봄이 찾아온 줄 오해할까봐 두렵다.

掃雪(소설)
掃來却減半庭明,　　萬斛片銀積不平.
簣底傾移堆玉重,　　箒端翻散落花輕.

繞階爭出黃公石,　　挾路層生白帝城.
童子先開陽向地,　　萌芽恐誤早春情.

＊ 黃公石(황공석): 黃公: 진나라 말의 黃石公. 다리 위의 노인(圯上
老人)이라 부르기도 한다. 〈사기(史記). 유후세가(留侯世家)〉에
는 漢나라 창업공신 張良(장량: 장자방)이 진시황을 살해하려던
계획이 실패로 돌아간 후 지금의 강소성 하비(下邳)로 달아나 있

을 때 한 도인을 만난다. 그가 일부러 신발을 벗어 던지면서 주워서 자기 발에 신기라고 명령하자, 수모를 참아가면서 그것을 해내는 것을 보고 그 도인이 감동하여 그에게 〈태공병법(太公兵法)〉이란 책을 주어 공부하게 함으로써, 후에 그가 유방을 도와 漢나라를 창건하는 데 큰 공을 세우도록 한다. 그로부터 13년 후 제북(濟北)에 오면 곡성산(谷城山) 아래에서 누런 돌(黃石)을 발견하게 될 텐데, 그것이 바로 자신이라고 얘기한다. 나중에 장량은 그 돌을 주워서 道人의 현신(顯身)으로 모시고 절기 때마다 제사를 지냈다고 한다.

白帝城(백제성): 지금의 사천성 봉절현 동쪽의 구당협(瞿唐峽) 입구에 있는 古城. 〈삼국연의〉에서 유비가 동오와의 싸움에서 패하여 달아나 죽음을 맞이한 곳이 이 백제성이다. (모종강 저, 박기봉 역, 〈삼국연의〉 제84회 및 85회 참조). 唐나라 李白의 시 〈早發白帝城(조발백제성)〉이란 詩에서 "朝發白帝彩雲間, 千里江陵一日還."(영롱한 구름에 싸여 있는 백제성을 아침에 출발했는데, 천리 먼 길 강릉에 하루 만에 돌아왔다.)이란 구절에 나오는 백제성도 이곳을 말한다.

2-109. 죄수들에게 음식을 나누어준 경무사에 대한 감회(感警使頒餉諸囚)

죄수들은 감옥에서 교화 중에 있는데
임금의 구휼관은 죄수들이 원하는 걸 넘치게 나눠준다.
특사 명단 발표 후에 자기만 빠졌다고 불평들 하지 마라.
굶주렸지만 그래도 같이 은혜 베풀어 주심에 감사해야지.

하늘은 착한 풀 악한 풀 안 가리고 단비 같이 내려주며
땅에는 이름난 꽃들 있지만 가을 서리가 그들만 봐주겠는가.
한 해 동안 굶주렸던 뱃속이 임금님 덕에 배가 불러
그 덕 칭송하고 기리는 소리 널리 퍼져 거두어들이기 어렵다.

感警使頒餉諸囚(감경사반향제수)
罪中人在化中遊,　　君恤官頒溢所求.
赦後休言偏見漏,　　飢餘還感共霑流.

天無惡草同恩雨,　　地有名花奈義秋.
經歲枯腸因飽德,　　頌聲令譽散難收.

* 警使(경사): 경무사(警務使). 대한제국 때 한성부 안에서 경찰과 감옥의 일을 맡아 보던 책임자.

霑流(점류): 霑: 젖다. 은혜를 입다.

義秋(의추): 의로운 가을. 가을(秋)은 五色으로는 白色, 五行으로는
　　　金, 方位로는 西, 五音으로는 상음(商音)을 나타낸다. 가을은 숙
　　　살(肅殺)을 주관하므로 율령(律令), 형옥(刑獄)과 관계된 일을 가
　　　리킨다. 가을이 되면 모든 풀과 꽃과 나무들이 시드는데, 이것은
　　　마치 소슬한 가을 날씨가 초목들에게 형벌을 내리는 것과 닮았다
　　　고 생각하였다. 이때 무슨 재판관이 있어 그 풀들이 의로운지 아
　　　닌지의 여부를 가려서 초목들이 시들게 하기도 하고 시들지 않게
　　　하기도 하는 것은 아니라는 뜻이다.

2-110. 설날 아침(元朝)

붉은 해 높이 떠오르니 집집마다 봄인데
폭죽 소리와 꽃 파는 소리로 저자 거리 시끄럽다.
오랜 세월의 풍상을 전부 한 판 꿈으로 부치고
한마음으로 버들과 매화가 봄소식 가져오기를 바라네.

어버이 사모하여 멀리서 송축하오니 산과 바다처럼 오래 사시고
나라 걱정에 속으로 기도하오니 주상께선 성군이 되옵소서.
세배 손님과 뛰노는 아이들, 사람 사는 세상의 즐거움이니
도소주에 떡과 과자 먹으면서 즐거운 새해 맞이하네.

元朝(원조)

三竿紅日萬家春,　　爆竹買花鬧市塵.
百劫風霜都屬夢,　　一心梅柳欲生眞.

思親遙頌如山海,　　憂國暗禱繼聖神.
賀客遊兒人世樂,　　屠蘇糕餠喜迎新.

* 三竿(삼간): "三竿日"의 약칭. "三竿"은 대나무 장대 셋 가량을 이
  은 길이로, "三竿日"은 해가 장대 셋의 높이로 떠올랐음을 말하
  는 것이니, 이른 아침 시간이 아니라 해가 높이 뜬 정오경임을 이
  른다.

鬧(뇨): 시끄럽다. 소란하다.

市塵(시진): 도시의 시끄러운 소리.

梅柳(매유): 매화(梅)와 버드나무(柳). 매화꽃이 피고 버드나무 싹이
　　돋는 것은 모두 봄이 왔다는 소식이므로 봄을 뜻할 때엔 항상 이
　　둘을 같이 말한다. 梅柳意(매유의): 춘의(春意).

眞(진): 身(몸). 여기서는 봄소식을 가져오는 버들과 매화의 꽃.

屠蘇(도소): 도소주(屠蘇酒). 설날에 먹으면 사악한 기운(邪氣)을 물
　　리친다고 하는 술이다. 도라지, 방풍, 육계 등을 조합하여 만든 도
　　소산(屠蘇散)을 넣어서 빚은 술. 蘇軾(소식)의 詩에서 "不辭最後
　　醉屠蘇…." (사양하지 않고 받아 마셨는데 마지막에는 도소주에
　　취했다.)라고 하였다.

糕(=餻: 고): 떡. 糕餅(고병): 떡, 과자, 빵, 케이크 등의 총칭.

2-111. 경무사와 법부대신이 여러 죄수들에게 특식을 나누어 준 것에 대한 감회(感警使法大頒餽衆囚)

공은 없고 죄만 있는 감옥 안의 죄수들에게
특별한 은택 베풀어 주시니 몸 둘 바를 모르겠다.
요순시대 백성들이면 땅에 선만 그어 가둬놓아도 부끄러워하고
이윤이나 부윤 같은 신하의 말이라면 하늘처럼 따랐었다.

집집마다 감화 받음은 그늘진 벼랑에 햇빛 비치고
따뜻한 봄 햇살이 병자의 침상을 따뜻하게 하는 것과 같다.
기꺼운 정에 같이 배가 불러 먼저 눈물부터 흘리고
정성이 없어 대궐에 절하지 못하는 걸 한으로 여긴다.

感警使法大頒餽衆囚(감경사법대반궤중수)
無功有罪愧殊恩,　　囹圄偏多雨露痕.
民苟唐虞慚地劃,　　臣如伊傅體天言.

家家化日陰崖照,　　粒粒陽春病枕溫.
同飽欣情先感淚,　　微誠恨不拜丹門.

* 警使法大(경사법대): 경무사(警務使) 및 법부대신(法部大臣).
餽(궤): 음식을 보내주다.

雨露(우로): 비와 이슬. 비와 이슬이 만물을 화육하는 것 같은 은택. 큰 은혜. 우로은(雨露恩). 우로지택(雨露之澤).

唐虞(당우): 요임금(堯. 唐)과 순임금(舜. 虞)이 다스리던 시대.

地劃(지획): 요순시대에는 감옥을 따로 만들지 않고 땅에 금을 그어 그 곳을 감옥이라고 선언하면 죄수는 그 안에만 있으면서 금 밖으로 나오지 않았다고 한다.

伊傅(이부): 殷나라 탕왕 때의 재상 이윤(伊尹)과 殷나라 고종 때의 어진 재상 부열(傅說). 이들은 신하의 신분이었지만 백성들의 절대적인 신임을 받아 성현으로 추앙받았다.

丹門(단문): 단봉문(丹鳳門)의 약칭. 궁문(宮門). 궁궐(宮闕). 또한 조정(朝廷)을 가리키기도 한다.

2-112. 거문고(琴)

음(音)에 어두우면 천지의 뜻 이해하기 어려워
모든 소리 다 구비해야 속인들은 귀를 기울이려 한다.
송(宋)나라 의봉(儀鳳)은 남쪽 누각에 앉아 군중을 해산시켰고
제갈량은 서성(西城)에 앉아 거문고 타며 적을 물리쳤다.

도(道)가 쇠하자 기생의 노랫말만 공연히 이어져 오고
유문(儒門)에서 성인을 멀리하니 가락도 이미 끝나버렸다.
말 꼬리는 여전히 남아 있어 거문고 줄은 이어지고
사람들은 아직도 백아(伯牙) 만나기를 기다린다.

琴(금)

聾音天地意難容,　　肯抱峨洋俗耳從.
解民南殿宋儀鳳,　　退敵西城坐臥龍.

道衰妓樂詞空續,　　聖遠儒門曲已終.
馬尾猶餘絃未斷,　　人間留待伯牙逢.

* 聾音(농음): 音에 어둡다. 聾: 귀머거리. 귀먹다. (사물에) 어둡다.
　峨洋(아양): 峨峨洋洋(아아양양). 峨峨湯湯(아아탕탕). 峩峩湯湯. 본
　　래 노래 소리가 높고 분방한 것을 형용하는 데 쓰였으나, 후에는
　　한껏 즐기는 모습을 형용하기 위해서도 쓰인다.

肯從(긍종): 즐겨 좇다. 즐겨 따르다.

宋儀鳳(송의봉): 그의 인물과 행적에 대해서는 미상(未詳)이다.

臥龍(와룡): 본래는 때를 만나지 못한 영웅을 가리키는 말인데, 여기서는 제갈공명을 가리킨다. 제갈공명이 서성(西城)에서 사마의의 군대를 맞아 성루에 높이 앉아 거문고를 타서 사마의의 군사들이 복병이 있을까봐 겁을 먹고 물러가게 한 일.(毛宗崗 저, 박기봉 역: 〈삼국연의〉 95회 참조).

儒門(유문): 유가(儒家).

伯牙(백아): 역사상 거문고의 명수로 유명하다. 백아는 거문고를 잘 타고 종자기(鍾子期)는 그의 거문고 소리를 잘 들었는데, 종자기가 죽은 뒤 백아는 절망한 나머지 자기의 거문고 소리를 들을 줄 아는 사람이 없다고 해서 거문고 줄을 모두 끊어버리고 다시는 거문고를 타지 않았다고 한다. 이것이 소위 〈백아절현(伯牙絶絃)〉의 故事이다.

2-113. 얇은 옷을 입은 죄수들이 불쌍하다(憐薄衣囚)

한 해밖에 못 입는 옷을 감옥에서 나눠주는데
홑저고리에 바람이 스며들어 품 넓은 걸 싫어한다.
이곳 사람들은 평생 녹봉 못 받는 신세 못 면하는데
높은 사람들아, 죽어도 관(冠)은 써야 한다고 말하지 마라.

하늘이 만약 이런 실정 안다면 일년 내내 따뜻하게 해 줄 텐데
눈은 왜 또 잔인하게 내려서 봄을 춥게 만드나.
밤새도록 우우 떠는 신음소리 귀에 시끄러운데
비단휘장 안에서 편안한 잠 자는 사람들은 몇이나 될까.

憐薄衣囚(연박의수)
不再經年尙賴官,　　單衫風透却嫌寬.
斯民難免生無祿,　　君子休言死亦冠.

天若知情終歲煖,　　雪何爲忍復春寒.
通宵嗷嗷爭侵耳,　　錦帳幾人穩睡安.

* 賴官(뢰관): 관청에 의뢰하다. 官에서 나누어준 물건임을 나타냄.
　休言(휴언): 말하지 말라. 休: ~하지 말라.
　死亦冠(사역관): 죽어도 역시 관(冠: 모자)을 써야 한다. 冠을 목숨보
　　다 소중하게 여기는 당시 양반계층 사람들의 고루한 태도를 비웃

는 말이다. 우남 이승만은 배재학당 재학 중에 이미 상투를 잘라서 머리에 관을 쓸 일이 없어졌다.

嗷嗷(오오): 아아, 하며 슬피 우는 소리.

2-114. 안빈(安貧)

동쪽 성곽 아래에 몇 이랑의 자갈밭 있어
꽃 씨 심어놓고 봄바람 불어오길 기다린다.
산봉우리에 있는 저 흰 구름 친구에게 보내주면
두루미 혼자 문 앞에서 동자 대신 맞이하겠지.

농사지어 밥 먹으니 오히려 달아 나라님의 은덕 잊고
앉아서 어부지리 취하는 부끄러운 일은 하지 않는다.
거문고 타고 책 읽는 가운데 즐거움이 있으니
산중에 사는 이 즐거움을 어찌 높은 벼슬과 바꾸랴.

安貧(안빈)
數畝石田負郭東,　　種花留待自春風.
白雲在嶺堪貽友,　　孤鶴應門可替童.

耕食猶甘忘帝力,　　坐收不取愧漁功.
琴書左右其中樂,　　肯把林泉要換公.

* 負郭田(부곽전): 성을 등지고 있는 밭. 성 근처의 전지.
　堪貽友(감이우): 벗에게 줄 만하다(줄 수 있다).
　應門(응문): 문 앞에서 손님을 응대하다.
　忘帝力(망제력): 임금의 공로를 잊다. (*2-91. 노래에 화답함(和韻口

呼)의 주 "康衢煙月(강구연월)" 설명 참조).

愧漁功(괴어공): 漁父之利(어부지리) 취하는 일을 부끄러워하다. 공짜
　　를 취하지 않는다. *漁父之利 참조.

林泉(임천): 수목이 울창하고 샘물이 흐르는 산중. 세상을 버리고 은둔
　　하기에 알맞은 곳.

公(공): 높은 벼슬자리. 고위 공직. 정승 자리.

* 漁父之利(어부지리). 漁人得利(어인득리)
다른 사람들이 싸우는 중간에서 이익을 쉽게 취하는 것.

〈전국책(戰國策). 연책(燕策) 二〉에 "오늘 오면서 역수(易水)를 지
나는데, 씹조개(蚌: 방)가 마침 주둥이를 벌리고 햇볕을 쬐고 있었
는데 도요새(鷸: 휼)란 놈이 부리로 그 씹조개의 살을 쪼았습니다.
그러자 씹조개는 그 벌렸던 주둥이를 닫아버렸습니다. 그러자 도요
새가 말했습니다. '오늘도 비가 안 오고 내일도 비가 안 오면 너는
죽은 몸이야.' 씹조개도 도요새에게 말했습니다. '오늘도 부리를 못
빼고 내일도 못 빼면 도요새 너도 죽은 몸이야.' 둘은 서로 놓아주
려고 하지 않았는데, 어부가 그것을 보고 둘을 다 같이 잡아갔습니
다." 후에 와서 양쪽이 서로 싸우다가 도리어 제3자가 가만히 앉았
다가 그 이익을 취하게 하는 것을 "漁人得利(어인득리)" 또는 "漁
父之利(어부지리)"라 하게 되었다.

　우남은 본 시에서 漁人得利 또는 漁父之利를 두고 "坐收取漁功
(좌수취어공)"(→ 앉아서 어부가 취한 것과 같은 공을 취하다.)라고
표현하였다.

　또한 이 고사를 조개와 도요새의 싸움의 관점에서, 둘이 싸우다
가 남 좋은 일시키고 만다는 뜻에서 "鷸蚌相爭(휼방상쟁)"이란 故
事成語가 생겼다.

2-115. 화로(爐)

기운을 축적하면 한겨울과 싸우고도 살아남을 수 있지만
옥 같던 모양이 손처럼 쭈글쭈글해질까 두렵다.
따뜻한 봄이 되니 나를 대하는 정이 왜 이리도 야박하냐
섣달 말까지 그대를 위해 게으름 피우지 않았는데.

향기가 근심걱정을 불살라서 뱃속에 가득 재만 남고
전신이 모두 불이어서 눈은 그 흔적조차 사라진다.
차가운 얼음바다에서는 매소환(梅蘇丸)을 만들고
훈훈하고 향내 나는 방안은 수놓은 비단으로 문을 봉한다.

爐(로)

蓄氣乎生敵大冬,　　恐敎玉貌咸手茸.
煖春待我情何薄,　　窮臘爲君性不慵.

滿腹皆灰香燒慮,　　全身都火雪消蹤.
氷床有賴梅蘇骨,　　一室薰芳繡戶封.

* 茸(용): 녹용. 가늘고 부드럽다. 여기서 〈手茸〉의 뜻은 무슨 뜻인지
  불명하다.
  慵(용): 게으르다. 나태하다.
  氷床(빙상): 冰牀. 차가운 침상. 눈이 처음 내릴 때 땅 위에 얼어붙은

얼음. 그 위에 눈이 쌓이므로 이렇게 부른다.

梅蘇(매소): ①宋나라 때의 시인 소순흠(蘇舜欽)과 매소신(梅堯臣).
　②매실 열매를 주요 원료로 만들어진 식료. 매실은 살구 종류여서
　그 열매는 붉고 신다. 그래서 생으로 먹을 수는 없으므로 쪄서 햇
　볕에 급히 말리는데 이를 蘇(소)라고 하며 국에 넣어서 먹는다.

梅蘇骨: 매소환(梅蘇丸). 매실 열매의 살을 다른 식재료와 섞어서 만
　든 식품.

繡戶封(수호봉): 以繡封戶. 수놓은 비단으로 문을 봉하다.　繡(수): 비
　단. 자수.

2-116. 고향 생각에 꾼 꿈(思鄕夢)

나막신 벗어 들고 배 타고 봄 강을 건너
집에 돌아가 겨울에 핀 매화 보러 창가로 갔다.
벗 생각에 술독 마주하고는 한 사람 없음을 한탄하는데
수척해진 아내가 혼자 드러누워 눈물을 줄줄 흘린다.

잠깐 만났다가 언뜻 헤어지니 눈에 정이 남아서
말을 하려다가 잠에서 깨어 섭섭하기 그지 없다.
가벼운 혼이 어떻게 구정(九鼎)처럼 무거울 수 있을까,
고향 동산에 들어서자마자 무거워서 들고 있을 수 없었다.

思鄕夢(사향몽)

不勞筇屐渡春江,　　歸訪寒梅到綺窓.
思友對樽歎少一,　　瘦妻孤枕淚垂雙.

乍逢旋別情留目,　　欲語還醒恨滿腔.
焉得輕魂如九鼎,　　鄕園纔入重難扛.

* 筇屐(공극): 대나무로 만든 나막신.
綺窓(기창): 화려한 창.
歎少一(탄소일): 한 사람(여기서는 시인 자신)이 없음을 탄식하다.
雙淚(쌍루): 두 눈에서 줄줄 흐르는 눈물.

乍逢旋別(사봉선별): 언뜻 만났다가 곧바로 헤어지다.

滿腔(만강): 가슴과 온 몸에 꽉 차 있음. 온몸.

九鼎(구정): 禹王 때 주조한 솥. 발이 아홉 개로 夏·殷·周 삼대에 서
　　로 전해진 보배로서 천자의 권력을 상징하였다. 가장 무겁고 중대
　　한 것을 일컫는다.

扛(강): 마주 들다.

2-117. 술 생각(憶酒)

옛날에는 남은 돈 헤아려 한 해의 지출을 계획했는데
외상으로 장차 무엇을 사서 나의 슬픔 위로하나.
샘물 마셔서 갈증 멈추면 늘 하는 근심이야 옅어지겠지만
술에 빠져 얼근하게 취하려면 위험을 겁내지 않아야 한다.

처벌은 금곡치(金谷觶) 방식인 벌주 세 잔으로 하고
공적의 기록은 현산(峴山)에 있는 양호(羊祜)의 공로비와 같게 하자.
평생 동안 몰래 마시는 것도 괴이할 것 정말 없으나
그리움이 간절할 때의 인정 표현은 시속에 따라 다르다.

憶酒(억주)
舊杖餘錢閱歲支,　　賖將何物慰吾悲.
吸泉止渴恒愁淡,　　入海求酤不怕危.

處罰願當金谷觶,　　記功試見峴山碑.
畢生竊飮眞無怪,　　思切人情與俗移.

* 杖(장): 지팡이. 의지하다. 잡다.
歲支(세지): 해마다의 지출.
賖(사): 외상.
金谷觶(금곡치): 금곡의 술잔(觶). = 금곡주수(金谷酒數). 〈금곡(金

谷〉은 서진(西晉)의 대신 석숭(石崇)이 낙양의 서북에 있는 금곡의 산골에 조성한 유명한 별장 금곡원(金谷園)을 가리킨다. 그가 쓴 〈금곡시서(金谷詩序)〉에서: "遂各賦詩, 以敍中懷, 或不能者, 罰酒三斗."(그리고 나서 각자 시를 지어 회포를 읊었는데, 혹시 시를 지을 줄 모르는 사람은 벌로 술 세 되를 마셨다.)라고 하였다. 후에 와서 "금곡주수(金谷酒數)"라는 말로써 연회에서 罰酒 세 잔을 마시도록 하는 것을 가리키게 되었다.

峴山碑(현산비): 현산은 호북성 양양현(襄陽縣)에 있는 산 이름인데, 〈진서(晋書) 양호전(羊祜傳)〉에는 "양호는 산수와 풍경을 좋아하여 현산에 와서는 술상을 차려놓고 시를 읊었는데, 하루 종일 그렇게 하면서도 싫증을 내지 않았다."고 하였다. 양호가 양양(襄陽) 태수로 있으면서 정치적 업적이 많았으므로, 후에 사람들은 그가 늘 현산에 가서 놀았다고 해서 그를 기념하는 비를 현산에 세우고 그곳에 사당을 지어 세시(歲時)에는 제사를 지냈는데, 이를 현산비(峴山碑)라고 한다. 그 비를 바라보는 사람으로 눈물을 흘리지 않는 사람이 없었으므로 이를 "타루비(墮淚碑)"라고도 부른다.

俗移(속이): 시속에 따라 다르다(달라진다).

2-118. 추위에 감기 걸리다(寒餘得病)

병을 무릅쓰고 억지로 시 읊는 게 멋 아닌 줄 깨닫고
무료할 때에는 베개를 베고 누워만 있다.
얼굴에 홍조가 오르면 마치 술에 취한 것 같이 되고
등에 식은땀이 나면 옷이 젖고 서늘해진다.

수감된 죄수라서 돈이 없어 약도 못 구하고
고향 친구들 생각은 간절해도 편지는 받아보기 어렵다.
인심은 박정한데 밤에 눈까지 내리니 매화가 더욱 야위고
바라는 건 오직 따뜻한 봄이 하루빨리 돌아오는 것.

寒餘得病(한여득병)
扶病强吟覺趣微,　　無聊只與枕相依.
面潮自上薰成酒,　　背汗虛生冷濕衣.

囚客資貧供藥少,　　鄕朋思切見書稀.
薄情夜雪添梅瘦,　　惟願陽春早早歸.

2-119. 병들어 죽은 죄수를 가여워하며(憐靑衣病斃)

은혜의 물결도 말라 죽은 물고기에겐 미치지 못해
돌아가 누워 있는 게 감옥에 있는 것보다 편안하리.
죽어서 황천 가면 친구 쉽게 만날 터이니
친척 친구 만날 수 있다면 이승이나 저승이나.

죽은 후 옛 이름은 법적 문서에만 남아 있고
수중의 유물이라곤 집에서 온 편지뿐이네.
나라에 경사 있어 금년에는 특사가 많았으나
아, 그대는 끝내 형기도 못 다 마치고 갔구나.

憐靑衣病斃(련청의병폐)
恩波獨不及枯魚,　　歸臥也安勝獄居.
死必泉臺逢友易,　　生猶冥府見親疎.

身後舊名留法案,　　手中遺物有家書.
邦慶今年多赦典,　　嗟君終錮罪還餘.

* 靑衣(청의): 죄수복. 죄수.
　枯魚(고어): 건어(乾魚). 〈장자(莊子)〉(外物篇)에 "早索我於枯魚之
　　　肆…."(일찌감치 나를 건어물 가게에서 찾아보게.)라 하였다.
　泉臺(천대): 무덤(墓穴). 분묘.　錮罪(고죄): 감옥에 갇히는 죄.

2-120. 나룻배사공(業渡)

그의 뜻은 생각지 못한 갑작스러운 재난에 대비하려는 것
불가(佛家)의 자항(慈航)의 도(道)와 서로 부합된다.
푸른 물결 위에서 길을 가는 것이니 한가한 직업이지만
하나의 조각배로 사람들을 건네주려는 깊은 뜻이 있다.

북쪽 하늘의 태을성(太一星)을 동무 삼아 세월을 보내는데
황제(黃帝) 헌원(軒轅)이 세상 사람들을 위해 고안해낸 것이다.
나루터 손님 떨어지면 황혼에 떠나가는데
십리 맑은 강 위에 일엽편주 외로이 떠 간다.

業渡(업도)

意在急難備不虞,　　釋家慈航道相符.
蒼波得路成閒業,　　片葉濟人有遠圖.

太乙爲儔浮歲月,　　軒轅慮世作規模.
渡頭客盡乘昏去,　　九里淸江一葉孤.

* 業渡(업도): 나룻배 사공. 나루 건네주는 일을 직업으로 하는 것.
　　渡(도): 건너다. 건네다. 나루. 渡頭(도두): 나루. 진두(津頭).
急難(급난): 갑자기 일어난 재난. 절박한 어려움.
釋家(석가): 불가(佛家).

不虞(불우): 미처 생각하지 못한 또는 뜻밖에 생기는 일.

慈航(자항): 자비항(慈悲航). 불가의 용어로서 부처가 대자대비로써 중생을 구제하는 것이 마치 고해의 바다를 건너는 배의 항해와 같으므로 이를 자항(慈航)이라 한 것이다.

閒業(한업): 한가한 직업(일).

太乙(태을): 북쪽 하늘에 있으며 병란, 재화, 생사 따위를 맡아 다스린다는 신령한 별. 태일성.

儔(주): 무리.

軒轅(헌원): 전설상의 중국 고대 제왕 황제(黃帝)의 이름. 후세에 와서 중국인들은 그를 중화 민족의 시조로 숭배한다.

規模(규모): 모범. 규범. 사물의 구조나 모양의 크기와 범위,

2-121. 병원에 있다가 벽을 뚫고 도망친 죄수 7인
(病院罪囚穿壁逃脫者七人)

담장이 산처럼 높아도 믿고 기댈 바 못 되니
마음 합치면 아홉 길의 높은 담장도 나지막해 보여.
변경 요새에서 노인은 말을 잃고도 한탄하지 않았고
관문 안에서 닭이 울자 맹상군은 오히려 기뻐했다.

수많은 산골짝에 감춰진 토끼 굴 찾으려 하지 말고
울창한 숲에 깃들어 있는 새들을 찾으려 하지 마라.
소 잃고 외양간 고치는 건 가소로우니 때가 너무 늦어
도망간 양들은 이미 사방으로 다 흩어졌다.

病院罪囚穿壁逃脫者七人(병원죄수천벽도탈자칠인)
墻高難恃如山齊,　　心合還看九仞低.
塞上休歎翁失馬,　　關中猶喜客鳴鷄.

無尋萬壑藏兎窟,　　不辨千林宿鳥棲.
可笑補牢時太晚,　　亡羊已盡散東西.

* 塞上翁失馬(새상옹실마): 새옹지마(塞翁之馬). 새옹실마(塞翁失
馬)북방 변경에 사는 한 노인이 말을 잃어버렸으나 그는 그 일을

불행한 일로 생각하지 않았는데, 과연 후에 그 말은 다른 많은 암말들을 거느리고 돌아와서 도리어 큰 행운이 되었다는 고사에서 나온 말. 인생에서 한때의 화(禍)가 장래에는 복(福)을 가져오기도 한다는 말.

關中客鳴鷄(관중객명계): 〈사기〉〈맹상군열전〉: "제(齊)나라 재상 맹상군이 진(秦)에 갔다가 함정에 빠진 것을 눈치 채고 밤중에 도망하여 귀국하려고 하는데 요새의 관문이 열리지 않았다. 그때 맹상군의 수행원들 중에 닭 울음소리를 잘 내는 자가 있어서 그가 닭 우는 소리를 내자 관문 주위의 모든 닭들이 따라 울었다. 그러자 관문을 지키는 자가 관문을 열 시간이 된 줄로 착각하고 관문을 열어 주어 도망쳐 나올 수 있었다."

亡羊補牢(망양보뢰): 잘못을 범한 후 즉시 그 잘못을 고치는 것을 말한다. 소를 잃어버리고 나서 외양간을 고치다. (*출처: 〈전국책(戰國策), 초책(楚策) 四〉: "臣聞鄙語曰: '見兎而顧犬, 未爲晚也; 亡羊而補牢, 未爲遲也.'" ("신이 듣기로 속담에서는: '토끼를 보고 나서 사냥개를 돌아보는 것도 늦은 것은 아니고, 양을 잃고 우리를 고치는 것도 늦은 것은 아니다' 라고 했습니다.")

2-122. 정백남의 시에 화답함(和鄭白南韻)

우서(右署) 왕희지(王羲之)의 명성은 수없이 들었는데
그는 오랜 친구보다 초면 친구를 더 반겼다지.
인생이란 밤길을 가는 것처럼 초매(草昧) 아닌 것 없고
세상은 새벽에 일어나니 날이 막 밝아옴과 같다.

젊었을 때엔 화려한 도회에서 놀 시간이 없었지만
서울을 좋아해서 객지 생활을 오래 한 건 아니었다.
물어보자, 고향의 매화는 몇 송이나 피었는가
객사에는 추위가 물러갔으나 들판에는 아직도 눈이 남아 있다.

和鄭白南韻(화정백남운)
蘭亭右署飽名聲,　　新面猶欣勝舊情.
人似夜行皆草昧,　　世如晨起僅黎明.

少年不暇游金市,　　久客非緣樂錦城.
借問鄉梅花幾朶,　　羈窓寒盡雪殘坪.

* 蘭亭(난정): 晋나라의 명필 왕희지(王羲之; 字는 逸少)가 당시의 저
　　명인사 41명이 난정(蘭亭)에 모여서 곡수(曲水)에 잔을 띄워 가며
　　계모임 연회(禊宴)를 축하하는 시를 지어 읊었는데, 그 시를 모은
　　시첩이 〈난정기(蘭亭記)〉인데, 그는 거기에 서문을 썼다. 난정은

절강성 소흥현(蘇興縣) 서남쪽에 있다.

右署(우서): 고급관직. 上司.

草昧(초매): 천지가 처음 열리던 거칠고 어두운 세상. 거칠고 어두워서
사물이 잘 정돈되지 아니한 혼란스런 상태나 세상.

金市(금시): 고대의 큰 도시 내에서 金銀 점포가 집중되어 있는 시가.
번화한 시가. 진(晋) 육기(陸機)의 〈낙양기(洛陽記)〉에서, "洛陽
凡三市, 大市名曰金市." (낙양에는 세 개의 저자가 있는데 큰 저
자를 금시(金市)라고 한다.)라고 하였다.

錦城(금성): 금관성(錦官城), 금관(錦官)이라고도 한다. 중국 사천성
성도(成都) 남쪽에 있었던 옛 지명. 성도는 옛날 큰 성과 작은 성
으로 이루어져 있었는데, 작은 성은 비단을 짜는 일(織錦)을 관장
하는 관서들이 있었으므로 금관성(錦官城)이라 불렸다. 후에 와
서 성도의 별칭이 되었는데, 금성(錦城), 금관(錦官)이라 불리기
도 했다. 당나라 이태백은 그의 〈촉도난(蜀道難)〉이란 시에서 "錦
城雖云樂, 不如早還家." (비록 금성 생활 즐겁다고 하지만 어서
빨리 집에 돌아가는 것만 못하다.)고 노래하였다.

羈窓(기창): 여관(旅館). 여인숙(旅居). 기거(羈居).

2-123. 또 정백남의 운을 빌려 시를 짓다(又次鄭白南韻)

붉은 죄수복을 비단옷과 바꾸지 않고
책을 끼고 노느라 오랫동안 돌아가기를 잊고 있다.
나그네의 마음은 세월 지나면서 구름과 함께 늘어져 있는데
병든 몸이 봄물을 만나니 같이 살이 오른다.

내가 고생하는 걸 보고 취미생활 하는 것 같다며 좋아하기에
자네는 미세하지만 스스로 빛이 난다며 내가 웃어 주었다.
버드나무와 꽃을 찾으니 옛날 꿈 아직 남아 있고
삼년간 감옥살이 하는 동안 내게 꽃향기를 보내 주었다.

又次鄭白南韻(우차정백남운)
不把赭衣換錦衣,　　笈書爲娛久忘歸.
旅魂經歲雲俱倦,　　病骨逢春水共肥.

憐我辛酸猶趣味,　　笑他微細自光輝.
問柳尋花餘舊夢,　　三年牢獄送芳菲.

* 赭衣(자의): 죄수가 입는 붉은 옷. 그 옷을 입은 죄수.
　旅魂(여혼): 여사(旅思). 객정(客情). 여행 중의 심정.
　芳菲(방비): 꽃향기. 향기가 나는 꽃.　芳: 향기. 菲: 향초.

2-124. 근심(愁)

얻고 잃음이 들쑥날쑥 뜻대로 되지 않아
남과 더불어 뒹굴듯이 하니 스스로 높고 낮음이 있네.
아침 창가에서 까치 소리 들으면 너무나 반갑지만
새벽에 잠을 자지 않고 누워 있으면 닭 우는 소리뿐.

인간만사 물과 구름 같아 사람들 쉽게 헤어지지만
백 년 동안 바람과 달은 나그네의 안식처.
나야 세상 살아가는 동안 항상 어린애 같기를 바라지만
푸른 대나무는 기분 따라 웃고 울게 내맡겨 둔다.

愁(수)
得失參差意不齊,　　與他飜浪自高低.
朝窓有喜驚聞鵲,　　曉枕無眠臥數鷄.

萬事水雲人易別,　　百年風月客爲棲.
願吾處世恒髫髮,　　葱竹隨情任笑啼.

* 參差(참치): 가지런하지 않은 모양. 흩어진 모양.
髫髮(초발): 어린아이의 뒤로 늘어뜨린 머리. 전하여 어린아이.
葱竹(총죽): 푸른 대나무. 葱(총): 파. 푸르다.
任(임): 내맡기다. 마음대로 하게 하다.

2-125. 이백허와 함께 정백남에게 주는 시
(與李白虛共贈鄭白南)

한밤중에 양기 생겨나니 땅 움직이는 소리 우레 같고
잠자던 많은 생물들 일어나려 하니 모든 개천에 물 흐른다.
강마을에선 눈이 녹자 새로 배 만들고
산간 주점에선 매화꽃 보고 옛날 쓰던 술잔 손질한다.

고목나무에선 오히려 새싹들이 파릇파릇 돋아나고
새들은 서로 즐거운 봄이 오는 걸 노래한다.
봄을 주관하는 봄님(東君)께서 인간의 한을 아신다면
하루 빨리 따뜻한 바람 후미진 곳까지 보내주시기를.

與李白虛共贈鄭白南(여이백허공증정백남)

子夜陽生動地雷,　　群生欲起百川開.
江村經雪治新舫,　　山店看梅理舊杯.

古木猶從合化育,　　啼禽交解喜春來.
東君若識人間恨,　　早送和風僻壤回.

* 子夜(자야): 한밤중.　僻壤(벽양): 궁벽한 곳. 감옥 안.
交解(교해): 번갈아가며(交) 할 수 있다(解). 解: 會. 能够.
東君(동군): 태양의 신. 봄을 주관하는 동쪽의 신.

2-126. 백남의 시에 다시 화답함(再和白南)

하늘의 해 못 보고 천둥소리 못 들어도
옛 친구 만나니 문득 모든 감각이 열린다.
거문고의 유수곡(流水曲)이 지기조(知己調)에 보태지면 기쁘지만
양관(陽關)에서 그대에게 술 권하는 이 없음이 유감이다.

옛날에 듣기로는 종각(宗慤)은 바람타고 갔다고 하던데
지금 보니 소동파(蘇東坡)가 달과 함께 오고 있네.
그물 안에는 기러기 걸려 있고 새장 안에는 새가 들어 있는데
왜 양쪽으로 각각 나누어 돌려보내지 않는가.

再和白南(재화백남)
盲於天日聵於雷,　　仍得故人頓覺開.
流水欣添知己調,　　陽關恨少勸君盃.

昔聞宗慤乘風去,　　今見子瞻與月來.
網裏罹鴻籠裏鳥,　　如何分送兩邊回.

＊ 聵(외): 귀머거리.
流水(유수): 즉 高山流水. 옛 금곡(琴曲)의 이름으로, 금곡의 泛稱.
知己調(지기조): 自己를 알아주는 노래 가락. 〈열자(列子) 탕문(湯問)〉
　　　　에 "백아(伯牙)는 거문고를 잘 탔고 종자기(鍾子期)는 노래를 잘

들었다. 백아가 높은 산을 생각하면서 거문고를 타면, 종자기는 말했다. '좋구나, 태산처럼 높고 높구나!' 백아가 흐르는 물을 생각하며 거문고를 타면 종자기는 말했다. '좋구나, 양양하게 흘러가는 게 마치 큰 강과 같구나!' 하였다. 이 이야기에서 知音(지음), 知己(지기)라는 말의 뜻과, 高山流水(고산유수)라는 말이 유래되었는데, 流水(유수)는 곧 거문고의 악곡을 가리키게 되었다.

陽關(양관): 지금의 감숙성 돈황현 서남에 있는 관문 이름. 고대에 서역과 통하는 주요 관문이었다. 唐 왕유(王維)의 〈送元二使安西〉(송원이사안서)라는 詩에서 "勸君更盡一盃酒, 西出陽關無故人."(그대에게 권하노니 다시 술 한 잔 다 비우시게. 서쪽으로 양관을 나가면 다시는 아는 사람이 없네)라고 하였는데, 이 시에서 말한 것이 바로 이 양관(陽關)이다.

宗慤(종각): 종각(宗慤. 기원 ?~465년)의 誤字. 宋나라 남양인(南陽人)으로 종병(宗炳)의 조카. 어렸을 때 숙부 종병이 그의 뜻을 물으니 "장풍을 타고 만 리 물결을 헤치며 가고 싶다(願乘長風, 破萬里浪.)"라고 대답했다고 한다. 문제(文帝) 때 좌위장군(左衛將軍)에 봉해졌고 예주자사(豫州刺史)에 임명되었다. 그의 행적은 송서(宋書)와 남사(南史)에 기록되어 있다.

子瞻(자첨): 宋나라 소식(蘇軾: A.D.1036~1101년)의 字. 호는 동파(東坡). 여기서 말하는 "與月來"(달과 더불어 오다)는 그의 〈전적벽부(前赤壁賦)〉와 〈후적벽부(後赤壁賦)〉에서 읊고 있는 달(月)을 말한 것이다.

2-127. 친구의 격벽 수감을 한탄하며(歎良友隔壁分處)

벽을 사이에 두고 나누는 이야기 틀리기 쉬워
소리만 들릴 뿐 사람 얼굴은 보지 못하기 때문이다.
벽 위 양쪽으로는 서로의 상황을 알려주고
벌어진 작은 틈새로는 서로의 마음을 보내준다.

조롱 속의 새들은 날개 맞대고 있는 걸 좋아하지만
벌통 속의 벌들은 각 방에 있는 걸 유감으로 여긴다.
어떻게 하면 그대와 같은 자리에서 기쁘게
이런 일 저런 일 도란도란 얘기해 볼 수 있을까.

　　歎良友隔壁分處(탄양우격벽분처)
　　隔窓相語語難眞,　　只聽響音不見人.
　　壁上兩邊輸眺望,　　隙間一眼送精神.

　　縱憐籠鳥同連翮,　　深恨窩蜂各處身.
　　焉得與君歡共榻,　　秦山楚水說津津.

* 輸眺望(수조망): 조망을 보내어 알리다. 輸: 보내주다. 알리다.
　秦山楚水(진산초수): 秦은 산악지대에 있어 山이 많고, 楚는 長江 이
　　남에 있어 물이 많다. "秦山楚水(진산초수)"는 서로 멀리 떨어져
　　있던 사람들이 만나 각자의 경험을 얘기하는 것을 말한다.

2-128. 일찍이 유람하지 못한 것을 한탄함(歎早不遊覽)

십년간 노을 지는 옛 골짜기에서 문 닫아 놓고 지냈는데
개미탑과 개구리 우물 같은 곳이 내 집이라네.
장관이라곤 단지 큰 바다 위의 달 얘기만 들었을 뿐
떠돌아다니다 길 잘못 들어 더러운 진흙 속에서 살고 있다.

책에서 읽어본 천년의 역사는 기억에 뚜렷하지만
만국 지도에 대한 기억은 많이 헷갈린다.
어머님은 연로하시어 이미 백발이신데
물가 모래밭의 백로마냥 처음 맹세 어찌 저버리겠나.

　　歎早不遊覽(탄조불유람)
　　　十載掩門古洞霞,　　蟻屯蛙井是吾家.
　　　壯觀只聞溟海月,　　浪遊娛作溷泥花.

　　　書閱千秋雖的歷,　　輿覽萬國是橫斜.
　　　北堂鶴髮年垂暮,　　忍負初盟鷺渚沙.

　　* 霞洞(하동): 신선이 사는 곳. =洞天(동천): 신선이 사는 곳. 여기서
　　　　는 우남이 어릴 때 살았던 남산 아래의 桃洞을 가리킨다.
　　溟海月(명해월): 큰 바다에 뜨고 지는 달.
　　溷泥花(혼니화): 더러운 진흙 속에서 보내다. 花: 보내다. 소모하다. 여

기서는 감옥을 말한 것이다.

的歷(적력): 선명한 모양. 고운 모양.

輿覽(여람): 輿地勝覽(여지승람). 萬國之輿地勝覽(만국지여지승람).
만국의 지도를 살펴보다.

橫斜(횡사): 기울다. 비스듬하다. 반듯하지(뚜렷하지) 않다.

北堂(북당): 어머니가 거처하는 방이란 뜻에서 〈어머니〉를 이름. 자당
(慈堂).

鶴髮(학발): 학의 머리처럼 하얀 머리털. 노인의 백발.

初盟(초맹): 부모님께 효도하겠다는 마음.

渚沙(저사): 물가의 모래.

2-129. 시에 화답함(和韻)

그대는 형가(荊軻)를 노래하고 나는 동쪽 나라를 읊으면
강개(慷慨)함과 소조(蕭條)함이 한 자리에 같이 있는 셈이지.
오래된 벽에 매화 그려 붙이면 봄 눈이 희고
외로운 성에서 칼 어루만지고 있을 때 저녁 해는 붉었다.

하늘을 보면 기(杞) 나라 걱정하는 눈이 보이고
달을 회상하면 무심히 계수나무 궁전을 꿈꾸게 된다.
바람 조각과 실 같은 비는 한이 많아서
백 년 동안 갈림길에 서서 지나가기 어렵다네.

和韻(화운)

君歌薊北我詩東,　　慷慨蕭條一榻同.
古壁題梅春雪白,　　孤城撫劍夕陽紅.

看天有眼憂杞國,　　憶月無心夢桂宮.
風片雨絲多少恨,　　百年岐路去難通.

---

* 薊北(계북): 薊는 周 무왕(武王)이 堯의 후손을 이곳에 봉한 땅인
데, 전국시대 때 燕이 薊를 겸병하여 도읍으로 삼았다. 지금의 북
경시 서남쪽에 해당한다. 전국시대 말기에 燕의 태자 丹이 진시황
에게 복수하기 위하여 자객 형가(荊軻)를 설득하여 秦나라로 보

내기 전에 역수(易水)에 이르러 고점리(高漸離)는 축(筑)을 치고 형가는 그에 화답하여 노래를 불렀는데, 그 노래를 듣고 모두들 눈물을 흘렸다. 그때 부른 노래의 가사가 "風蕭蕭兮, 易水寒, 壯士一去兮, 不復還." (바람이 소소함이여 역수 물이 차구나. 장사가 한 번 떠나감이여, 다시 돌아오지 못한다네.)이다. 여기서 계북(薊北)은 바로 형가가 燕의 역수(易水)를 떠날 때의 일을 말한 것이다.(司馬遷, 〈史記〉, 刺客列傳, 荊軻篇 참조).

慷慨(강개): 의기가 북받치어 슬퍼하고 한탄함.

蕭條(소조): 분위기가 매우 호젓하고 쓸쓸함.

題(제): 적다. 글. 표제.

憂杞國(우기국): 기국을 걱정한다. 기우(杞憂).

桂宮(계궁): 신화에는 달 안에 계수나무가 있다고 하는데, 이 때문에 桂宮은 달(月)의 代稱으로 사용된다.

岐路(기로): 갈림길. 이리 갈까 저리 갈까 망설이게 되는 지점이다.

難通(난통): 통과하기 어렵다(어려워하다). 難: 어렵다(어려워하다).(동사 용법)

2-130. 석불(石佛)

서역(西域)에서 어느 해에 해동으로 건너왔는가.
다른 나라의 산들은 지금도 옛날 모습 그대로인가.
스님 오실 때엔 소나무에 걸린 달이 은은히 밝았으나
찾는 이 없는 바위에는 붉은 꽃들만 쓸쓸히 피어 있다.

세속과는 달리 법당엔 먼지만 가득 쌓여 있고
세월이 흐르자 선궁(禪宮)도 비바람에 다 무너졌다.
향불도 등불도 꺼지고 종소리도 끊어지니
만겁의 세월과 천년의 인연이 이 한 밤에 다 녹아 있다.

石佛(석불)

西域何年渡海東,　　他山舊面至今同.
僧來松月依依白,　　客去岩花寂寂紅.

俗異塵埃堆法殿,　　時移風雨打禪宮.
香殘燈滅疎鐘落,　　萬劫千緣一夜通.

* 西域(서역): 옥관문(玉關門) 서쪽. 소아시아, 중앙아시아 및 인도 지
　　방의 여러 나라. 여기서는 인도를 말한다.　　法殿(법전): 법당.
　　依依(의의): 隱約(은약: 은은하다. 어슴푸레하다. 희미하다).
　　寂寂(적적): 조용하고 쓸쓸하다.　禪宮(선궁): 선원. 참선하는 절.

2-131. 화답의 시를 기다렸으나 오지 않아
(待和韻不到)

오늘 밤엔 밝게 빛나던 태백성 보이지 않고
창 아래로 새벽달 떨어지자 북소리 다섯 번 울렸다.
문단(文壇)에선 날마다 심금 울리는 시문을 발표한다던데
곤한 봄철 맞아 지필묵(紙筆墨)들은 누워서 쉬고 있구나.

남녘의 새들은 굳게 닫힌 관문 안에서 꿈만 꾸고 있고
북녘의 기러기 소식 전해 오지 않아도 시간은 잘도 간다.
비록 나의 외로운 군사는 적수가 아니라 하더라도
무슨 연유로 오언성(五言城)의 성문을 일찍 닫아버렸는가.

待和韻不到(대화운부도)
今宵欠看耀長庚,　　殘月下窓五鼓鳴.
排日騷壇聞泣鬼,　　困春墨壘臥休兵.

南禽夢苦關重掩,　　北鴈聲遲漏易傾.
縱我孤軍非敵手,　　緣何早閉五言城.

* 長庚(장경): 장경성. 저녁에 서쪽 하늘에 보이는 큰 별인데 태백성이
　　라고도 한다. 문장을 주관하는 별로 알려져 있는데, 이태백의 모
　　친이 꿈에 장경성을 삼키고 태백을 낳았다고 한다.
殘月(잔월): 날이 밝을 때까지 남아있는 달. 새벽달.

五鼓鳴(오고명): 북이 다섯 번 울리다. 북이 五更을 알리다.

排日(배일): 매일. 날마다.

騷壇(소단): 시단(詩壇). 문단(文壇).

泣鬼(읍귀): 泣鬼神. 시문(詩文)이 사람을 감동시키는 것을 과장해서
한 말이다. 唐의 두보(杜甫)가 그의 〈寄李十二白二十韻〉이란 詩
에서 "筆落驚風雨, 詩成泣鬼神." (붓을 놓자 비바람이 놀라고,
시가 이루어지자 귀신이 운다.)고 하였다. 그리고 〈당시기사십팔
(唐詩紀事十八)〉에서는 하지장(賀知章)이 李白의 시를 보고 말
하기를 "此詩可以泣鬼神矣!" (이 시는 귀신을 울릴 수 있다)고 했
다고 한다.

墨壘(묵루): 묵으로 쌓아놓은 보루. 여기서는 詩文을 짓기 위한 필기도
구들, 즉 지필묵(紙筆墨)을 가리킨다.

夢苦(몽고): 깊은 꿈을 꾸다.

北雁(북안): 북쪽의 기러기. 기러기는 매년 秋分이 지난 후 남방으로
날아가고 다음 해 春分이 지난 후 북쪽으로 돌아간다. 〈예기. 월
령(禮記. 月令)〉에서 맹춘지월(孟春之月)은 "東風解凍,… 鴻雁
來." (동풍이 얼음을 녹이면 큰 기러기 날아온다)라고 하였고, 注
에서는 "雁自南方來, 將北反其居." (기러기는 남방에서 날아와
북쪽 그들의 거소로 돌아간다)라고 하였다.

五言城(오언성): 오언장성(五言長城). 오언시(五言詩)를 잘 짓는 사람
을 칭찬하여 이르는 말. 唐나라 때 유장경(劉長卿)이 오언시(五言
詩)를 잘 지었는데 스스로 〈오언장성〉이라 자처하였다. 여기서는
오언시를 잘 짓는 귀하가 왜 오언시를 지어서 보내주지 않는가 하
는 뜻이다.

*五言詩(오언시): 매 句가 다섯 字로 이루어진 詩로, 오언고시(五言古
詩), 오언절구(五言絶句), 오언율시(五言律詩), 오언배율(五言排
律)을 포괄한다.

2-132. 꿈을 이루지 못해(夢不成)

꿈속에서도 옛 고향에 가지 못하고
새벽에 홀로 층집에 앉아 닭 우는 소리 듣는다.
이 밤에는 유령(劉伶)에게 술 취하는 법 물어보고 싶은데
일찍이 굴원(屈原)한테 혼자 깨어 있는 법 배운 게 후회된다.

몸 뒤집기를 자주 하니 이불 속에서 바람 일어나고
오래 누워 있으니 창틈으로 별이 새어 들어온다.
순라 도는 병사 있어 나와 같이 고생을 하는데
눈 속에서 차가운 나막신 신고 텅 빈 뜰을 걷고 있다.

　夢不成(몽불성)
　夢魂不到舊山靑,　　曉閣鷄聲獨坐聽.
　此夜願問劉子醉,　　初年悔學屈君醒.

　轉頻衾裡生虛籟,　　臥久窓間入漏星.
　惟有巡兵同我苦,　　雪中寒屐步空庭.

　＊ 劉子醉(유자취): 劉子는 유령(劉伶)으로 죽림칠현(竹林七賢) 가운데
　　한 사람이다. 〈진서(晋書)〉 〈유령전(劉伶傳)〉에 의하면, 그는 언
　　제나 사슴이 끄는 수레를 타고 술 한 병을 휴대하고 하인에게 삽
　　을 메고 뒤따르게 하면서 "내가 죽거든 곧바로 나를 그 자리에 묻

어라"고 하였다. 후에 "유령주(劉伶酒)"란 말로써 술을 즐겨하여
어떤 것에도 얽매이지 않는 것을 가리키게 되었다. 그는 〈주덕송
(酒德頌)〉을 지었다.

屈君醒(굴군성): 굴군(屈君)은 굴원(屈原). 그가 지은 어부사(漁父詞)
에서 "衆人皆醉, 我獨醒"(모든 사람들은 다 취해 있으나, 나만
혼자 깨어 있다)라고 한 것을 가리켜 말한 것이다.

虛籟(허뢰): 바람(風). 두보(杜甫)의 〈유용문봉선사(游龍門奉先寺)〉라
는 詩에서: "陰壑生虛籟, 月林散淸影."(음지쪽 계곡에서는 虛籟
(허뢰)가 생기고, 달 밝은 숲에서는 맑은 그림자 흩어진다)라고 하
였는데, 이에 대한 양륜(楊倫)의 箋注에서 "虛籟謂風也."(허뢰는
바람이다)라고 하였다. 그리고 唐나라의 당언겸(唐彦謙)의 〈영죽
(咏竹)〉이란 시에서 "月明午夜生虛籟, 誤聽風聲是雨聲."(달 밝
은 한밤중에 바람이 불었는데, 그 바람소리를 빗소리로 잘못 들었
다)라고 하였다.

2-133. 박쥐(蝙蝠)

밝은 것을 겁내는데 찌는 듯한 더위는 언제나 무서워하고
짐승에도 새에도 양쪽 다 안 속한다.
밝은 대낮에 종적을 감추는 것은 자기 모습 부끄러워서지만
황혼녘에 나와서 먹는 것은 누구 미움 받아서인가.

동물들 중에서 박쥐 종류는 다 수염이 없는데
달빛 아래서 보면 머리털 기른 중의 모습이다.
기어가고 하늘 높이 나는 것을 자유자재로 하고
높은 하늘과 넓은 땅을 제 맘대로 다닌다.

    蝙蝠(편복)

    畏明常畏日炎蒸,   寄獸寄禽兩未曾.
    白晝藏踪緣自愧,   黃昏肥己見誰憎.

    物中宗族無髥子,   月下形容有髮僧.
    匍匐翱翔隨意作,   長天大地計層層.

  * 寄獸寄禽(기수기금): 짐승에도 속하고 새 종류에도 속하다.
  翱翔(고상): 새가 하늘 높이 빙빙 날아다니다.

2-134. 감옥밥(官食)

나물국은 말갛기가 비 갠 뒤의 못 같은데
똑같이 나누어 서쪽 방 남쪽 방으로 보내준다.
소반 없이도 배불리 먹을 수 있으나 자리가 늘 젖고
반 사발로 굶은 배 채우려니 씀바귀도 오히려 달다.

간이 안 된 거친 밥을 씹으니 소금 생각 간절하고
골라낸 돌이 옥 같아서 남전(藍田)을 가는 일이 생각난다.
굶주려 얼굴이 자줏빛인 사람들이 제각기 하는 말이
추하든 거칠든 상관없이 하루 세 끼 먹는 게 소원이란다.

官食(관식)

蔬羹淸如霽雨潭,　　齊分雙送各西南.
非盤猶飽茵常濕,　　半椀當飢茶尙甘.

啖粗無鹽思煮海,　　採沙如玉憶耕藍,
滿顔朱色頭頭語,　　不計醜荒願日三.

* 蔬羹(소갱): 채소만 넣고 끓인 국. 즉 나물국.
　霽雨潭(제우담): 비 그친 후의 못물.
　煮海(자해): 바닷물을 구운 것, 즉 소금.
　採沙(채사): 모래를 캐다. 즉, 밥의 돌을 골라내다.

耕藍(경람): 남전(藍田)을 갈다. 남전은 섬서성에 있는 산 이름으로 좋
　　은 玉이 생산된다.
茱色(수색): 수유(茱萸)의 색. 붉은 자줏빛이 도는데 굶주린 사람의 얼
　　굴색도 이와 같다.
頭頭(두두): 각자. 제각기.

2-135. 시에 화답하다(和韻)

이 안에서 만나다니 이 무슨 기연인가
얼굴 보고 말할 수는 없어도 귀엣말은 할 수 있다.
설 지난 버들은 비와 이슬 맞아 새싹이 돋고
추위에 강한 소나무는 바람서리 탈 없이 견뎌낸다.

세상 만물 두 눈으로 다 보기는 원래 어려워
넓은 천지도 몸 하나 용납할 수 있을 뿐이다.
듣자니 고향의 동산에는 봄이 왔다고 하던데
아희더러 사립문을 늘 닫아놓지는 말라고 해라.

和韻(화운)

奇緣誰似此中逢,　　面語雖違耳語從.
雨露生心經臘柳,　　風霜無恙傲寒松.

色相原難雙眼盡,　　乾坤不過一身容.
聞道鄕園春事至,　　莫敎童子戶常封.

* 和韻(화운): 남이 지은 시의 운을 따라서 시를 지음. * "和韻之風,
　始于唐白樂天." (화운의 유행은 당나라 백낙천에서 시작되었다.)
　此中(차중): 이 안. 감옥 안.

2-136. 성냥(自起火)

화약 기술자가 초산을 쌓는 비밀을 개발했는데
번갯불과 천둥소리 둘 다 겸하였다.
불붙이기 어려운 부싯돌(鑽金)보다 더욱 빨리 불이 붙고
유황을 나무에 교묘히 저장해 놓은 것이어서 값도 싸다.

겨울 창이 스스로 일천 송이의 꽃을 피운 듯이 밝아지고
칠흑 같던 방이 한 줄기 달빛 비추듯 환해진다.
벽을 뚫거나 반딧불을 잡아서 책을 읽었던 것은 다 옛날 일
몇 푼의 돈이면 백 개비의 성냥을 살 수 있다.

自起火(자기화)
火人計秘儲硝鹽,　　閃電轟雷兩得兼.
鈍棄鑽金功較速,　　巧藏磺木價還廉.

冬窓自發花千點,　　漆室能成月一簾.
穿壁拾螢皆古事,　　數錢可買百枝纖.

* 儲硝鹽(저초염): 초염을 쌓다(저축하다). 종이 위에 쌓고 말리는 과정
  을 되풀이하여 만든다.
  轟雷(굉뢰): 쿵쾅 울리는 천둥소리.
  鑽金(찬금): 부싯돌.

藏磺木(장황목): 유황을 나무에 감추다.

花千點(화천점): 천 송이의 꽃.

穿壁(천벽): 한나라 사람 광형(匡衡)이 글 읽기를 좋아하였으나 집이
　　　　가난하여 밤이면 등불을 마련할 길이 없었다. 그리하여 벽을 뚫어
　　　　이웃집의 불빛을 끌어들여 글을 읽었다고 한다.(漢書. 匡衡傳).

拾螢(습형): 옛날 가난한 선비가 등불을 마련할 돈이 없어 반딧불을 잡
　　　　아 자루에 넣어놓고 그 빛에 비쳐가며 글을 읽었다는 고사가 있
　　　　다. 螢雪之功(형설지공)이란 말에서 螢(형)은 바로 이 반딧불을
　　　　가리킨다.

纖(섬): 籤(첨)과 통용됨. 개비(用竹木削成一頭尖銳的細小杆子).

2-137. 따뜻한 봄(春暖)

겹이불 치워도 춥지가 않으니
매화와 나는 봄 마음(春心)을 같이한다.
아침 햇살에 만물이 따뜻해져 닭울음소리까지 늘어지고
새들 우짖는 소리에 낮잠 자기가 어렵네.

아지랑이 공중에 아른거리고 산에는 풀이 막 돋아나고
못에는 고기들 노는데 숲에는 눈이 아직 남아 있다.
맹교의 시는 차고 가도의 시는 수척하나 소동파 따르긴 싫어
동풍에게 감사의 인사 전하려고 시 한 수 부친다.

春暖(춘난)

減却重衾冷不侵,　　梅花與我共春心.
朝陽薰物鷄聲倦,　　午睡惱人鳥語深.

野馬浮空山欲草,　　池魚弄水雪殘林.
寒郊瘦島從蘇病,　　爲謝東風寄一吟.

* 野馬(야마): 아지랑이. 〈장자. 소요유(莊子. 逍遙遊)〉에서 "野馬也,
　　塵埃也, 生物之以息相吹也…" 라고 하였다.
寒郊瘦島(한교수도): 郊와 島는 각각 당나라 시인 맹교(孟郊)와 가도
　　(賈島)를 말하는데, 두 사람은 문장으로 유명했다. 그런데 맹교의

시는 쌀쌀하고(寒) 가도의 시는 군더더기가 없어 말랐다(瘦)는 평을 받았다.

從蘇病(종소병): 蘇는 소식(蘇軾). 소동파는 그의 號. 소식의 시풍(詩風)을 따르기는 괴롭다(싫다).

2-138. 백허의 팔조의 시에 화답함(和白虛八條詩)

정치를 하려면 우선 외교를 잘해야 하고
일을 할 때에는 마땅히 전문가에게 물어야 한다.
나라 걱정에 있어선 세력이 고립되는 것을 경계해야 하며
국민들을 인도함에는 자유의 몸을 만들도록 힘써야 한다.

거짓을 없애고 뒤처지는 것을 겁내고 옛것에 얽매이지 말고
선(善)을 좇고 전진하기를 다투고 새것을 싫어하지 말아야 한다.
준재와 영재들을 교육하는 일이 지금으로선 가장 급하고
양병은 다만 국경에서 전쟁을 억지할 수 있을 정도면 된다.

　　和白虛八條詩(화백허팔조시)
　　圖治先在篤交隣,　　臨事當問達變人.
　　憂國戒存孤立勢,　　導民務作自由身.

　　去僞恐後無泥舊,　　從善爭前莫厭新.
　　敎育俊英今最急,　　養兵惟止壓邊塵.

　* 篤交隣(독교린): 이웃나라와의 외교 및 동맹관계를 돈독히 하다. 외
　　　교를 중시한 이승만의 정치철학은 이때 이미 정립되어 있었다.
　　達變人(달변인): 임기응변에 통달한 사람. 즉 전문가.
　　莫厭新(막염신): 새로운 것 받아들이기를 싫어하지 말라.

2-139. 7월 4일 밤 친구 김세진의 시에 화답함
(七月四日夜 和金友世鎭韻) (前警務官)

옷과 두건 벗어놓고 베개 베고 누웠으니
미풍이 얼굴을 스치고 이전에 꿨던 꿈 또 꾼다.
지루하고 긴 여름 사람들 모두 괴로워하는데
시 얘기와 고향 얘기를 반은 자면서 한다.

반생을 고해 속에서 살아 왔는데 끝이 안 보여
풍파를 겨우 지나왔나 싶으면 또다시 앞이 아득하다.
어떻게 하면 이 사람들 구제하여 피안(彼岸)에 올라
태평누각에서 다 같이 한가하게 잠을 잘 수 있을까

(1903년 지음)

七月四日夜 和金友世鎭韻(칠월사일야 화김우세진운)
褪却衣巾倒枕邊,　　微風拂面夢依然.
支離長夏人俱惱,　　詩話鄕愁半是眠.

半生苦海去無邊,　　纔渡風波又渺然.
焉得濟人登彼岸,　　太平樓閣共閒眠.
(1903年作)

* 依然(의연): 의연하다. 전과 다름이 없다. 여전히.
  渺然(묘연): 넓고 멀어서 아득하다.

2-140. 7월 24일 밤 느낀 바 있어 입으로 읊다
(七月二十四夜有感口呼)

지금의 절기는 분명히 오행에서 불(火)에 속하는데
몇 사람이나 적벽(赤壁)에서 장주(長洲)로 배를 띄워 보았을까
남가일몽에서는 모두가 다투듯 번화한 도시를 꿈꾸는데
기우(杞憂)를 하고 있는 나만 홀로 옥루(玉樓)를 꿈꾼다.

집 떠난 지 오랜 나그네 가을 되니 공연히 잠 못 이루는데
귀뚜라미 밤새도록 시끄럽게 우는 것은 무슨 근심 있어서인가.
지금 와서는 용 잡는 기술 배운 것을 후회하며
다음 달 이후에는 해외에 놀러가 볼까 한다.

　　七月二十四夜有感口呼(칠월이십사야유감구호)
　　節序居然屬火流,　　幾人赤壁泛長洲.
　　槐安皆夢爭金市,　　杞國孤懷望玉樓.

　　久客逢秋空不寐,　　亂蛩竟夜有何愁.
　　而今悔學屠龍技,　　明月後期海外遊.

　* 節序(절서): 절기의 차례.
　 居然(거연): 뜻밖에. 의외로. 확실히. 확연히.
　 赤壁(적벽): 호북성 무창현(武昌縣) 서쪽에 있는 산으로, 기원 208년
　　　　손권과 유비의 연합군이 화공(火攻)을 써서 조조의 군대를 대파

한 곳이다.

長洲(장주): 물속에 있는 기다란 육지. 도교에서는 대해 중에 신선이
　　산다는 열 곳의 명승지 중의 하나를 말한다.

槐安皆夢(괴안개몽): 괴안국(槐安國)에서 꾸는 모든 꿈. 괴안몽은 남
　　가몽(南柯夢)과 같은 말이다. 남가몽(南柯夢): 당나라 때 순우분
　　(淳于棼)이 자기 집 남쪽에 있는 늙은 회화나무(槐) 밑에서 술에
　　취하여 자고 있는데, 꿈에 대괴안국(大槐安國) 남가군(南柯郡)
　　을 다스리며 20년간이나 부귀를 누리다가 꿈에서 깼다는 고사를
　　가리킨다. 남가일몽(南柯一夢).

金市(금시): 고대의 큰 도시 내에서 금은 점포가 집중되어 있는 시가
　　(市街). 번화한 시가.

杞國(기국): 周代에 우왕(禹王)의 자손이 다스리던 나라로 지금의 하
　　남성 기현(杞縣)에 있었다. 기우(杞憂)는 기국(杞國) 사람이 하늘
　　이 무너질까봐 걱정하였다는 것에서, 쓸데없는 걱정을 말함.

玉樓(옥루): 전설에 나오는 천제(天帝) 또는 선인(仙人)의 거소.

蛩(공): 메뚜기. 귀뚜라미.

屠龍技(도룡기): 용을 잡는 기술. 아주 고난도의 기술이지만 써먹을 데
　　가 없는 기술. 〈장자(莊子)〉(열어구(列御寇)에서: "주평만(朱泙
　　漫)은 지리익(支離益)에게서 용을 잡는 기술(屠龍技)을 배웠는
　　데, 3년 만에 기술을 완전히 익혔으나 그 교묘한 기술을 써먹을
　　데가 없었다." 여기서 우남이 말하는 屠龍技는 그의 漢學과 통감
　　절요(通鑑節要) 등 중국사 공부를 말하는 것으로 보인다.

　　(*시의 내용으로 보아 이 시를 쓸 때에는 이미 출옥 날짜를 통보
받아 놓은 것 같은데, 아마 1904년 7월 중순경인 듯하다.)

2-141. 수의를 입고 부역하다(靑衣赴役)

선비가 궁지에 빠지면 글 읽은 걸 후회하는데
벼슬살이 한 다음에 감옥살이 삼년이라.
철사로 묶여 함께 다니니 새로운 정 솟아나고
도롱이 입고 삿갓 쓴 채 사람 만나니 아는 이도 낯설다.

옛날부터 영웅의 옷에는 이가 있었지만
지금도 나그네 식사에 고기가 안 나온다.
때가 오면 신의 뜻이 현실에서 마침내 구현될 테니
죽음을 맞을지언정 처음 먹은 장한 마음 변할 수 없다.

> 靑衣赴役(청의부역)
> 士入窮途悔讀書,　　三年絏縲做官餘.
> 鐵絲結伴新情密,　　蓑笠逢人舊面疎.
>
> 從古英雄衣有蝨,　　而今客子食無魚.
> 時來神物終當合,　　寧死壯心不負初.

* 絏縲(설루): 죄인을 묶는 포승. 〈논어. 공야장편〉에 "雖在縲絏之中,
　非己罪也." (비록 오랏줄에 묶여 있으나(감옥에 있으나) 그의 죄가
　아니다)라고 하였다.
衣有蝨(의유슬): 진(晉)나라 사람 왕맹(王猛)이 옷을 풀어헤치고 이를

잡으며 천하사를 의논했다고 한다. 〈통감절요(通鑑節要). 진기(晋紀)〉, 효종 목황제(孝宗穆皇帝) 十年 기사에: 秦의 양주자사(揚州刺史) 휘하의 대장군 환온(桓溫)이 패상(覇上)을 점령했을 때 북해 청년 왕맹(王猛)이 갈옷을 풀어헤친 채 그를 찾아와서 얘기하는 사이에도 이를 잡아 문질러 죽였다는 기록이 나온다.

食無魚(식무어): 식사에 고기반찬이 없다. *無魚彈鋏(무어탄협): 맹상군의 식객 풍환(馮驩)이 식사에 고기가 없다고 칼을 치면서 노래를 불렀다는 〈사기〉(맹상군 열전)에 나오는 고사를 인용한 것이다.

神物(신물): 영묘한 물건. 신선.

* 여기서 "時來神物終當合"은 〈때가 오면 마침내 하나님(神)의 뜻이 현실에서 이루어지고 말 것이다〉라는 이승만의 기독교 신앙에서 우러난 신념을 노래한 것으로 생각된다.

2-142. 계묘년 9월 15일 밤에 짓다

(癸卯九月十五日夜作)

달 밝을 때 텅 빈 뜰에 홀로 서 있으니

밤이 깊어 추운데도 스스로 깨닫지 못한다.

모든 곳의 종소리 끊어져 적막한 가운데

서풍에 여러 집의 다듬이질 소리가 이따금씩 전해온다.

(1903年作)

癸卯九月十五日夜作(계묘구월십오일야작)

空庭獨立月明時,　　夜久寒生自不知.

千門鐘罷寥寥裡,　　數杵西風斷續吹.

(1903年)

* 寥寥(요료): 적막한 모양. 텅 비고 넓은 모양.

數杵(수저): 여러 집의 다듬이 방망이질 소리.

斷續(단속): 끊어졌다 이어졌다 하다.

2-143. 누가 국화꽃 두어 송이를 꺾어 보냈기에
(人有折贈黃花數朶)

나는 예전에는 꽃을 좋아하지 않았는데

꽃은 나를 어떻게 생각하는지 알기 어렵다.

꽃가지 꺾으면서 꽃잎 쉬이 떨어진다고 원망하지 마라.

내년에도 가을 되면 똑같이 서풍 불어올 테니.

(1903年作)

人有折贈黃花數朶(인유절증황화수타)

我不好花異昔時,　　花如看我也難知.

折枝莫恨飄零易,　　來歲金風一樣吹.

(1903年作)

* 異昔時(이석시): =昔時.

花如看我(화여간아): 花如何看我. 꽃은 나를 어떻게 보는지.

飄零(표령): (꽃잎 따위가) 우수수 떨어지다. 영락하다.

金風(금풍): 추풍(秋風). 가을바람. 金은 五行의 하나로 方位로는 서
쪽, 時節로는 가을, 音으로는 商에 해당함. 가을이 되면 꽃잎은
어차피 떨어지게 되어 있다. 그러므로 꺾어서 꽃잎 떨어졌다고 원
망할 필요가 어디 있겠는가, 라는 뜻이다.

2-144. 장기에 대한 노래의 운에 따라 짓다(次詠博韻)

(*2-144 이하의 시들은 〈李承晚文書 東文選〉에 실린 〈替役集〉에
는 없는 詩들로서, 원래 어디에 실렸던 것인지는 현재로서는 확인할
수 없으나 분류의 편의상 일단 이곳에 싣는다.-편역자)

반씩 나누어진 초(楚)나라 한(漢)나라의 옛 강산에
내닫는 말과 경쾌한 차가 각각 두 개씩 돌아다닌다.
원래 먹고 먹히는 것은 손 뒤집기와 같으니
결국 싸움에 지고 이김도 웃어넘길 일이다.

훌륭한 책사는 천리 밖에서 승부를 결정짓고
힘센 병사들은 다섯 개 길 사이를 번갈아 달린다.
세 방면에서 협공하여 장군을 부르는데
장군이야! 하는 벼락같은 소리에 겹겹의 관문이 깨진다.

次詠博韻(차영박운)
平分楚漢舊江山,　　突馬輕車兩兩還.
元來得喪如飜手,　　畢竟輸贏付笑顔.

良士決勝千里外,　　勁兵迭走五途間.
三面挾攻呼將地,　　一聲霹靂破重關.

* 輸贏(수영): 지고 이김. 패배와 승리.

2-145. 밤에 우연히 부른 노래(月夜偶吟)

등불 치우고 새벽종 울릴 때까지 앉아 있음은
창문에 비친 달그림자 따라가며 바라보기 좋아서다.
나그네 반생에 봄은 느릿느릿 지나가는데
겨우 몇 리밖에 있는 고향을 꿈속에서만 보고 또 본다.

노도에 둥둥 떠서 지냈으니 평온한 바다일 적 없었고
험한 길 오르고 오르다보니 절봉(絶峰)을 만났다.
책도 칼도 사람을 오도하니 사람의 일 성사되기 어려워
지금 와서는 일찍이 돌아가 농사꾼 되지 않은 게 한스럽다.

月夜偶吟(월야우음)
却燈坐到五更鐘,　　爲愛幽窓月影從.
客子半生春冉冉,　　家山數里夢重重.

狂瀾泛泛無平海,　　崎路登登有絶峰.
書劍誤人人事晚,　　而今恨不早歸農.

* 冉冉(염염): 느릿느릿. 천천히. 유유히. 세월 같은 것이 가는 모양.
　狂瀾(광란): 광도(狂濤). 노도(怒濤). 노한 파도.
　泛泛(범범): 물 위에 뜬 모양. 둥둥. 崎路(기로): 험한 길.
　絶峰(절봉): 몹시 험한 산봉우리.

2-146. 친구가 준 운(韻)에 따라 지은 시(次友人贈韻)

일찍이 이 몸을 청산에 맡기려 생각했었는데
어쩌다가 잘못해서 더러운 세상에 떨어지고 말았다.
오래 놀러 다니다가 스스로 막다른 골목에 이르렀는데
기연으로 만난 사람들 길 잃은 자 아닌 이 없네.

서가에 가득한 책들은 궁벽한 삶에 위안이 되고
창에 비친 달과 바람은 빈곤한 삶에 여유를 준다.
자네에게 권하노니 옥돌 품었다고 너무 자랑 말게나,
다듬지 않으면 진짜인지 가짜인지 누가 판별할 수 있겠나.

次友人贈韻(차우인증운)
朝擬靑山寄此身,　　如何誤落溷花塵.
久遊自是窮途客,　　奇遇無非失路人.

滿架圖書堪慰僻,　　一窓風月可饒貧.
勸君莫謾誇懷玉,　　不琢誰能辨假眞.

* 誤落溷花塵(오락혼화진): 陶淵明의 〈歸田園居(귀전원거)〉의 첫 구
절에서: "少無適俗韻, 性本愛邱山. 誤落塵網中, 一去十三年."
이라 하였는데, 詩語와 詩意가 이와 비슷하다.

2-147. 우연히 읊다(偶呼)

가슴 답답해 미칠 것 같을 때 자넨 오히려 술을 마시고
의기가 북받칠 때 나는 노래를 부르지.
어디로 가야 할까 고개를 돌려 보니
저녁 안개 자욱한 호수와 바다가 저기에 있네.

偶呼(우호)

猖狂猶爾酒,　　慷慨是吾歌.
回頭何處去,　　湖海是煙波.

* 猖狂(창광): 미친 사람처럼 날뜀.
　煙波(연파): 물결처럼 자욱하게 낀 연기. 멀리 안개나 연기가 부옇게 낀
　　　수면.

2-148. 서양 각지 여러 사람들의 시의 운을 경차함
(敬次外西間諸公原韻)

몇 년 전부터 슬픔과 기쁨조차 거의 못 느껴
조롱 속을 편히 여기는 새는 돌아갈 생각 잊은 지 오래.
은둔한 몸이 아닌데도 사립문은 늘 닫혀 있고
습성이 소탈하고 얽매이기 싫어서 옷도 갖춰 입지 않는다.

저 밝은 달처럼 모든 곳을 무한히 비춰주고
외로운 구름 되어 마음껏 날아다닐 수 있기를 원한다.
가슴속의 일편단심 갈고 갈아도 닳아 없어지지 않으니
가슴에 품은 경륜 맹세코 살아 생전에 펼쳐보고 말리라.

敬次外西間諸公原韻(경차외서간제공원운)
年來悲喜感吾稀,　籠鳥猶安久忘歸.
身非隱遯常關戶,　性習疎狂未整衣.

那將明月無量照,　願化孤雲盡意飛.
惟有丹心磨未滅,　經綸誓不此生違.

2-149. 또 지음(又)

중생들은 모두 꿈을 꾸지만 꿈은 진짜 아니고
어떤 사람은 깨어 있고 어떤 사람은 취해 있다.
부귀한 집의 누대에도 나무와 풀 우거지고
영웅들의 사업 역시 잿더미로 변한다.

송옥(宋玉)이 돌아오기 전에 그가 슬퍼한 가을 먼저 왔고
소동파가 적벽강에 배를 띄우려하자 보름달이 떠올랐다.
내가 원통해 하는 것은, 천지가 나를 용납해 주지 않고
나의 청춘을 오랫동안 감옥 속에 가두어 놓은 것이다.

又(우)

衆生都夢夢非眞,　　幾個醒人幾醉人.
富貴樓臺多樹草,　　英雄事業亦灰塵.

宋玉未歸秋氣早,　　蘇仙欲泛月光新.
自恨乾坤容我少,　　一窓許久鎖靑春.

* 宋玉(송옥): 전국시대 후기의 楚나라 사람. 사부가(辭賦家). 굴원(屈
　原)의 제자로 초 경양왕(頃襄王)의 大夫이며 그가 남긴 작품으로
　는 〈구변(九辯)〉이 있다. 그 첫 구절이 "悲哉, 秋之爲氣也." (슬프
　구나, 가을의 기운이여)이다. 그래서 후세 사람들은 송옥을 가을을

슬퍼한 대표적인 인물로 생각하였다. 그리고 〈풍부(風賦)〉라는 작품에 나오는 "夫風生于地, 起于靑苹之末" 이란 구절이 유명하다.

　　宋玉에 관하여 전해오는 이야기 하나: 송옥의 동편 이웃집에 楚나라에서 제일 예쁜 처녀가 살았는데, 그녀는 송옥을 사모하여 매일 담장에 올라가서 송옥을 엿보기를 삼년이나 하였다. 그러나 송옥은 그녀를 거들떠보지도 않았다고 한다. 그래서 미모에다 다정다감하기까지 한 여자를 가리켜 "송옥동장(宋玉東牆)"이라 하게 되었다고 한다.

蘇仙(소선): 북송 때 당송팔대가(唐宋八大家)의 한 사람인 소식(蘇軾). 소동파(蘇東坡)는 그의 호이다. 여기서는 그가 적벽강(赤壁江)에서 달밤에 뱃놀이를 한 얘기를 적은 〈赤壁賦〉의 내용을 인용하고 있다. 〈적벽부〉에서 그는 "天地之間, 物各有主; 苟非吾之所有, 雖一毫而莫取. 惟江上之淸風, 與山間之明月, 耳得之而爲聲, 目遇之而成色; 取之無禁, 用之不竭, 是造物者之無盡藏也, 而吾與子之所共適." (천지간의 모든 물건들은 각각 주인이 있으니; 만약 나의 소유가 아니라면 비록 터럭 하나라도 취해서는 안 되지만, 다만 강 위의 맑은 바람과 산간의 밝은 달은 귀로 들으면 소리가 되고, 눈으로 보면 색상이 된다. 취하여도 금지하는 사람 없고, 써도 고갈되는 일이 없다. 이는 조물주가 무진장 제공해주어 나와 자네가 함께 즐길 수 있도록 해준 것이다.)라고 노래하였다.

2-150. 또 지음(又)

옷고 우는 것을 감히 마음대로 못하는데
죽는 걸 싫어하고 살기를 좋아하는 나 역시 사람이다.
머리 위에 하늘 있어 비 많이 내리면 괴롭지만
눈앞에 땅이 없으니 더러운 먼지 냄새 안 난다.

여름에는 굶주리고 독기 품은 빈대의 공격 겪었는데
이제 다시 가을 모기한테 밤마다 시달려야 하나.
가난을 치료하고 고달픈 자 소생시켜 줄 약 어디 없나
동풍이 하룻밤 불어오면 모든 집들이 따뜻한 봄일 텐데.

又(우)
笑啼不敢任情眞,　　惡死喜生我亦人.
頭上有天多苦雨,　　眼前無地不腥塵.

經來夏蝎飢還毒,　　忍復秋蚊晚更新.
欲問療貧蘇困藥,　　東風一夜萬家春.

2-151. 이기동의 몽중 시에 화답함(和李基東夢中詩)

사방에서 벌레 우는 소리에 서늘해지는 가을

온 하늘은 씻은 듯이 맑고 이슬은 꽃망울처럼 맺힌다.

장안성 안의 모든 집에 달빛 비추지만

어떤 집은 환성을 지르고 어떤 집은 시름에 잠긴다.

　　和李基東夢中詩(화이기동몽중시)

　　蟲語凉生四壁秋,　　一天如洗露華流.

　　長安城裏千門月,　　幾處歡聲幾處愁.

2-152. 긍재 유성준(兪星濬)의 시운에 맞춰 지음
(次兪兢齋星濬韻)

정원의 나무에서 아침저녁으로 가을 소리 들릴 때
얇은 홑옷 싫어지는 게 나그네의 마음.
저녁 햇살 가득한 골목에선 닭들이 무리지어 놀고
비 개어 경관 맑은 누대에는 매미소리 시끄럽다.

달 밝으니 일엽편주 타고 먼 바다로 나가볼까
서풍 불어오니 외로운 성에 다듬이질 소리 요란하다.
연기와 구름 말끔히 걷히니 하늘은 공활하고
높고 가파른 험준한 산봉우리들 칼을 꽂아놓은 듯하다.

次兪兢齋星濬韻(차유긍재성준운)
庭樹秋聲暮早生,　　單衣嫌薄客關情.
鷄群門巷斜陽滿,　　蟬語樓臺霽景明.

好月扁舟期遠海,　　西風亂杵又孤城.
煙雲捲盡天空濶,　　衆嶂崢嶸劍氣橫.

* 暮早(모조): 朝暮. 아침저녁.
　嶂(장): 병풍 세워놓은 것처럼 길게 연해 있는 험준한 산봉우리.
　崢(쟁): 가파르다. 높고 험하다. 嶸(영): 가파르다. 높고 험하다.

*참고: 유성준(俞星濬)의 생애

1860년 10월 21일 서울 생(우남 이승만보다 15세 연상). 호는 긍재(兢齋). 아버지는 유진수(俞鎭壽), 형은 유길준(俞吉濬). 조선 말기에 내무아문 주임주사, 농상공부 회계국장 등을 지냈고, 대한제국기에는 통진군수, 내부협판, 내각법제국장 등을 역임하였다. 일제강점기에는 충청북도 참여관, 중추원 참의, 충청남도지사 등을 지냈다. 1934년 2월 27일 사망.

생애 및 활동사항

1883년 10월 정부 유학생으로 일본 게이오의숙[慶應義塾]에 입학. 재학 중 요코하마세관에서 사무를 익혔다. 1885년 5월 통리 교섭통상 사무아문(統理交涉通商事務衙門) 주사, 6월 내무부 부주사(副主事). 1887년 6월에는 국서이정위원(國書釐整委員)으로 일본에 갔다가 8월에 귀국해서 9월에 내무부 주사로 승진했다.

1891년 10월 전운서(轉運署) 사무관으로 기선(汽船) 창룡호(蒼龍號)의 삼남지방 세미(稅米) 조운(漕運) 일을 관장. 1894년 12월 인천 이운사(利運社) 사무를 관장. 1895년 4월 농상공부 회계국장으로 전임되었고, 5월 정부의 견습수세사무(見習收稅事務)에 발탁되어 탁지부 파원(派員)으로 일본에 파견되었다가 11월에 귀국. 정부에서 한인으로 해관장(海關長)을 삼기 위해 일본 요코하마항에서 관세업무를 익히도록 보냈으나 1896년 4월 국사범 혐의를 받자 일본으로 망명.

1897년 3월에 도쿄 부기전문학교에 입학하여 8월에 졸업하였고, 이어 사이타마현의 순사교습소(巡査教習所)에서 순사교습사무를 견습. 1898년 1월에는 도쿄에 있는 메이지법률학교에 입학 1899년 1월까지 1년간 법학을 공부. 망명 당시 재정과 조세 사무의 일인자로 평가받아 정부의 명을 받고 1899년 9월에 귀국.

1902년 3월 이른바 '유길준 쿠데타 음모사건'에 연루되어 국사범으로 경위원(警衛院)에 체포되어 수감되었는데, 수감 중 기독교를 믿게 되었다.(*우남과의 친분은 이때에 맺어졌다.) 1904년 2월 황주군 철도(鐵島)로 3년 유배형을 받았다가 3월에 1년 유배형으로 감형. 1905년 5월 유배형에서 해제되었는데, 유배 중이던 1904년 5월 황주읍 교회에서 정식으로 기독교에 입교, 1905년 6월 서울에 돌아온 후 연동교회(蓮洞教會)에서 세례를 받음. 1905년 12월 경기관찰부 통진군수, 1906년 1월 내부 경무국장, 4월 지방조사위원, 8월 내부 지방국장 겸 치도국장(治道局長)으로 선임, 12월에는 학부 학무국장이 되어 지방관전고(地方官銓考) 위원과 문관전고소(文官銓考所) 위원을 겸임하였다

*출처: [네이버 지식백과] 유성준 [俞星濬]
(한국민족문화대백과, 한국학중앙연구원)

3. 독립운동 시기

3-1. 몰래 배를 타고 태평양으로 떠나다.

(遠客暗登船去太平洋)

* 민국 2년(1920년) 11월 16일에 임병직과 함께 화물선에 몰래 들어가
  철궤 속에서 밤을 새고 배가 출항할 때까지 기다렸다가 다음날 새벽
  에 나갔는데, 선원을 보고는 청나라 사람인 척하였다. 호놀룰루에서
  상해까지 가는 배를 탔다.(民國二年(1920)十一月十六日 與林炳稷潛
  入運物船, 在鐵櫃經夜待船發, 明曉出見船人, 佯作淸人樣. 自湖港
  至上海.)

민국 2년 동짓달 (열여섯 날)

하와이에서 멀리 가는 손님이 남몰래 배를 탔다.

겹겹의 판자문 속에 난롯불은 따뜻했고

사면이 철벽이라 실내는 캄캄했다.

내일 아침 이후엔 산천도 아득하겠지만

이 밤이 다가기 전에는 세월이 얼마나 지루할까.

태평양 바다 위를 두둥실 떠서 가니

이 배 안에 황천이 있는 줄 그 누가 알리요.

  (*이때 관속에 든 중국인의 시체가 우리 옆에 있었다.)

遠客暗登船去太平洋(원객암등선거태평양)

民國二年至月天,　　布哇遠客暗登船.

板門重鎖洪爐煖,　　鐵壁四圍漆室玄.

山川渺漠明朝後,　　歲月支離此夜前.
太平洋上飄然去,　　誰識此中有九泉.

(時有華人尸體入棺在側)

* 運物船(운물선): 화물선. 이승만이 상해에 가기 위해 탔던 화물선의
　　이름은 "West Hika" 였다.

至月(지월): 동짓달. 12월(음력 11월).

布哇(포와): 하와이.

九泉(구천): 저승. 황천. 땅 속 깊은 밑바닥. 무덤.

3-2. 계원 노백린과 만호 김규식에게 주는 시. 이때 두 벗들은 카벨라 비치에 있었다.
(贈桂園盧伯麟晩湖金奎植 時二友在 Kawela Beach)

그대는 아직도 호항(湖港)에 있으나
나 홀로 상해(上海) 가는 배를 탔소.
편지를 부치마고 일찍이 약속했으나
인편을 아무래도 못 찾을 것 같소.

이름 감춘 것이 세상을 피하려고 그런 게 아니었듯이
밥 굶은 것 또한 어찌 신선이 되려고 그랬겠소.
부두 밖은 확 트인 푸른 물결이니
생각만 해도 내일 아침이 아득하구려.

　　贈桂園盧伯麟晩湖金奎植(증계원노백린 만호김규식)
　　君猶湖港客,　　我獨滬洲船.
　　寄書曾有約,　　借便奈無緣.

　　藏名非遯世,　　絶食豈求仙.
　　灣外蒼波濶,　　明朝思渺然.

　* 湖港(호항): 호놀룰루.
　滬洲(호주): 호상(滬上), 호강(滬江), 모두 상해(上海)의 별칭.

3-3. 배 안에서 겪은 일 一 (舟中卽事 一)

맑은 새벽에 흙먼지 묻은 옷을 입은 승객이
북풍이 불어와서 돛을 올릴 때에
밤새도록 꼭꼭 숨어 있다가
새벽에야 천천히 걸어 나온다.

차려입은 행색은 중국 사람인데
이름은 요한(John)이라 하였다.
밤새 한 고생이야 어찌 다 말할 수 있으랴만
알아보는 사람 없는 것이 오히려 기쁘다.
　　(*선원이 우리 두 사람을 중국인으로 알고 요한이라 불러주었다.)

舟中卽事 一(주중즉사 일)
清曉塵衣客,　　北風掛帆時.
終夜歸藏密,　　平明步出遲.

行色支那子,　　姓名約翰兒.
辛酸何足道,　　猶喜少人知.
　　(*舟人視我兩人爲華人, 名之曰 "John")

* 清曉(청효): 清晨(청신). 맑은 새벽. 清旦. 平明(평명): 새벽.
支那子(지나자): 중국인.

3-4. 배 안에서 겪은 일 二(又)

바람과 물결 헤치며 나아가는 큰 기선이
저녁에 호놀룰루 지나온 지 이미 여섯 날.
저녁 공기 차가우니 배가 북상하고 있는 줄 알겠고
아침 해가 안개 헤치고 떠오르니 동쪽인 줄 알겠다.

머리 위에는 하늘의 별과 달이 비치고 있고
눈앞에는 육지는 안 보이고 물과 구름만 이어져 있다.
여정이 일만오천 여 리나 되니
아직도 삼분지 이나 아득히 남아 있구나.

舟中卽事 二(又)
凌風破浪大洋船,　　暮過檀山已六天.
夕氣送寒知北上,　　朝陽披霧指東邊.

頭上有天星月照,　　眼前無地水雲連.
一萬五千餘里路,　　三分之二尙茫然.

＊ 凌風破浪(능풍파랑): 바람과 물결을 헤치고 나아가다.
　檀山(단산): 단향산(檀香山). 호놀룰루. 화노로로(火奴魯魯).

3-5. 배 안에서 겪은 일 三(又)

배의 선원이 나에게 누구냐고 묻기에
짐짓 고국 떠나 살던 중국인이라고 대답했다.
양자강의 아름다운 풍경과 젊었을 때 헤어져
하와이 섬에서 온갖 풍상 겪다보니 백발이 되었다고.

돈이 제일인 세상에서 가난하게 살아오느라
녹수로 이름난 내 고향동산 꿈을 자주 꿨다오.
내 얘기 듣고는 처연해져 서로 돌아보고 말하기를
이 노인의 신세 정말 불쌍하구나.

　　舟中卽事 三(又)
　　舟人問我是何人,　　故道中華去國臣.
　　揚江雲樹靑春別,　　檀島風霜白髮新.

　　黃金世界生涯淡,　　綠水鄕園夢想頻.
　　聞此悽然相顧語,　　斯翁身勢正堪憐.

* 故道(고도): 짐짓 말하다. 故: 짐짓. 일부러. 道: 말하다.
揚江(양강): 揚子江. 長江.
檀島(단도): 단향산도(檀香山島). 즉, 하와이.
雲樹(운수): 구름과 나무. 친구가 서로 멀리 헤어져 있음을 비유하는 말.
雲樹之思(운수지사): 멀리 헤어져 있는 친구를 그리는 마음을 말한다.

3-6. 배 안에서 겪은 일 四(又)

태평양의 물과 하늘 길기만 한데
그 가운데 아득히 멀리 하와이 섬이 있다.
땅도 없는데 많은 산봉우리들 층층이 연이어 솟아있고
기이한 꽃과 풀들은 사시사철 향기롭다.

세 대륙의 큰 전함들이 교차하는 길목
만국 사람들이 모여들어 서로 교역하는 곳.
바다 위의 봉래산은 어디에 있나
청량한 바람과 주옥같은 달 있으니 여기가 바로 선향일세.

舟中卽事 四(又)
太平洋水共天長,　　縹緲檀山在彼央.
衆嶂層巒無地起,　　奇花異草四時香.

三洲舸艦交叉路,　　萬國衣冠互市場.
海上蓬萊何處在,　　璇風瑯月是仙鄕.

* 縹緲(표묘): 縹眇. 아득한 모양. 높고 먼 모양.
　衆嶂層巒(중장층만): 많은 산봉우리들이 층층이 연결되어 쌓여 있는
　　　모습.
　三洲(삼주): 세 개의 대륙, 즉 아시아와 아메리카와 호주.

舸艦(가함): 큰 전함.

衣冠(의관): 옷과 모자. 여기서는 옷과 모자를 쓴 사람.

蓬萊(봉래): 봉래산(蓬萊山). 동해 가운데 있는, 신선이 산다는 산.

璇風瑯月(선풍랑월): 선풍(璇風): 밝고 깨끗한 바람(明淨之風). 낭월
 (瑯月): =琅月. 낭(琅): 낭간(琅玕). 주옥(珠玉)과 비슷한 미석(美
 石). 전설과 신화에 나오는 선수(仙樹). 사실 주옥과 비슷하다. 진
 귀하고 아름답고 좋은 물건의 비유.

3-7. 배 안에서 겪은 일 五(又)

비바람 헤치며 나아가는 큰 바다의 배
동쪽으로 건너오기 이십일 만에 아시아에 닿았다.
강소성(江蘇城)에서 고국 땅 멀다고 말하지 마라
이곳의 경관은 오히려 한양의 가을과 비슷하다.

舟中卽事 五(又)
風風雨雨大洋舟,　　東渡二旬到亞洲.
莫道江蘇鄕國遠,　　雲山猶似漢陽秋.

3-8. 12월 5일 황포강에 배가 정박하자 몰래 상륙하여 맹연관에 잠깐 머물렀다(十二月五日船泊黃浦江, 潛上陸暫寓孟淵館). 장붕에게 편지를 띄워 그가 오기를 기다렸다(投書張鵬待其來).

맹연관(孟淵館)에 든 나그네 잠이 잘 오지 않아
벗을 기다렸으나 벗은 오지 않고 가랑비만 내렸다.
하루 종일 책을 보니 눈이 어지러워
등불 등지고 누워서 시 한 수 새로 지었다.

黃浦江潛上陸暫寓孟淵館(황포강잠상륙잠우맹연관)
孟淵館裏客眠遲,　　待友不來細雨時.
盡日看書衰眼暈,　　背燈偃臥試新詩.

3-9. 1921년 삼일절을 상해에서 읊다
(一九二一年三一節在上海偶吟)

한반도는 섬나라의 침략을 차마 보고만 있을 수 없어
압록강의 파도도 노하고 백두산도 그늘 드리웠다.
백제 때와 신라 때엔 이웃나라로서 정의 서로 깊었으나
임진년과 을미년 이후 대대로 원수 되었다.

이천만 백성들은 살길 찾아 나섰으나
서른세 분 현인들은 목숨 바쳐 싸우기로 결심하였다.
사람들이 뜻을 같이 한다면 하늘도 땅도 도와줄 터이니
왜적의 병영 불사르고 군함도 침몰시킬 수 있다.

一九二一年三一節在上海偶吟(1921년삼일절재상해우음)
半島忍看島族侵,　　綠江波怒白山陰.
百濟新羅隣誼重,　　壬辰乙未世讐深.

二千萬衆求生計,　　三十餘賢決死心.
人和天地皆同力,　　營可燒除艦可沈.

3-10. 태평양의 배 위에서 지음(太平洋舟中作)

물과 하늘 사이에서 떠다니는 이 몸

만 리 길 태평양을 몇 번이나 오갔던가.

가는 곳마다 흔한 게 아름다운 경치지만

꿈에서도 언제나 그리운 건 한양의 남산.

　　— 을해년(1935년) 늦가을 태평양의 배 안에서

太平洋舟中作

(태평양주중작)

一身泛泛水天間,

萬里太平幾往還.

到處尋常形勝地,

夢魂長在漢南山.

— 乙亥暮秋在太平洋舟中作

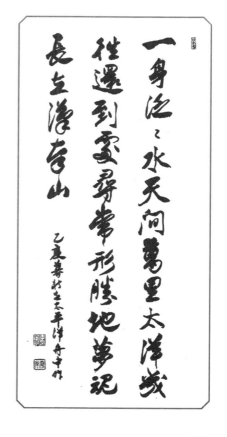

3-11. 우연히 읊은 노래(偶詠)

(*정묘년(1927) 가을 7월에 우남은 지난 날 미국으로 도미할 때 지은 노래 한 수를 근촌(芹村: 백관수 선생의 아호) 형에게 증정하였다.)

세 자(尺) 길이의 장검을 누가 가지고 있나
아홉 구비의 나의 간장을 갈라서 보여주고파.
장부의 무한한 한(恨)을
태평양의 바닷물로 말끔히 씻어 내리라.

　偶詠(우영)
　有誰三尺劍,　　剖我九回腸.
　丈夫無限恨,　　滌盡太平洋.
　　*歲丁卯(1927)秋八月雩南生往日渡美時偶詠一首爲囑芹村仁兄
　　雅鑒.

3-12. 도산천고(島山千古) (輓詩)

처자식들은 하늘가에서 울고
친한 벗들은 해외에서 놀라네.
나라가 망하자 사람마저 떠나가니
대동강 물도 목매이듯 울어대네.

島山千古(도산천고)

妻子天涯哭,　　親朋海外驚.

國亡人又去,　　嗚咽浿江鳴.

(*島山은 1938년. 3. 10. 서거하셨다.)

4. 해방 후 건국전후 시기

4-1. 귀국한 후의 감회(歸國後有感)

서른 살에 고향 떠나 일흔이 되어 돌아오니
유럽과 미국에서의 일들이 꿈속에 아련하다.
집에 와 있는 오늘도 오히려 손님 같고
가는 곳마다 환영해 주지만 아는 얼굴 드물다.

-을유년(1945년)

歸國後有感(귀국후 유감)
三十離鄕七十歸,　歐西美北夢依依.
在家今日還如客,　到處逢迎舊面稀.

－乙酉

* 三十離鄕七十歸(삼십리향칠십귀): 1875년 3월 26일 출생한 이승만
  은 1899년 1월 9일 고종 폐위 음모에 가담했다는 혐의로 체포되어
  5년 7개월간의 감옥생활을 한 후 1904년 8월 9일 특사로 출옥했
  다. 민영환, 한규설의 후원으로 미국의 지원을 호소하고자 1904
  년 11월 4일 사절로서 밀서를 휴대하고 미국으로 출국하였다. 당
  시 청원사절로서 미국에 갔으나 미국 대통령에게 밀서를 전달한
  후에는 미국에 남아서 워싱턴 대학, 하버드 대학, 프린스턴 대학
  에서 학업을 계속했다. 1910년 6월 14일 프린스턴 대학에서 박사
  학위를 받고, 그해 9월 3일 뉴욕을 떠나 영국, 파리, 베를린, 모
  스크바, 시베리아, 만주, 평양을 거쳐 10월 하순에 서울로 돌아왔
  다. 한국에 돌아온 후 그는 YMCA 조직 및 강연활동을 하였는데
  일제는 자신들이 조작한 기독교도 모의사건에 그를 연루시켜 체포
  하려고 하였다. 체포당할 위기에서 선교사들의 주선으로 1912년

3월 26일 한국을 출발할 때까지 약 17개월간 국내에 머물다가 일본을 거쳐 미국으로 갔다. 그 후 그는 1945년 8월 15일 해방이 되어 1945년 10월 16일에 귀국할 때까지 한국 땅을 다시는 밟을 수 없었다. 1945년 10월엔 그의 나이 정확하게 만 70세일 때이다.

依依(의의): 기억이 어렴풋하다.

還(환): 오히려. 도리어.

4-2. 옛집을 찾아가다(訪舊居)

복사골 옛 벗들 연기처럼 흩어져
오십 년간 풍진 속을 바삐 돌아다녔네.
백발 되어 돌아오니 상전벽해 되어 있어
옛 사당 앞에서 봄바람 맞으며 눈물 뿌린다.
　　　―병술년(1946년) 귀국 후 봄에 도저동 옛집을 찾아

訪舊居(방구거)
桃園故舊散如煙,　　　奔走風塵五十年.
白首歸來桑海變,　　　春風揮涙古祠前.
　　　―丙戌春訪桃渚洞舊居

* 桃園(도원): 이승만이 어린 시절을 보낸 한성의 도동(桃洞: 지금의 서
　　울역 건너편 힐튼호텔 부근 지역)을 이름.
故舊(고구): 사귄 지 오랜 친구.
桑海變(상해변): 상전벽해(桑田碧海).
古祠(고사): 옛 사당. 사당은 세종대왕의 첫째아들 양녕대군을 모
　　시는 지덕사(至德祠)를 말한다. 지금은 상도동으로 옮겨졌다.

4-3. 촉석루에 오르다(登矗石樓)

창렬사 앞을 흐르는 강물 푸르고

의암대 아래에 떨어지는 꽃들 향기롭다.

이끼 낀 비석의 귀부(龜趺)에는 아직 글자 남아 있는데

장사와 가인 중에 누가 짧고 누가 긴가.

— 병술년(1946)년 늦은 가을 봄 진주에서

登矗石樓(등촉석루)

彰烈祠前江水綠,　　義巖臺下落花香.

苔碑留得龜頭字,　　壯士佳人孰短長.

— 丙戌暮春於晋州

* 彰烈祠(창렬사): 진주성 내에 있는 사당으로 임진왜란 때 순국한 김
  시민 장군을 비롯한 장수와 7만 명의 민, 관, 군의 명복을 비는
  제향을 봉행하고 있다.

  龜頭(귀두): 귀부(龜趺). 거북 모양으로 만든 비석의 받침돌.

  壯士佳人(장사가인): 임진왜란 때 진주성을 함락시킨 왜군의 장수(毛
  谷村六助)와 그를 끌어안고 의암대에서 남강에 뛰어든 의기(義
  妓) 주논개(朱論介)를 말한다.

  孰短長(숙단장): 여기서 短과 長은 다양한 뜻을 내포하고 있다. 누구
  의 키가 작고 큰가, 또는 누구의 명성이 후에 더 오래 전해지는가,
  또는 누가 악하고 누가 선한가 등.

4-4. 미국 여행 때 읊다(在美旅行時即事)

육만 리 길을 앉아서 오가는데
걸리는 시간이라곤 겨우 마흔 네 시간.
공중으로 일만 육천 자를 떠오르니
그 위로는 구름도 안개도 없고 아래로는 산도 없다.

―정해년(1947년)

(*주: 이승만은 모스크바 3상회의 결정에 따른 미국의 좌우합작 정
책이 한국 실정에 맞지 않는다는 것을 미국의 정계와 언론계에 알
리기 위해 1946년 12월에서 1947년 4월까지 미국을 방문하였다.)

在美旅行時即事(재미여행시즉사)
六萬里行坐往還,　只要四十四時間.
浮空一萬六千尺,　上無雲霧下無山.

―丁亥

4-5. 전당을 지나며(過錢塘)

전당은 명승지라는 말 수없이 들었는데
오늘에야 와서 보니 나그네 가슴이 다 후련하다.
옛 탑 서남쪽엔 푸른 들판 펼쳐져 있고
옛 누각에서는 밤낮으로 강물 흐르는 소리 들린다.

천 년 전 옛 남월(南越) 지역의 땅을 산들이 둘러싸고
다리 건너 동쪽으로는 만 리 저쪽에 한국 땅이 있다.
석양에 홀로 서서 저 멀리 바라보니
큰 배가 정박해 있는 곳에 저녁연기 피어난다.
　　　―정해년(1947년) 4월 미국에서 돌아오는 길에

(*주: 이승만은 미국으로부터 귀국길에 중국 상해에서 1947년 4월
13일 장개석 총통과 회담하였다. 이때 그는 절강성에 있는 명승지
전당을 돌아보았다.)

過錢塘(과전당)

錢塘形勝飽聞名,　此日登臨暢客情.
古塔西南平野色,　古樓日夜大江聲.

山圍南越千年地,　橋出東韓萬里程.

獨立斜陽聊極目，　征帆落處暮烟生.
　　　　一丁亥四月 自美第二次歸路

* 錢塘(전당): 중국 절강성에 있는 지명.
　征帆(정범): 멀리 가는 배(遠行之舟). 원항선.

4-6. 서호에서 놀다(西湖遊)

* 미국에서 돌아올 때 장개석 총통을 방문했다가 항주 서호에서 뱃놀이를 오래 하였다(自美歸國時 過訪蔣總統 因作杭州西湖久遊)

봄날 서호에서 작은 배 띄우고
장 총통 덕분에 뱃놀이를 즐겼다.
아홉 구비의 붉은 난간과 세 개 못에 비친 달
분명히 이 몸이 작은 선경(仙境)에 들어 있었다.

　　　　　　　　　　　　—정해년(1947년) 봄에

西湖遊(서호유)

西湖春日泛蘭舟,　　　幸賴主公作此遊.
九曲紅欄三印月,　　　居然身在小瀛洲.

　　　　　　　　　　　　—丁亥春

* 蘭舟(난주): 작은 배의 미칭(美稱)
三印月(삼인월): 삼담인월(三潭印月). 세 못에 비친 달.
居然(거연): 확실히. 분명히.
瀛洲(영주): 전설에서 신선들이 산다는 산 이름. 〈사기. 진시황본기〉
　　　28년 조에: "齊人徐市等上書, 言海中有三神山, 名曰蓬萊, 方
　　　丈, 瀛洲, 仙人居之." 라 하였다.

4-7. 무제(無題)

회계산에 안개 걷히니 높고 울창한 산이 보이고
거울 같이 맑은 물에는 바람이 없는데도 물결이 인다.
봄이 가면 향기로운 꽃들 다 없어진다고 말하지 마라.
강의 중류 다른 곳에선 마름과 연을 따고 있다.

無題(무제)

稽山罷霧鬱嵯峨,　　鏡水無風也自波.
莫言春度芳菲盡,　　別有中流採芰荷.

* 稽山(계산): 회계산(會稽山)의 줄임말. 중국 절강성(浙江省) 소흥현
　　(紹興縣) 동남. 우(禹) 임금이 제후들을 이 산에 모아 그들 각각
　　의 공로를 평가하여 봉작을 내렸기에 산 이름을 회계(會契: 會計)
　　라 하였다는 전설이 있다.
　芰荷(기하): 마름과 연.

4-8. 상해에서 남경 가는 기차 안에서(上海南京汽車中作)

삼월에 강남 가는 길에는

집집마다 꽃들이 흐드러지게 피었다.

무석리(無錫里)에는 매화꽃이 만발하고

진강(鎭江) 가로는 버들가지 휘휘 늘어져 있다.

들이 천리 멀리 아득히 뻗어 있는데

이 몸은 일생을 떠다니기만 한다.

하늘가 먼 곳에서 맞이하는 한식날

해질 녘 되니 홀로 마음 슬퍼진다.

—정해년(1947년) 봄

上海南京汽車中作(상해남경기차중작)

三月江南路,　　家家爛漫春.

梅花無錫里,　　楊柳鎭江濱.

千里微茫野,　　一生漂泊人.

天涯寒食節,　　日暮獨傷神.

—丁亥春

* 無錫里(무석리): 중국 강소성 소상도(蘇常道)에 있는 마을 이름.

鎭江(진강): 중국 강소성 단도현(丹徒縣)에 있는 강 이름.

4-9. 나라 있는 국민 되고파(願爲有國民)

내 소원은 삼천만 동포들이랑
다 같이 나라 있는 국민 되는 것.
늘그막에는 시골로 돌아가서
한가한 사람으로 지내고 싶다.
　　—정해년(1947) 서울 돈암장에서

願爲有國民(원위유국민)

願與三千萬,
俱爲有國民.
暮年江海上,
歸作一閑人.
　　-丁亥仲秋月夜於漢城敦巖莊

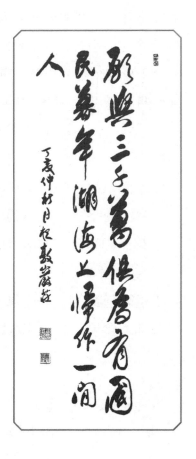

4-10. 평원정(平遠亭)

무슨 일로 집을 옮겨 강가에 사느냐고

찾아오는 사람마다 묻기를 마지않네.

잠시 창밖 서남쪽을 바라보시게

한강의 풍경과 아름다운 가을 산들의 풍광을.

             -1947년 마포 평원정으로 이사하고

(*역주: 이승만 박사가 하지 중장의 미군정과 맞서자 돈암장 주인 장씨가 기피하므로 하는 수 없이 거처를 서울 변두리인 한강 가로 옮기게 되었다. 이때 그 까닭을 묻는 사람들에게 이 시로 대답하였다. 평원정은 흔히 마포장으로 알려져 있다.)

平遠亭(평원정)

移家何事住江頭,　　來訪人人問不休.

須向西南窓外望,　　五湖烟月萬山秋.

          -丁亥仲秋移寓麻浦平遠亭.

* 須(수): 잠시. 잠깐.

  五湖(오호): 무엇을 가리키는지 그 說이 다양하다. 1. 고대에 오월(吳越) 지구에 있던 호수. 2. 강남 五大湖의 총칭. 3. 동정호(洞庭湖). 4. 춘추 말에 越나라 대부 범려(范蠡)가 월왕구천(越王句踐)을 보좌하여 吳나라를 멸망시킨 후 가벼운 배를 타고 五湖에 몸을 숨겼다고 하는데, 후에 와서 五湖는 곧 은둔하는 장소를 가

리키게 되었다. 그러나 오호는 하나의 호수도 아니고 어느 한 곳의
호수도 아닌, 여러 개의 호수가 모여 있는 큰 호수를 가리키게 되었
는데, 여기서는 마포 강변에서 바라보이는 한강의 풍경을 말한다.

4-11. 이화장(梨花莊)

이화동은 낮에도 온통 그늘 우거지고
푸른 나무 숲속에선 하루 종일 꾀꼬리 지저귄다.
이웃 절에서는 물이 흘러나오는데 스님은 보이지 않고
때때로 종소리와 풍경소리만 빈 숲 밖으로 들려온다.

－1948년 늦은 봄 이화장에서

梨花莊(이화장)

梨花洞裏晝陰陰,
鎭日鶯啼綠樹深.
隣寺水流僧不見,
時聞鐘磬出空林.
　－戊子季春梨花莊

＊ 時聞(시문): 때때로 들린다.
　　時: 때때로. 수시로.
鐘磬(종경): 종과 경쇠.
　　여기서 磬은 절의 처마에
　　매달린 풍경(風磬)

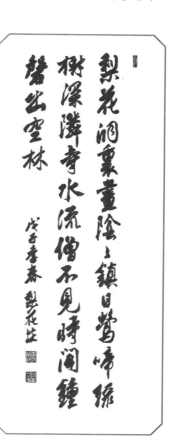

4-12. 경무대(景武臺)

경무대 앞의 저 달은
여전히 예전과 다름없구나.
이 세상 흥망에 관한 일들은
기쁜 일도 있고 슬픈 일도 있다.
　　　- 1948년 늦가을 경무대로 옮겨서

景武臺(경무대)

景武臺前月,　　依然似舊時.

世間興替事,　　堪喜亦堪悲.
　　　　-戊子季秋移位景武臺

* 興替(흥체): 흥하고 교체(대체)되는 것.
堪喜(감희): 勘(감): 할 수 있다. 감당하다(可以. 能夠). 감당하다(勝
　　任. 能承受).

4-13. 늦은 봄에 우연히 읊다(晩春偶吟)

들보 위의 집 제비는 게으른 늙은이를 조롱하고
뜰의 꽃은 분주한 나그네를 비웃는다.
제비의 조롱이나 꽃의 비웃음은
각기 봄의 풍광을 희롱하는 거라네.

—기축년(1949)

晩春偶吟(만춘우음)
樑鷰嘲翁懶,　　庭花笑客忙.
鷰嘲花笑裡,　　各自弄春光.

– 己丑

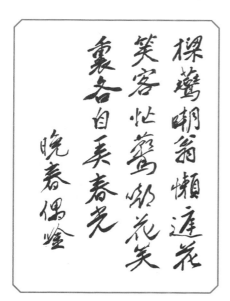

5. 6 · 25전쟁 이후
(1950-1960)

5-1. 지지배배(鷰子吟)

제비가 지지배배 울면서 강남 갔다 다시 돌아오니

옛집은 어디 가버리고 차가운 재만 남아 있네.

옳다 그르다 온갖 말로 따지지들 말라

지금 같은 전시에 그 누군들 슬프지 않겠나.

—1951년 봄

鷰子吟(연자음)

鷰子喃喃去復回,　　舊巢何去只寒灰.

莫將萬語論非是,　　戰世如今孰不哀.

—辛卯春

＊ 喃喃(남남): 재잘거림. 웅얼웅얼. 중얼중얼.

5-2. 진해에서 부산 가는 길에(鎭海釜山途中)

(*이날 노소 부녀자들이 낙동강변에 있는 시장을 향해 끊임없이 가고
있었다.)

며느리는 생선 바구니 머리에 이고 시어머니는 소를 몰아
낙동강 하구 십 리에 걸쳐 열린 장 보러 간다.
나무하고 고기 잡던 형과 아우 모두 군대 갔는데
한강 남쪽과 북쪽에선 아직도 전쟁 멎지 않았다.

—1951년

鎭海釜山途中(진해부산도중)
(*是日老少婦女連絡向洛東江市場)

婦戴魚箱嫂策牛,　　場開十里洛江頭.
樵兄漁弟皆從役,　　漢南漢北戰未休.

—辛卯

5-3. 이른 봄(早春)

등산할 틈이 없어 뜰에서 거니는데
날마다 보니 매화 꽃봉오리가 점점 붉게 터진다.
나의 뜻을 알고 집에서 일하는 아이가 와서 이르기를
옥난간 동편에 꽃 한 송이가 먼저 피었습니다.

—1951년 부산에서

早春(조춘)

登山無暇步庭中,　　日見寒梅漸綻紅.
解意家僮來報語,　　一花先發玉欄東.

—辛卯 於釜山

5-4. 전쟁 중의 봄(戰時春)

반도의 산하에는 전쟁의 포화 자욱하고
되놈의 깃발과 서양 배의 돛대 봄 하늘을 가리고 있다.
거리에서 방황하는 자들은 모두 집 없는 사람들
떠도는 사람들 중에 그 누군들 곡기(穀氣) 끊은 신선 아니리.

도시는 폐허 되어 옛날 벽만 남아 있고
산촌에선 땅을 불살라 새로 밭(火田)을 일군다.
봄바람은 전쟁 끝나기를 기다리지 않고 불어오고
허물어진 보루 가로는 새 풀잎 돋아난다.

-1951년 봄 부산에서

戰時春(전시춘)
　半島山河漲陣烟,　　胡旗洋帆翳春天.
　彷徨盡是無家客,　　漂泊誰非辟穀仙.

　城市遺墟餘古壁,　　山村燒地起新田.
　東風不待干戈息,　　細草遍生敗壘邊.

-辛卯春 於釜山

　* 陣烟(진연): 전쟁터에서 나는 연기. 포화.

胡旗洋帆(호기양범): 오랑캐(중공)의 깃발과 서양 배의 돛.

漂泊(표박): 정처 없이 떠돌아다님. 방랑. 유랑.

辟穀(벽곡): 곡식을 먹지 않고 솔잎, 대추, 밤 등을 날로 먹고 사는 일. 여기서는 먹을 게 없어서 굶주리는 사람들을 지칭.

東風(동풍): 봄바람(=春風). 東은 방향으로는 동, 계절로는 봄을 가리 킨다.

5-5. 벽에 걸린 그림(題壁上圖)

(* 진해의 별장 벽에 심향거사(深香居士)가 그린 산촌모설도(山村暮雪圖)가 있다.)

벽 위에는 산촌의 경치가 그려져 있는데
모든 산봉우리에는 저녁 눈이 남아 있다.
작은 배 한 척 어디 사는 손님이 타고 왔나
대안도(戴安道)의 집에 찾아온 손님일 것이다.

　　　　　　　　　　　　　－1952년 이른 봄

題壁上圖(제벽상도)
(*鎭海別莊壁上有深香居士筆 山村暮雪圖)

壁上山村景,　　千峰暮雪餘.
孤舟何處客,　　來訪戴翁居.

　　　　　　－壬辰早春

* 雪餘(설여): 눈이 남아 있다. 餘(여): 未盡. 不振. 殘剩.
　戴翁(대옹): 晉나라 사람 왕자유(王子猷)가 눈 오는 밤에 배를 타고
　　　산음에 은둔해 사는 친구 대안도(戴安道)를 찾아갔다가 돌아온
　　　일이 있었는데, 여기서 대옹(戴翁)은 바로 그를 가리킨 것이다.

5-6. 우연히 읊은 노래(偶吟)

(*중국 공산당을 개탄함)

우리 한반도는 인구가 3천만

중국은 4억 명이나 된다.

어쩌다가 서로 싸워서

원수가 되려고 하나.

　　　　　　-1952년 이른 봄

偶吟(우음)

(*慨嘆中國共産黨)

半島三千萬,　　中華四億人.

如何相戰伐,　　欲作異邦人.

　　　　　　-壬辰早春

5-7. 겨울 밤 베개를 베고(冬夜枕上作)

피곤해서 잠을 자려고 하니 온갖 생각 일어나는데
생각이 일어나자 잠은 달아나고 다시 피곤해졌다.
온갖 생각 떨쳐 버리려고 새로 지어본 시이니
새로 지은 시구를 어찌 잘 지었다 못 지었다 따지겠는가.

—임진년(1952)

冬夜枕上作(동야침상작)
因困欲眠萬念回,　念回眠去困還來.
爲排萬念試新句,　新句何論才不才.

—壬辰

5-8. 해군기념일(海軍記念日)

작년 이날에는 아직 꽃이 피지 않았었는데
금년 오늘에는 꽃이 이미 많이 졌다.
내년에도 꽃놀이를 계속하려고 하는데
만약 꽃 피는 날짜가 또 어그러지면 다시 어쩌나.

—계사(1953)년 진해에서

海軍記念日(해군기념일)

去年此日未開花,　此日今年落已多.
明年擬續看花會,　如復違期更奈何.

—癸巳 於鎭海

5-9. 돌부처(石佛)

(* 파주 큰길가에 돌부처 하나가 산 위에 세워져 있는데, 그곳 동민들
이 다시 작은 돌부처 하나를 더 세우고는 내게 글을 부탁했다.)

이 부처 인도에서 온 이래

고향 그리워 망향대에 몇 번이나 올라갔을까.

고향은 서(西)쪽으로 만 리나 되는 길이니

꿈에서도 한 번 가면 돌아오지 못하리.

-계사(1953)년

石佛(석불)

(*坡州大路邊, 有石佛立於山上, 洞民更立一小石佛, 蜀余記之.)

佛從天竺來,　　幾上望鄕臺.

萬里西行路,　　夢魂去不回.

-癸巳年

5-10. 해인사(海印寺)

(*1953년 가을 美大使 브릭스 내외분과 테일러 장군 및 여러 벗들과
함께 해인사에 올랐다.)

해인사는 우리나라에서 제일 유명하고
가야산의 경치는 예나 지금이나 똑같다.
누각에는 푸른 안개 걸쳐 있어 저 멀리까지 아득하고
스님들은 아득히 높은 흰 구름 속에 누워 있다.

고운대(孤雲臺) 아래에는 천년 된 나무가 있고
대적전(大寂殿) 앞으로는 만 리 먼 데서 바람이 불어온다.
전란 뒤에도 팔만대장경이 무탈하게 남아 있는 것은
부처님의 공덕이라고 불교계에선 다투어 말한다.

海印寺(해인사)

*癸巳菊秋與美大使〈쁘릭스〉內外,〈테일러〉將軍及諸友登海印寺.

海印寺名冠海東,　　伽倻山色古今同.
樓懸翠靄微茫外,　　僧臥白雲縹渺中.

孤雲臺下千年樹,　　大寂殿前萬里風.
亂後藏經無恙在,　　沙門爭說世尊功.

* 翠靄(취애): 푸른빛이 도는 놀.

微茫(미망): 흐릿한 모양. 모호한 모양.

縹渺(표묘): 높고 먼 모양. 아득한 모양.

沙門(사문): 불문. 불교계.

5-11. 불국사(佛國寺)

어려서부터 불국사 이름 많이도 들었는데
오늘에야 올라와보니 감개가 무량하다.
뭇 산들은 옛 역사를 말해주지 않고
흐르는 물이 오히려 옛 왕국의 소리를 전해주고 있다.

반월성 가로는 봄풀들이 어우러졌고
첨성대 아래에는 들꽃이 아름답다.
지금은 온 나라에 전쟁 끝나서
옛 보루에 솔바람 불고 병사들은 누워서 쉬고 있다.

-계사년(1953) 휴전 후

佛國寺(불국사)

少小飽聞佛國名,　　登臨此日不勝情.
群山不語前朝事,　　流水猶傳故國聲.

半月城邊春草合,　　瞻星臺下野花明.
至今四海風塵定,　　古壘松風臥戍兵.

-癸巳

* 故國(고국): 조상 때부터 살아온 나라. 조국. 이미 망해버린 옛 나라.

5-12. 외로운 소나무(松孤)

백 척의 큰 소나무가 바다 섬 안에 있는데
사시사철 고고하고 푸르다.
무리에서 빼어나고 세속에 물들지 않기는 쉽지 않으니
팔방에서 불어오는 끝없는 바람을 홀로 다 맞는다.

                 −갑오(1954)년 이른 봄 진해에서

  孤松(고송)
  百尺長松海島中,   高孤蒼翠四時同.
  出群拔俗元非易,   獨受八方無盡風.

           −甲午早春 於鎭海

5-13. 낚시하고 돌아오며(釣歸)

여러 자(尺) 넘는 버드나무 가지 꺾어

고기를 꿰니 고기는 버들잎 같고 버들잎은 고기 같다.

고기가 큰지 작은지 왜 물어봐야 하나

뜻이 고기에 있지 않고 낚시에 있을 뿐인데.

　　　　　－갑오(1954)년 이른 봄 진해에서

釣歸(조귀)

折得柳條數尺餘,　　穿魚如葉葉如魚.

魚兒巨細何須問,　　志不在魚只在漁.

　　　　　－甲午早春於鎭海

5-14. 간성의 청간정에서(次杆城淸澗亭韻)

한반도의 동쪽 땅 끝머리에 있어
금강산에서 지척이니 바로 신선의 땅 영주(瀛洲)일세.
옛날 진시황의 동자들은 이곳에서 무슨 약을 구하였고
한 무제(武帝)는 이 정자에 와보기를 얼마나 꿈꾸었던가.

예맥(濊貊)의 푸른 산들이 정자 앞에 우뚝 서 있고
부상(扶桑)에서는 난간 위로 아침 해 붉게 솟아오른다.
난리 중인지라 이곳의 바람과 달을 관리할 사람 없어
어부와 백구에게 일체를 맡겨 놓았다.

-계사년(1953)

次杆城淸澗亭韻(차간성청간정운)
半島東邊地盡頭,　　蓬萊咫尺是瀛洲.
秦童昔日求何藥,　　漢帝幾時夢此樓.

濊貊靑山當戶立,　　扶桑紅日上欄浮.
亂中風月無人管,　　一任漁翁與白鷗.
　　　　　　　　-癸巳

* 蓬萊(봉래): 봉래산. 동해 가운데 있는 신선이 산다는 땅. 여름철의

금강산을 이름.

瀛洲(영주): 三神山의 하나. 동해중에 있는 신선이 산다는 곳.

秦童(진동): 秦始皇. 진시황이 불로초를 구하라고 서복(徐福) 등을 우
리나라로 보낸 적이 있다.

漢帝(한제): 漢武帝. 그 역시 불로장생을 꿈꾸고 우리나라에 불로초를
구하러 사람들을 보낸 적이 있다.

濊貊(예맥): 우리나라 삼국시대 이전의 고대에 지금의 강원도, 함경도
일대에 있었던 부족국가.

扶桑(부상): 동쪽 바다의 해 돋는 곳에 있다는 神木. 또 그 신목이 있
다는 곳.

5-15. 이른 봄에 우연히 읊다(早春偶吟)

어제 진해 남쪽을 지나는데 꽃이 이미 시들었던데
오늘 한강 북쪽으로 오니 눈이 여전히 차갑구나.
이른 봄엔 남쪽에서 놀다가 늦은 봄에 북쪽으로 오는데
한 해에 봄을 두 번 만나기가 왜 어렵단 말인가.

－을미(1955)년 이른 봄에

　早春偶吟(조춘우음)

　昨過鎭南花已殘，　　今來漢北雪猶寒.

　春早南遊春晚北，　　一年何必再逢難.

－乙未 早春

5-16. 섣달 그믐밤에(除夕)

평생 동안 섣달그믐을 나그네로서 보냈기에
해마다 이 밤이 되면 고향 생각 더욱 간절해진다.
타향에서 한 해를 보내고 맞이하는 게 습관이 되어
집에 돌아와 있으면서도 다시 집에 돌아갈 생각을 한다.

—을미(1955)년

除夕(제석)

半生除夕客中過,　　鄕思年年此夜多.
異域送迎慣成習,　　在家還復憶歸家.

—乙未

5-17. 광나루에서 돌아오는 길에(廣津歸路卽事)

언덕 위의 저것은 누구의 무덤인데
돌로 만든 사람이 길 가에 누워 있네.
자손들은 모두 전쟁에서 죽었는지
묵은 풀로 덮여 있어서 황량하구나.

　　　　　　　　　　—병신(1956)년

廣津歸路卽事(광진귀로즉사)

岸上誰家塚,　　石人臥路邊.

子孫俱戰歿,　　宿艸與荒烟.

　　　　　　　　　　—丙申

5-18. 생일 유감(生日有感)

(*1956년 3월 26일 술회시를 기록하여 주한 외교단 단장 왕동원(王東原) 대사의 축하 시에 화답한 것이다.)

여든 한 번째 봄을 살아서 맞이하여

지난 일 생각하니 온갖 감회 새롭다.

같이 공부하던 옛 친구들은 이승을 다 떠났고

이역의 산천들은 꿈속에서 자주 본다.

예로부터 해동(海東)하면 우리나라 땅뿐인데

지금 대관령 북쪽에선 아직도 되놈들과 싸우고 있다.

사람들은 글과 선물로써 나의 생일 다투어 축하해 주는데.

헛된 이름 세상에 알려져 있음이 부끄럽구나.

-병신(1956)년

生日有感(생일유감)

生逢八十一回春,　　往事商量百感新.

同窓故舊零星盡,　　異域山川入夢頻.

從古海東惟我土,　　至今嶺北尙胡塵.

詞章玉帛爭稱賀,　　自愧虛名動世人.

一丙申(1956년)

* 玉帛(옥백): 옥과 비단. (옛날에는 국가 간의 외교에 예물로 사용되었다.)

生逢八十一回春 世事商量百感新同
窓部舊零星畫異城山川入夢頻
洪古海東懷我土至今嶺北尚胡塵
病章玉帛爭稱賀自愧虛名動
主人 丙申三月廿二日迴懷病怱拙書爲 駐撣少

交團長 王東原大使所贈祝賀詩謹和 雲南

5-19. 봄을 보내며(餞春)

봄철은 해마다 너무 빨리 지나가 버리는데
돌아가는 저 봄님의 수레를 붙잡아 맬 수가 없구나.
예나 지금이나 재자가인들이 탄식하는 바는
꽃과 버들 우거진 누대에는 저녁 햇살이 빨리 든다는 것.

-병신(1956)년

餞春(전춘)

春事年年去太忙,　　東君歸駕繫無方.
古今才子佳人恨,　　花柳樓臺易夕陽.

-丙申(1956년)

* 餞春(전춘): 봄을 보내다. 餞(전): 보내다. 전송하다.

5-20. 비 오는 밤에 베개를 베고(夜雨枕上偶吟)

일 년 중 만물이 소생할 때 향초에 비 내리니
야박하구나, 삼월 봄바람에 꽃잎들이 다 떨어진다.
봄이 오고 봄이 가는 것이야 해마다 있는 일이지만
어찌 이런 일들이 다 비와 바람 속에서 일어난단 말인가.

-1956년 4월

夜雨枕上偶吟(야우침상우음)
生色一年芳草雨,　　薄情三月落花風.
春來春去年年事,　　盡在風風雨雨中.

-丙申 四月

5-21. 유감(有感)

(*이 시는 부통령 이기붕의 아들 이강석(李康石) 군을 양자로 입양할 때 지은 것이다.)

구사일생으로 겨우 살아남은 사람
이씨 가문의 육대 독자의 몸이라네.
고국의 청산을 꿈에서만 보아왔는데
선영에 묻혀 있는 백골들 돌봐 줄 자손이 없구나.

-1957(정유)년 봄

有感(유감)

(*李康石君入養時作.)

十生九死苟生人,　　六代李門獨子身.
故國靑山徒有夢,　　先塋白骨護無親.

-丁酉春

6. 기타

6-1. 친척을 사랑하라(愛親)

일만 가지도 뿌리는 하나이고
백 갈래 물도 근원은 하나이다.
선조와 조상들을 높이 받들고
친척을 사랑하고 동족과 화목해야 한다.

노인을 공경하고 어린이를 사랑하며
사악한 것을 배척하고 올바른 것을 옹호하라.
한마음으로 나의 이 말을 따르고
영원히 폐기하지 말아야 한다.

愛親(애친)
萬枝同根, 　　百波一源.
尊祖崇宗, 　　愛親睦族.

敬老慈幼, 　　斥邪護正.
一意循此, 　　永無或替.

6-2. 봄날 장난삼아 읊다(春日戲題)

어떻게 하면 꽃과 달에는

그믐도 없고 가을도 없게 할 수 있을까.

꽃과 달이 늘 봄인 나라에서는

사람도 백발의 시름이 없을 것이다.

春日戲題(춘일희제)

焉敎花與月,　　無晦又無秋.

花月長春國,　　人無白髮愁.

6-3. 밴플릿 장군에게

한 몸이 흰 구름 위로 솟아오르면
모든 나라들 붉은 화염에 휩싸였다.
그가 백 번 싸워 승리한 곳은
유럽과 동아시아.

    —밴플릿 장군의 전승을 기념하여

一身白雲上,   萬國赤焰中.
百戰成功地,   歐西與亞東.

    —書爲밴플릿將軍戰勝紀念

6-4. 해리 디. 펠트 提督에게

사령관께서 동아를 눌러 안정시키니
우방들이 모두 환영합니다.
신년을 하례하는 오늘
개선가를 부르며 태평함을 칭송합니다.
　　　　—태평양 미군총사령관에게

元戎鎭東亞,　　友國盡歡迎.
今日新年賀,　　凱歌頌太平.
　　　—書爲太平洋美軍總司令官

* 元戎(원융): 최고사령관(主將). 원수(元帥).

6-5. 헤롤드 E.이스트우드 將軍에게

집 떠나와 손님으로 일하면서
우리를 도와 부흥의 공을 이루시네.
공산당이 세상에 끼친 적화(赤禍) 속에서
간난과 위험을 대중들과 함께 하시네.
　　　—운크라 행정관 해롤드 E. 이스트우드 장군에게

離家事作客,　　助我復興功.
赤禍風塵裏,　　艱危與衆同.
　　　　—書爲운크라行政官

6-6. 윌리암 E. 원 將軍에게

공산당 유격대가 횡행하는 요즈음
유엔이 우리나라 방어를 함께 해주었네.
그대의 경제정책 조정 덕분에
이 나라의 경제도 날로 발전해 가네.
　　　―경제조정관 윌리암 E. 원 장군에게

共匪橫行際,　　聯邦防禦同.
賴君調整策,　　經濟日興隆.
　　　―書爲經濟調整官 윌리암 E. 원

6-7. 콜터 將軍에게

아시아의 동쪽에 있는 나라가 전란 속에 있을 때
장군께선 우리나라에 머물러 계셨네.
창생을 극진히 구제하는 뜻은
달고 쓴 것을 이 나라 백성과 함께 함이네.
　　　　　　　—1955년(乙未) 성탄절에

東亞風塵裏,　　將軍駐我邦.
蒼生極濟意,　　甘苦與民同.
　　—書爲乙未聖誕節爲贈我志友콜터將軍雅存

6-8. 고딘디엠 대통령에게(吳廷琰大統領)

예부터 한국과 월남은 이웃과 같았는데

이제 공산당의 화를 만나니 서로 두 배나 친밀해졌습니다.

모름지기 우방들은 모두 힘을 합하여

영원히 아시아는 아시아인의 것이 되도록 보존해야 합니다.

　　　　　　—월남의 위대한 영도자 초대대통령 고딘디엠 각하

　　　　　　1958년 11월 월남을 방문하여

　　吳廷琰大統領(오정염대통령)

　　從古越韓若比隣,　　今逢赤禍倍相親.

　　須令友國皆同力,　　永保亞洲屬亞人.

　　　　　　—越南偉大領導初代大統領

　　　　　　吳廷琰閣下

6-9. 김활란 박사 회갑(金活蘭博士回甲)

반평생을 여성교육 사업에 전념하여
이화여대의 명성이 세계에 알려졌네.
오늘 회갑연 경사를 기쁨으로 맞이하니
가까이서 멀리서 장수하기를 다투어 송축하네.

金活蘭博士回甲(김활란박사회갑)
半生事業女敎育,　　梨大名聲四海傳.
今日欣逢花甲慶,　　邇遐爭頌鶴龜年.
－乙亥